有爱的青春陪伴者

凝雨

十月南枝 著

江苏凤凰文艺出版社
JIANGSU PHOENIX LITERATURE AND
ART PUBLISHING

图书在版编目（CIP）数据

凝霜 / 十月南枝著. -- 南京：江苏凤凰文艺出版社, 2024. 10. -- ISBN 978-7-5594-8764-3
Ⅰ. I247.5
中国国家版本馆CIP数据核字第2024FQ0490号

凝霜
十月南枝 著

责任编辑	王昕宁
特约编辑	周 贝
责任校对	言 一
出版发行	江苏凤凰文艺出版社
	南京市中央路165号，邮编：210009
网　　址	http://www.jswenyi.com
印　　刷	天津睿和印艺科技有限公司
开　　本	880mm×1230mm 1/32
印　　张	8.5
字　　数	180千字
版　　次	2024年10月第1版
印　　次	2024年10月第1次印刷
书　　号	ISBN 978-7-5594-8764-3
定　　价	39.80元

江苏凤凰文艺版图书凡印刷、装订错误，可向出版社调换，联系电话025-83280257

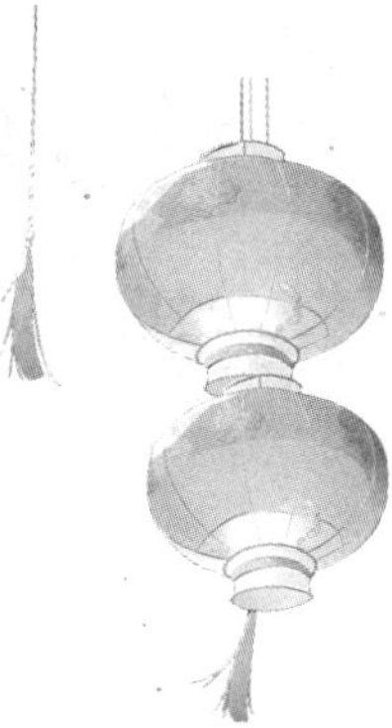

目录

第一章 初见 —001

第二章 异变 —034

第三章 赐婚 —060

第四章 情定 —094

第五章 拒婚 —125

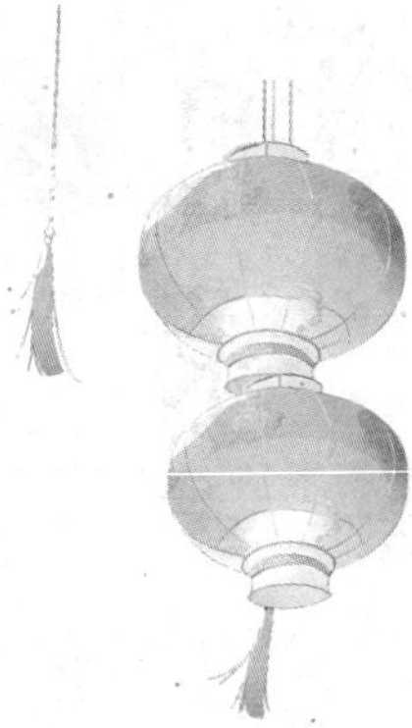

目录

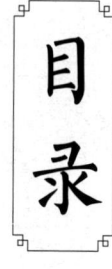

第六章 宫变 —152

第七章 新途 —179

第八章 软肋 —200

第九章 奔赴 —228

第一章
初见

  初见那少年时,他就跪在永安殿外,长长的睫毛上挂着冰霜,身上落满了雪,白茫茫的,与殿外的景色融为一体。

  这样冷的天,他的耳朵早已冻得通红,垂着头一动不动。

  我路过他时,匆匆瞥过一眼,还未来得及看清他的样貌,便在刘内侍敷衍的问安声中进了大殿。

  作为出身最低微最不受宠的公主,所有人都未拿正眼瞧过我。除去公主这一名头,我与宫婢并无两样,甚至还没有各宫里贴身服侍主子的宫婢生活得好。

  但我也不在意了,十四年来日复一日,年复一年,我早已习惯麻木了。

  我此次是按例在父皇寿诞之日过来请安,得益于不受宠,小透明一样的存在,没人会拉着我嘘寒问暖,包括父皇在内。

  父皇只等着吃于贵妃亲手喂的柑橘,以及与四皇弟父慈子孝,所以瞥了我一眼后,匆匆赏了一盒寿饼点心,便摆手让我退下了。

  这样也好,满殿内都充斥着于贵妃的香露味道,多种花香混杂在一起,实属有些冲鼻子、熏脑袋。

刚出殿外,我如鱼得水,大口呼吸着外面夹杂着寒意的新鲜空气。一阵风吹过,凉飕飕的,我忍不住打了一个喷嚏。

那少年听闻动静,终于抬头循着声音的来源动了动双眸。我站在五层台阶之上,他跪在皑皑白雪之中,这一刻,我就像高高在上的主子,他哀怨不屈的眼神让他犹如折了双翼被关在笼中供人取乐的雄鹰,眼神那般犀利地望着我。

我知道他有怨。

瞧,父皇身为九五之尊,每日接受百官朝拜,所有人都要跪在他的脚下,但他依然控制不住人心。

许是少年的心不甘情不愿,让我对他心生好奇,我慢吞吞地下过台阶。不见刘内侍催促,我便大胆起来,走到少年跟前,蹲在雪地上,视线与他平齐。

少年同样好奇,宠辱不惊地与我对视。

棱角分明的下颌、高挺的鼻梁、浓如墨的眉毛恰到好处地长在一张脸上,整个人器宇轩昂。那双眼睛深邃又坚毅,仿佛能装下山河远阔,居然这么好看……

直到他收敛了目光,低下头去,我方才回过神来。

不管他犯了什么错,又为何跪在此处,终归是个可怜人。我从食盒中拿了一块寿饼给他,他把脸别过一旁,不肯同我有任何接触。

我们的一举一动都被刘内侍看在眼里,在他看来,我对少年不过是一只可怜虫对另一只可怜虫的可怜罢了。

"三公主,外面天寒地冻的,何必与一位犯了错的质子浪费时间?

于贵妃心善，只以罚跪作小惩，三公主莫要掺和了，还请快快回宫，以免受了风寒。"

这宫中的质子只有一位，那就是十年前被梁国送来的梁国三皇子，原来这等好看的少年竟是一名质子。

刘内侍下了几级台阶，看似轰我走，却是在提醒我不要多管闲事。如果惹到于贵妃不痛快了，以她张扬跋扈的性子，势必看不得有人对她想要惩戒之人有任何的关怀，如若发起难来，必将牵连到刘内侍。

我回身应下了，看到刘内侍止住脚步，便回头迅速将那块寿饼朝少年衣领内一塞，然后匆匆起身，逃离此地。

临走时，我看到了少年不可思议的眼神。

许是他万万没想到，堂堂一位公主怎能随意扒开别人的衣领，还是位男子的衣领。

我也没想到，只觉当时头脑一热，做下了让自己脸颊发烫不计后果的事情。

我几乎是一路小跑跑回谨行宫的，像做了错事一般，将宫门重重关上，把守门的小内侍吓了一跳。

此时阿娘正哭着满屋子找我，任凭婢女小蝶怎样劝也劝不住。

直到看到了我，阿娘才止住哭闹，像是吃了一颗定心丸，乖乖地坐下让小蝶梳头发。

"公主，您是不知道，娘娘她醒来见不到您，好一阵子闹，哄了一会儿才答应洗漱，洗漱完又接着找。如果您再不回来，我真不知道要怎么办才好了。"

阿娘从未被父皇封过名号，只有小蝶尊重地唤我阿娘为"娘娘"。

阿娘一直握着我的手，直到把我的双手焐热、她的头发被全部梳好，才肯放开我的手，然后指着自己的肚子说："饿。"

我把食盒打开，拿出寿饼给了阿娘和小蝶一人一块。

距上次吃到点心已经过去了三个多月，可把她俩高兴坏了。

尤其是阿娘，她看到饼子后两眼放光，不等我叮嘱慢些吃就直接塞进了嘴里，腮帮子鼓鼓的。阿娘开心得手舞足蹈，又蹦又跳，不停地拍手，傻笑着说："好吃，好吃。"

小蝶也觉得好吃，吃完意犹未尽，嘴角还挂着饼屑。

这些饼子都是我们未曾见过的新鲜玩意儿，是宫中为了庆贺父皇的生辰新研究出来的。想必天未亮点心师傅们就爬起来制作了，掌握好火候以及时辰，在父皇撤膳后的第一时间呈上，所以到现在饼子还是热乎的。

我看着屋外的大雪，不知怎的脑海里又浮现出那位少年的影子。那一块热乎乎的饼子在他怀中可作为取暖之物，不至于让他冻得太僵。

食盒中还剩下两块饼子，我又给阿娘拿了一块，最后一块我差小蝶去给守门的小内侍送去。

小蝶不乐意："公主，您还没吃呢？"

话落，阿娘顿了下，停下嘴里的动作，呆滞地望着我。

我便撒了个谎："我吃过了，在永安殿里就被父皇赏了好几块。"

为了增加话语的可信度，我详细描述了点心的味道——这都是我在永安殿内看到的点心，然后根据点心的形状样式凭空想象出来的味道，可把小蝶馋坏了。

阿娘听后才又大快朵颐起来。

倒是小蝶，馋归馋，她仍旧不太乐意，满腹怨言："那最后一块您也吃了，不给小内侍吃。昨天我还听他说过了元日就要离开谨行宫，他那眉飞色舞的样子，巴不得下一刻就去别的宫里当个肥差。

"我们宫里的日子虽然清贫了些，可是公主时常念着我们这些下人，从不苛待，是宫中最悠闲的地方，但他仍不满足，一心只想离开，像他那样的白眼狼，不给也罢。"

人各有志，进宫当差的，有几个不想跟着富贵荣华的主子？

而奖赏，在谨行宫可能是一辈子都见不到的。

就这样，谨行宫的小内侍换了一拨又一拨，他们只当谨行宫是入宫的第一步，但凡有机会都是要调走的。

有的来了几天就找到门路调走了，有的来了十几天，最长的也不过两个月。这十几年来，有太多小内侍来来走走，到现在我早都记不清他们的名字了。

可对于这些我并不在意，在谨行宫当差一天，我便把他们当作一天的自己人。我执意让小蝶去送，小蝶虽不情愿，但还是照做了。

这小丫头最是嘴上不饶人，可心还是软的。她陪了我五年，与我同岁，心思简单，是这偌大皇宫里最懂我的人，也是除我阿娘外与我最亲近的人。

午饭是以家宴的形式进行的，和往年的一样隆重。父皇虽然年纪大了些，精神头不胜从前，但他依然喜欢大摆筵席，听别人说恭维他的话，好像唯独这样，方能彰显他的九五之尊。

今年年中大旱，明明国库都拨不出多少银两赈灾了，全靠卖官筹集的钱财才得以解决燃眉之急，可如今却能置办满桌的玉盘珍馐，真是矛盾。

家宴中，我依旧坐在最偏僻的角落，父皇同其他人有说有笑，而我只顾着埋头大吃，也不用担心父皇会突然点到我。

家宴后，父皇便屏退了所有人，包括他最偏爱的于贵妃。

走时，我听到于贵妃同宫婢提了一嘴质子，原来早上见到的那位少年换到于贵妃的宫中跪着了。

雪一直在下，中间雪势小了些，吃过晚饭后忽又是鹅毛大雪。

今年的雪尤其多，总下个没完。杨太常说这是上天的恩赐，预示着来年必定会大丰收，所以立春之时须与往年不同，要隆重祭祀，以谢苍天。

我可管不到祭不祭祀，我只关心今年的炭火可还够否，能不能用到冰裂水暖——我大概是自建朝以来唯一一个为炭火烦恼的公主。

烦忧间，我团了十几个小雪球放于廊下的栏杆上，本意是想团个小雪人出来的。

我把雪球奋力一掷，投到宫墙上，雪球在墙上留下一个小圆形的印迹后掉落地上，再没于雪中。

谨行宫地处偏僻，此时阿娘、小蝶、小内侍都睡下了，整个院中唯有风雪呼呼作响。夜深人静,我却听到了宫外的脚步声。

脚步声跟跟跄跄的,那人还不时发出闷哼。

这么晚了,有谁会到这样一处偏僻的地方来?

思索着,那脚步声距谨行宫越来越近,我悄悄趴在门边,仔细听着动静。

那人的呼吸紊乱不均,像是受了重伤。

我猛然想起,沿着这条路笔直往西走,走到头有一座宫苑叫作归服宫,"归服"顾名思义就是归顺服从的意思,那便是梁国质子梁景元居住的地方。

归服宫原本是一座荒芜的宫苑,后来梁国把三皇子送来当质子,父皇便命人清理好这一宫苑,并赐名"归服",就是要让那质子时刻谨记自己的身份。

说来那质子甚是可怜,五岁便入宫跟在皇子们身边当陪读、陪练,宫中大小活动他都没有参加的权利,除非受召。他被人冷眼相待,一直都是默默无闻的存在,像是低到尘埃里的野草,乃至我从未听到过这条宫道的尽头有过什么动静。

我们两个在宫内的处境一样艰难,碰面的机会少之又少。若不是今日父皇寿辰,他恰好被贵妃罚跪在殿外,恐怕我们仍旧见不到面。

不过他到底是犯下了什么过错,能惹着于贵妃?

我蹑手蹑脚打开宫门,从缝隙中窥探。

一位捂着胸口的少年摇摇晃晃地从我眼前经过,那人正是质子梁景元。

他受伤了！比想象中的还要严重。

我已经唐突过一回，不怕再有第二回。

随着沉重的"吱呀"声响起，我打开了小半扇宫门，取走宫内的灯笼。

看着他丝毫没有因为身后传来的动静而停下的迹象，我忙追上前，轻唤："梁景元。"

我永远也忘不了这个画面。

少年缓缓转身立于风雪中，双手紧握成拳。他湿漉漉的外袍上落满了雪，乌黑束发上闪着星星点点的白色光芒，那张俊朗的脸在茫茫雪地的反光中显得尤为清冷肃杀。

即使那样不易接近，我还是提着灯笼一点一点靠近他，跳跃的烛光在刹那间为他的双颊染上艳炽，疲惫的神色隐入无边的黑夜之中。

"你……"我有些胆怯，不知该以什么身份去关心他，"你好像受伤了，严重吗？可需叫太医来诊治？"

他用异样的眼光看着我，确切来说是盯着，然后上下打量。

他的目光有些压迫感，可我并没有被他吓到。反正我们两个都是被皇宫遗忘的人，都是被亲生父亲抛弃的人，谁也没有比谁尊贵。

我暗自给自己鼓劲，又靠近他一步，声音无比清晰地提醒："你受伤了，需要请太医。"

梁景元面无表情："不用，无碍。"

简短的四个字，好似不想与我有过多的牵连，正如早上那般。

他的声音如他人一样透着坚毅，甚是好听。他是除了六皇叔以外，我听到过声音最好听的。

那时，我就在想，梁景元什么都好，就是时运不济，如若不是质子，而是一位受尽恩宠，哪怕是生长在自己国都里的一位普普通通的皇子，只要他想，勾一勾手指就会有许多少女被他迷得神魂颠倒。

"那你饿不饿？要不要吃点饭菜？我那里还有一碗清粥和咸菜，虽然比不上其他宫中的伙食，但是热一热，既能暖些身子，又能填饱肚子。"我追问着。

什么清粥小菜，只不过是个借口罢了，只要他想，我可以开灶现做。

梁景元皱了皱眉，盯了我好长时间，就在我以为他正考虑并且有这个打算之时，他却头也不回地走掉了。

我被拒绝得很明显，看来梁景元真的是懒得搭理我。我有些气馁，这可是我生平第一次主动去关心一位陌生人，不承想惨遭拒绝。

这和话本上写的根本不一样。大抵是因为话本子上的男主人公没有梁景元这般冷漠，不近人情。

我站在雪地里看着那个颤颤巍巍远去的背影，心想，如果他晕倒冻死在雪地中，那宫里就剩下我一个可怜人了，那当真是够可怜的。

以前不觉得这有什么，如今见过他跪在雪地里的样子，心头那惺惺相惜之感捂不住地往外涌出。

一想到这里，我追了上去，也不打扰他，就跟在他的身后，为他照明前方的路。

积雪太厚，把脚下挡路的石块埋得太深，我一脚踩上去没站稳，伴随着"哎哟"一声，身体歪向一旁，像醉酒一样扭了好几步才勉强站住。

梁景元听到身后的动静,仅是微微侧目了一下,全无搀扶之意。最后,我把他送到宫门口,他开宫门,关宫门,把我拒之门外。真是干脆。

我倒吸一口凉气,蹲下身子揉着脚踝,刚才崴的那一下疼得钻心。

回到谨行宫,我仔细检查脚踝,还好没有伤筋动骨,只是肿了一点,能走能跑的,我才宽心一点。不然这么晚了,外面又天寒地冻,去请太医的话,肯定无人想来。

第二天一早,守门小内侍急匆匆来报,说在扫宫门前的雪时发现了两瓶白色药罐,就在宫门的台阶上放着,不知何人放的,也不知该如何处理。

"还能有谁,肯定是汝南王,一定是汝南王回来了。早听说今年汝南王和汝南王妃会在元日前回来,没想到这么快就到了,离元日可还有些时日呢。"小蝶兴冲冲地说。

在她的潜意识里,汝南王回来等同于我们宫里会时不时变出好玩意儿来,日子就能有所改善。

汝南王是我的六皇叔,父皇的亲弟弟。自父皇登基,天下安定后,汝南王便携家眷去了封地汝南,会不时回来同父皇团聚。

六皇叔长相俊美,一表人才,喜修身懂天理,年轻时好周游列国,是一位晴云秋月之人。听宫里的老人说,六皇叔自小就受众人喜爱,我父皇也很疼爱他,所以六皇叔与其他皇叔的待遇不同,想什么时候回来了,只需传书一封,父皇就会答应。

六皇叔回来后会暂住宫中,那些时光是我和小蝶最开心的时候。因为六皇叔和六叔母知道我不受父皇亲近,在宫中缺衣少食,他总会叫六叔母变着法子来送东西给我。

我接过药罐,心想,如果真如小蝶所说,六皇叔提前回来,那可真是太好了。但是经过一番仔细端详后,恐怕要让小蝶白高兴了。

一瓶药罐是冻疮膏,六皇叔知我和阿娘在隆冬时都要冻坏手脚,以往送来过不少冻疮药膏。可是另一瓶却是跌打损伤膏,六皇叔怎知我扭到了脚?而且扭伤是在昨夜发生,这件事情我连小蝶都没告诉,天知地知我知……梁景元知。

如此,一个大胆的猜想在我脑子里形成。

我命小蝶出去打探消息,不久后小蝶满眼失落地回来,果然六皇叔和六叔母还没有回来。

那么,跌打损伤药膏就一定是梁景元所送,冻疮膏也是他所送的。

可他怎知我有冻疮?

我低头看向自己的手指,回想昨日与他接触的情景。

就只剩下我掀开他的衣领放饼子时,他能看清我手上的一切。

我兀自笑了,好一个心思细腻的梁景元。像我们这样的人,话不多,但在这种环境下长大,最不该缺少的就是察言观色。

观察是我们的强项。

小蝶还在绞尽脑汁地想是谁送的,见我笑,她急了:"公主,您快说说到底是谁送的!"

我笑着摇头不语。

她急得直跺脚:"公主,您肯定知道,不然您就不会笑了。到底是谁啊?除了汝南王和汝南王妃,谁还会关照我们?"

我叮嘱小蝶要保密后才说:"梁国三皇子,梁景元。"

小蝶不可思议地瞪大眼睛,捂住嘴巴,估计她怎么也想不到我会与梁景元扯上关系。

她问:"就是那梁国质子,梁景元?"

见我点了点头,她又问:"可是公主,他为什么要送您东西啊?我们又不识得他。"

我把昨天早上的情况讲了一下,特意隐去晚上的事情。

小蝶听后说道:"难怪他会送您东西,看来他也是知恩图报的。只是他也挺可怜的,竟惹到于贵妃了。"

小蝶泛起怜悯之心。惹到于贵妃就不会有好果子吃了,这份痛苦她是体会过的,当时她被打得奄奄一息,差点没挺过来。这么多年过去了,她的身上还留有恐怖的伤疤。

我怕她想起过往的伤心事,正打算跳过此事,突然她"哦"了一声,音调上扬,好像想起不得了的事情。

"那他真的很惨。我刚刚去打听汝南王回宫的消息时,听到了几句闲言碎语。说是几位皇子召梁国质子练习骑射,小皇子无意踢了质子的马一脚,马儿受惊反踹了小皇子,惹得小皇子号啕大哭。于贵妃心疼小皇子,命人将马给杀了。因为当时质子在马上,所以于贵妃就把罪过归于质子。还听说昨天于贵妃让宫人把质子打得皮开肉绽,仍不解气,又亲自动手……若不是看他是梁国的皇子,都要闹出人命来。"

"什么!她怎么敢?"我不敢置信。

梁景元虽说是质子,但好歹是梁国的皇子,于贵妃平日跋扈惯了,让他跪下不说,竟还敢打他?

昨夜梁景元跟跟跄跄的,我只当他跪得太久了,又有寒气入侵,没承想是被打的。

小蝶双手环抱臂,当年自己被打的惨状历历在目,声音都有些发抖:"于贵妃怎么不敢,她是圣上最宠爱的妃子,有求必应的。"

我想到一个词,"蛇蝎心肠"。

不可否认,于贵妃很美,美得独有韵味。当年我第一眼见到于贵妃时,就被她的美貌惊住了。难怪她会被父皇独宠,我若是男人,也会爱上她。然而,这么美的人,心肠这般坏。

昨日在永安殿见到小皇子,他活蹦乱跳的,丝毫没有受伤的迹象,想来就是被马轻轻碰了一下,受了惊吓而已。

父皇子嗣微薄,与皇后育有一女一子,可惜二皇子因病去世,皇后也因身体原因再无所出,于是就把李嫔生育的大皇子养在身边。

三皇子是赵妃所出,因不足月早产,所以三皇子一直以来都体弱多病。

从这以后,宫里再无皇子诞生。直到于贵妃生下四皇子,父皇才又得了一个儿子,自然是小心呵护,关爱备至,宝贝了些。

可四皇子既无大碍,罚跪本就惩处了,居然还打了梁国的皇子。

我问:"打得皮开肉绽,这话可信吗?"

小蝶摇头，不确定道："我也不知道，只是道听途说来的。可是按照于贵妃的性子，我猜想她定是咽不下这口气，梁质子就算没有皮开肉绽，想必也受了不少苦头。"

我叫小蝶收好药罐，披了件外袍就着急出去。小蝶想要跟着，我不准，独自去了太医院。

一进太医院的门，一股药香就扑鼻而来，越往里走药味越浓。我迈进了堂内才有人将我认出来，那人犹豫一阵后才冲我简单行礼。

我堵住那位将我认出的医侍，旁敲侧击道："昨日至今日可有人来取治疗鞭伤或者棍伤的药？"以便打听梁景元的伤情。

医侍回想了一下，摇头："没有，倒是昨晚程太医出诊了，不知是不是去治疗公主所说的伤病。"

"那请问程太医在哪里？我能见一见他吗？"

对于我的问题，医侍有些好奇，不确定我到底为何而来。

"程太医昨夜值班，今天轮到他休息，他现在不在宫中。三公主，您找他何事？如若看病，其他太医也可瞧。"

我这样子实在唐突，可也顾不上太多，正当我想让他查一查出诊记录时，一旁另有医侍补充道："昨日我陪程太医去的。程太医去的是未央宫，四公主吃多了有些积食，开了一些消食的方子，仅此而已。目前为止还没听说有哪个宫里需要治鞭伤、棍伤的。"

这么一说，梁景元倒是没有请太医诊治，到底是真的无碍，还是在强忍？

犹豫再三，我请医侍拿些治疗鞭伤、棍伤的药，特意嘱咐要上等良药。

医侍有些为难，将一个棕色药瓶往我手里递："三公主，这就是上等的药。"

宫中有规矩，上等良药专供皇亲国戚，药材必须是上等，还需要各大太医亲自熬制，然后用白色药瓶分装。其余的都是医侍负责熬制，药材也略次一些，用棕色瓶子分装。

我盯着他手中的药瓶迟迟不接。

我虽不得宠，平日里欺负我就算了，但今天绝对不行。

我义正词严道："你真当我不识货？上等药何时用棕色瓶子分装了？莫不是这太医院消极怠工，敷衍行事了？待我奏禀父皇，叫父皇裁决，看看到底是上等药何时改装棕瓶了，还是你们的疏忽。"

"这……"医侍被我这话给唬住。

一直不争不抢、软弱可欺的三公主今日竟发起威来，纵使心里再不尊敬，到底明面上我还是公主，当今圣上的女儿，医侍不敢明目张胆地顶撞，和另一位医侍相互使了使眼色后，说："三公主可不要乱扣帽子啊，小的只是小小的医侍，可担当不起这么大的罪责。三公主您看，您也不说是给谁用，我见三公主一身无伤，就自己猜想是给宫里的下人用。宫中下人可用不起上等药。"

见拿捏二人后，我便表现得更强硬了点："本公主说给谁用就给谁用，我既指定要上等药，就有我的用处，你尽管照办就好，哪来那么多废话？而且你刚才可是睁眼说瞎话，说这棕瓶里的就是上等药。"

医侍被我的气势惊到，愣了片刻，一边赔罪，一边把上等良药交于我的手上，另在我的示意下又拿了几服调养身体的药包。

我满载而归，只是不待我完全踏出宫门，被我训斥过的医侍就开始交头接耳，说了些有的没的话。我只听清"装什么装，狐假虎威"，猜想后面定不是什么好话。

我也不生气，我在宫中的处境本就如此。刚才还能震慑住医侍，完全碍于医侍敬畏皇权，连带着考虑到我的身份。倘若今天换作于贵妃身边的宫人，定是眼睛朝天，根本不会把我放在眼里。

今日的雪停了，阳光洒落在一片白茫茫之上，反射着耀眼的光芒，照得人头晕。一路上，宫人们都在扫雪，好不热闹。小蝶和我说过，宫人们在集体做活儿且没有主子在场时，最喜欢讲些宫内琐事，如果走上一趟，听上一听，保准会知道大大小小的事情。

这让我有些发怵，我明天会不会成为他们口中讨论的对象呢？

多一事不如少一事，我为了避免与宫人们碰面，于是换了个方向。

我知道有一处曲径通幽的小路，那里鲜有人走，是被人忽略了的，就像谨行宫一样。

小路上铺满了白雪，风吹起时扬起颗粒分明的雪沙，明晃晃的，好像天上的星星。

这条路一直通往归服宫。

我到时，归服宫的宫门紧闭，门口的雪也没人扫，着实冷清。

难怪梁景元这般冷漠，人独处久了，就会对任何事物失去兴趣。

我敲了五遍门,内侍才慢慢把门打开,看到我的那一刻,还带有审视和警惕的目光。也许归服宫许久都不曾有人来访,今日我是头一遭,对方不知是好事还是坏事。

那内侍将门堵住,客气地向我行了礼后,便问起到访缘由,看样子并不想放我进去。

我举起手中的东西,说清来意:"听闻梁公子有伤在身,特意问了药来,都是上等良药,见效快,拿给梁公子外敷和内服。"

内侍眉头一蹙,侧头向宫内看去。他拿不定主意,想了又想,加重了握着门的力道:"多谢三公主,您的好意我会代为传达给梁公子,心意收下了,至于东西,您还是拿回去吧。"

说罢,这内侍就要关门。

幸亏我手疾眼快,用脚挡在了两门之间,冲主屋大声说道:"此药是我刚才特意去太医院求来的,你不用,我也用不到,就当是答谢那两瓶药吧,如此一来,也当扯平了。"

我话音落下许久,屋内才传出气若游丝的声音:"知苏,放三公主进来。"

知苏扫了我一眼,不知在思虑什么,满眼介怀,最终还是开门放我进屋。

主屋很大,没有多余的装饰,仅有的摆件都是以暗色为主,和黑木房梁地板融为一体。两面窗户紧闭,阳光没法透进来,整个屋子显得阴森冰冷。

屏风后面有烧炭火的噼里啪啦声,我就此止步在屏风前。

知苏紧跟过来，接过我手中的药。

透过屏风，我隐约看到知苏把药放在床边，随即知苏出来让我进去，自己就退下了，把门关上。

我绕过屏风，一眼看到趴在床上的梁景元。他想翻一翻身，甚是吃力，无奈作罢。

就算没有看到他的伤势，我也明了于贵妃的手段，正如小蝶所说那般，是看在梁国皇子的份上，暂且没有打死他。

他比昨日要虚弱很多，嘴唇毫无血色，苍白的脸上渗出虚汗。

"有劳三公主了，昨日三公主送我到归服宫，今日又来送药，我不明白三公主是何用意。"

说起用意，我也不甚清楚，没有多余的杂念，只觉得他同我一样可怜。若非要说有目的，那就当作是同情吧。

一直以来，我都是别人可怜的对象，如今我却发现宫里也有我能可怜的人。

"于贵妃本就深得父皇恩宠，自小皇子出世，于贵妃的目中无人更是得到了父皇的默许。要想在宫中安然无恙，那就尽量避免和芳华宫的任何人有接触。"我好意提醒。

梁景元扭头看我，迟疑了一瞬，眼里晦暗不明："那三公主今日的目的是来说于贵妃的坏话，还是教我人在屋檐下不得不低头？"

我心中一惊。我刚才的话确实算得上是说于贵妃的坏话，如果传到于贵妃耳朵里，我定没有好果子吃。

我保持镇定："这话只有你我二人清楚，不传出去就算不得坏话，顶多是实话而已。就算传了出去，也不是我传的。"言外之意，只要你不出卖我，就没人会找我的不痛快。

梁景元沉默，他没答应我到底要不要守口如瓶，只换了个手臂托住脑袋："那你怎知早上放你宫门口的药是我相送？"

"正常人只要稍微动脑筋想一想就能猜到，这不是什么难事。"我顿了顿，"药已经送到了，我就不打扰梁公子休息了。"

"等等！"他突然叫道。

我不明所以，站在原地，顺着他的目光向下，发现他正在瞧我的鞋子。我从小路过来，一路踏雪，鞋子有些湿了。

他说："屋里暖和，不知可否劳驾三公主替我擦个药膏？"

我没有作答，拿起我讨来的上等良药，用行动回答他了。

我在火炉旁边感受着炭火带来的热气，浑身上下顿时暖和了不少，脚也有了知觉。

我掀开他的被褥，发现他赤裸着上半身，想到非礼勿视，我吓得差点扔掉手里的药瓶。

再定睛一看，他整个背部布满了一条条血淋淋的鞭痕，如同夏日闪电劈出的一道道血肉模糊的沟壑，让人触目惊心，头皮发麻。

他和我年纪相仿，遭受如此重伤，竟还能一声不吭。

冰凉的药膏涂抹在伤处，梁景元抽搐了一下，手指攥紧了被子一角。连续几次，许是适应了，许是疼得麻木了，他才逐渐没有了任何反应。

即使知道答案，我也真想问他疼不疼，可话到嘴边却变成了："你是梁国的三皇子，她没有这个权力如此待你，你可以向父皇诉状。"

我于心不忍，在教他反击，也许这是最无用的反击，可也比什么都不做要强。

"如果换作是你，你会去诉状吗？"

被他这么一问，我倒是静默了。

换作是我，我定忍气吞声。我一直都是在看别人眼色中长大的，力量微弱，父皇恨不得不认我和阿娘，我与阿娘如蝼蚁一般生存。我竭力克制自己的所有脾性，却又不甘屈于现状，看到梁景元，犹如看到自身，期待他能反抗，亦把自己的反抗之心寄托在他的身上。

"是三公主抬爱，还客气地认我是梁国三皇子。实际上我心里明镜一样，我不过是一个质子，被父皇抛弃的儿子，只是一颗棋子而已，能有什么身份，有什么话语权？不过是在这皇宫里苟且活着。我左支右绌，不成事，也成不了事。就此，多一事不如少一事。"梁景元的一字一句都真实得让人窒息。

我无话可说，现实对于我们而言就是这么残忍，我们都是父皇最不受待见的孩子，可又比民间吃不上饭要卖儿卖女的家庭好上千倍。

时常这样对比，心里也就坦然了。

我亦这样劝慰他。

梁景元愣了一下，许是没想到我是用这样的方法才度过这些岁月，甚至觉得我这样的想法有些可笑，但他只是不认可地摇摇头，什么也没说。

又是一阵静默。

药膏涂抹完毕后，我把被褥重新盖在他的身上，瞥见了旁边挂着的衣裳，干干净净，毫无破损。

我心生疑惑，转眼又恍然大悟——于贵妃的做法简直令人发指。

梁景元瞧见我欲言又止的样子，顺着我的目光看去，猜出我心中所想，也不隐瞒，平静得像是在讲一件无关痛痒的小事一般："于贵妃行事缜密，圣上家宴开始前，她命我去芳华宫内跪着，等她回来后，便叫宫人紧锁了宫门，又叫内侍塞我一嘴的巾帕。其实她不用塞，我也不会叫出来。"

他嘲讽地笑出了声，接着说道："然后她命人扒去我的外衣，用鞭子抽打我，打累了就换内侍打，来来回回，直到我奄奄一息。外衣一穿又遮掩了里面的条条伤痕，然后趁着夜色正浓，四下无人，她才将我放了出来。"

如此一来，就算宫人传言再广，没有实际的证人直接指控于贵妃，梁景元再委屈也只能自行消化。

无限酸楚油然而生，我揪心得不行。最大的悲哀莫不过拥有怀悯之心，却无拯救之力，而我甚至连自己都拯救不了。

我无奈地说道："你我不过是青蝇吊客，但我还是希望你有朝一日能走出皇宫。你的家在梁国，还有一线希望，而我一生都只能困在这座皇宫，所以你若出去，定要自由自在，幸福快乐。"

说罢，我都来不及与梁景元道别，直接夺门而出，生怕再多看他一眼就会鼓励他出去以后能帮我和阿娘一起离开这座牢笼。他本就不是我的救命稻草，抱有多少希望，就会有加倍的失望。

而且这话连我自己都不能够相信。按照现在两国的局势，梁景元只会和我一样一生被囚禁在皇宫,直到死亡。

天下没有不透风的墙。我给梁景元饼子,以及去太医院寻药的消息很快传到了于贵妃的耳朵里。

她"请"我去芳华宫喝茶。

喝茶?说得好听,指不定憋着什么坏在等着我。

前方带路的是于贵妃的心腹内侍,就冲他态度恶劣地再三催促我快点的样子,我就知道从他嘴里打探消息是不可能的了。

带着揣测,我来到了芳华宫。

和我想的一样,我请安之后于贵妃没有叫我起身,有意让我跪在地上,等她慢悠悠喝完一盏茶后才居高临下地同我说话,几乎审问一般。

给梁景元饼子这件事我认下了,当时永安殿外不只有刘内侍,还有其他小内侍,人多眼杂,不知是谁为了邀功告的状。

可是去太医院寻药我坚决不承认是为了梁景元,我只辩解是我打了小蝶,冷静之后又后悔了,就去太医院为小蝶寻了药。

于贵妃并不是那么好骗的,她竟较真到去把小蝶叫来,让宫婢验身。

在此之前,于贵妃满脸看戏的表情看着我,企图从我脸上看到惊慌失措,然后磕头求饶,结果令她失望了。

芳华宫的婢女毫不手软地扒下小蝶的衣裳,小蝶的后背裸露出来,新伤加旧伤,密密麻麻的。

"回娘娘,小蝶背后有棍伤!"宫婢粗鲁地将小蝶拖到于贵妃的脚下。

于贵妃看到小蝶身上的新鲜棍伤，当即变了脸色，有些气急败坏，随手砸了茶盏。杯子碎片四溅，我顾不得礼仪，扑过去将小蝶抱在怀里，杯子碎片从我手背上划过。

这样一来，于贵妃更气了，挥手让宫婢把小蝶带了下去。

走时，小蝶扑腾了几下，眼巴巴地看着我，抓住我的衣袖。

我安慰地拍了拍她的手背，给她一个宽慰的笑容，让她回宫等我。

"沈凝霜！你好大的胆子，胆敢帮助我惩罚之人。我让那质子跪在雪地里，你却给他饼子，存心与我作对吗？"

屋内只剩下我和于贵妃了，我看着她那张绝美却因气急败坏而变得扭曲的脸，心想，人果真不能生气，否则再漂亮也会变丑。

见我没有答话，于贵妃没有了耐心，她本身也没什么耐心，一脚将我踹倒。

来芳华宫的路上，我已经幻想过无数遍我的下场，于贵妃会以怎样极端的手段对付我，我都预见了，我并不慌张害怕，只是觉得可笑，父皇糊涂啊！

为了少受些皮肉之苦，我摆正身体重新跪好，毕恭毕敬地说："贵妃娘娘，我当时得了父皇的赏赐，开心得忘了形，看到梁公子又于心不忍，就给了他一块饼子。不知触怒了贵妃，还请贵妃念我是小辈的分上，恕我一罪。凝霜，绝不再犯。"

"小辈？"于贵妃冷笑，"你也敢自称小辈？别说给我提鞋，你连我宫中养的狗都不如！若不是当年你那身为永安殿宫婢的娘趁圣上醉酒爬上了龙床，生出了你这么个杂种来，你以为你还能整日在皇宫里吃香的喝辣的？"

阿娘已疯，父皇又禁止他人再提这件他认为是耻辱的事情，所以当年是阿娘爬上父皇的龙床，还是父皇酒后神志不清强要了阿娘已经无从查证了。但父皇对我和阿娘的态度，让所有人都认为是阿娘的错，认为我是卑鄙有心机的婢女所生，身上流有卑贱的血液，就是杂种。

"是皇恩浩荡，父皇留我至今，让我衣食无忧。"

"既知如此，你还不夹起尾巴好好做人？怎么，你还想用一块饼子去勾引那质子？和你那卑贱的娘一样只会勾引男人，就没有别的本事了？不过你倒比你娘略笨了些，那质子和你一样没人要，就算攀上了，你以为你就能麻雀变凤凰了？别做梦了！沈凝霜，我告诉你，你和你娘一样，都是卑贱的命，人呀，要认命！"

侮辱我可以，侮辱我阿娘，我断然听不下去，我火冒三丈猛地站起身，一时失了理智："于贵妃，请注意您的言辞。我没有勾引任何人，我阿娘也不是贱人。我敬您是父皇心爱之人，是小皇子的亲娘，是我的长辈，可您又是如何做的？担得起'贤德'二字，担得起贵妃之位吗？我配不配您说了不算，我再怎么卑贱，也是父皇的女儿，而您呢？今日您说出的这席话，我看不配的是您才对，贵妃！"

我故意将"贵妃"二字咬得很重，有意讥讽提醒她德不配位。

我知道我这样做的后果将是如何，我也承认说这话冲动了些，可是她当着我的面侮辱娘亲，试问天下人谁又能忍得了？更何况我阿娘从来没招惹过她。

所以即使会给我带来不良的后果，这反驳的话我也要说。

于贵妃被我气得胸闷，上来就是一巴掌，打得我眼冒金星。她用手指着我半天说不出话，叫道："来人，给我掌嘴，把我的鞭子取来，今天我要她知道什么是贵妃，什么才叫不配！"

在芳华宫的两个时辰里，我从完好无损到体无完肤，从意识清醒到意识模糊，只记得于贵妃喊来宫人之后我就开始受罚，掌嘴、鞭子抽轮番轰炸，落在我的身上，疼得钻心。我昏厥了一次又一次，被冷水泼醒了一次又一次，最后才被抬进谨行宫。

见到我这个样子，小蝶趴在我的床边号啕大哭。我忙制止她，别把我阿娘引来。她又啜泣着，嗓子都憋得沙哑，一个劲儿地擦眼泪。

"公主，是小蝶对不起您，小蝶就不应该回来，和您留在芳华宫，也能替您挨些打。"

我让小蝶转过身，隔着衣服摸了摸她的后背，强撑着疲倦的眼皮："还想替我挨打，你这新伤加旧伤的，恐怕去了芳华宫就有去无回了。"

"我能忍得住。于贵妃下手我是遭受过一次的，能挺过一次就能挺过第二次。当年若不是公主心软，将我从尚宫那里要回来，哪里还有小蝶的今天。多活的这几年，都是公主心善，是您赐予我的第二次生命。"

当年小蝶初到皇宫做差，年纪虽小，却手脚利索，吃苦耐劳，不久后就被调到了芳华宫服侍，然而她不小心打碎了御赐的琉璃盏，被于贵妃打得半死不活后扔回尚宫门口。因得罪于贵妃，无人敢救她，她只能躺在尚宫门口等死。是我路过尚宫，最后将她要到自己的宫内服侍。

旧伤就是那时来的。这新伤却是今日在我的授意下,小蝶让阿娘用棍棒打的。

于贵妃命人请我到芳华宫,我就预感到大事不妙,临走时悄悄嘱咐了小蝶和阿娘,若芳华宫的人来请小蝶过去,就让阿娘拿着鸡毛掸子打小蝶几下。这傻丫头在毫不知情的情况下,非但毫无怨言,还让阿娘多打了好几下。

"你莫要哭了。"小蝶转身过来,我用尽全身力气去擦她的眼泪,"今天的事你最委屈,是我害的你,让你白白挨了几棍。你有权知道事情的……经过,其实是我……"我喘息着。

"公主,小蝶知道。"小蝶见我说话都费劲,干脆让我歇着,替我说,"是质子,您去太医院寻药,是给了梁国质子。公主,您就是太善良,当初您心有不忍将我带回宫中,若不是于贵妃临盆在即,没有闲工夫问罪,您当初就不可能逃过一劫。这次是质子,您还是心有不忍,可是这次没有那么多的好运了。"

"知我者,傻丫头小蝶也。"说完这句话,我再也坚持不住,彻底昏厥过去。

我仿佛做了很长的梦,梦里听见嘈杂的声音,有小蝶的哭声,有阿娘的叫声,有太医的开药声。

昏厥三天后,我清醒过来,连着高烧一场,跟着低烧不退,一直躺在床上休养着。之后的每一天,谨行宫内都充斥着药味,仿佛置身太医院。

直到元日前五日,我的病情才算稳住。

这天也是六皇叔回来的日子,小蝶一早出去打探消息,回来后向我报喜,细数汝南王和王妃回宫后去了哪里、做了什么。

我看着窗外的天色,在心里默数着时辰。到了申时,汝南王妃过来看我。和往年一样,汝南王妃带来了一堆礼品,有成衣、炭火、点心、肉干和首饰,都是我平时不常有的东西。

看到我病恹恹的样子,原本欢喜的六叔母神情严肃起来,关心地问我原因。得知我低烧才刚好,身体正虚,她还特意让身边的丫鬟回去将父皇刚赏赐的灵芝给熬好端来看着我喝,阿娘也被送了一碗。

我端着碗,迟迟不下口,如鲠在喉,眼眶红了一圈。一直都很能忍的我竟哭了,豆大的眼泪颗颗往下滚。

小蝶看我这模样,也忍不住感怀,偷偷抹眼泪。

一切都逃不过六叔母的眼睛,她先是打趣地问我:"我们的三公主两年未见,年纪越大越喜欢哭鼻子了,快跟叔母说说发生什么事了。"

我喝了一口灵芝汤,摇头:"只是两年没有见到叔母了,叔母还是待我一样好,凝霜很感动。"

六叔母假意生气:"哼,我竟不知你说谎的功夫也见长。"她回头看着小蝶,"小蝶,你来说说你主子发生了什么,不要撒谎。"

"扑通"一声,小蝶跪了下去,把事情的来龙去脉讲了个清楚。

"什么?"六叔母听后气不过,"啪"地拍在桌子上,震天响,"你可是公主,三公主。她于贵妃凭什么?就仗着圣上的宠爱就可以胡作非为了吗？而且你只是送了梁公子一块饼子而已呀。"

六叔母执意要看我背上的伤，我不肯，六叔母作罢，忍下一口气，又问："这件事情你有没有告诉圣上或是皇后？"

我摇摇头："我才可以下床，还没来得及去。再说了，告诉了又有何用？父皇不会管我的。您也知道，当初他巴不得我死，巴不得我和阿娘都去死。皇后更不会为了我去惹父皇不高兴。"

六叔母还想再说什么，突然想到一些陈年旧事，叹气一声。思来想去，她说道："不如，你跟我走吧。这次过完元宵，你带上阿娘和小蝶跟着我和你六皇叔一起去汝南。"

这一刻，我心动了，我以为我会一辈子都留在皇宫，结果现在有一个机会放在我的眼前，可以带着阿娘和小蝶去疼爱我的六皇叔和叔母那里快乐地生活。

我两眼放光，已经迫不及待开始构想离开皇宫以后的生活了。

叔母让我好好考虑，她去同六皇叔商讨一下，若是妥当，就去求圣上放人。

当晚，我激动得翻来覆去睡不着，一闭上眼就是汝南的风土人情，我想象着在那里的生活，想象着如何重新开始，死去的心突然又跳动了起来。

元日这天，宫中热闹一片，洒扫庭除，各宫门口都挂上了新的桃符，父皇赏给各宫的新酿的屠苏酒也在第一时间送到。当然，不出所料，谨行宫的屠苏酒又被克扣了一些。

内侍们各司其职,忙得不亦乐乎,宫道上内侍们拉着装满竹子的马车,统一到章明宫院内堆放整齐。

家宴中,我默默坐在角落里,对面斜前方第一排居右的是六皇叔,六叔母挨在六皇叔的身边。

他们一抬眼就能看见我,虽然没有过多的交流,但是他们会时不时朝我这边示意。

我心知肚明,就是今天,六皇叔要和父皇谈及我去汝南的事情。

席间,父皇和六皇叔有说有笑,讨论着汝南以及朝中的事情。

大家觥筹交错,看起来其乐融融,唯有我一如既往埋头吃饭。于我而言,吃这样山珍海味的机会甚少,我每次都像饿狼扑食。再转念一想,我就要离开皇宫随六皇叔和六叔母生活了,如此,美酒也多喝了几杯。

父皇提起了梁国,我虽喝得晕乎乎的,但脑袋还算清醒,竖起耳朵认真听。原来是在说梁国向沈国进贡了多少,沈国吞并了一些弹丸之地,闹了水灾之类的事情。

酒过三巡,家宴接近尾声,父皇布了菜,让皇卫司的人出宫赏给各个大臣。

我们则移步院中,集体看烧竹子。内侍将竹子点燃,一片火光中,竹子爆裂发出噼里啪啦的响声,以用来驱鬼辟邪,福泽绵延。

高兴之余,六皇叔牵着叔母的手跪在了父皇跟前,将醉酒的父皇吓得后退了一步,父皇忙虚扶了一把:"皇弟……你们这是作甚?"

六皇叔挺直了腰板呈话:"陛下,臣弟这次回来还有一事相求。

我与夫人在汝南生活了十余年，于前几年盖了一座道观以方便潜心养性，也好为我大沈国、为陛下祈福。可是去年的旱灾让臣弟明白，作为陛下的臣子，更应该着手实际将地方发展壮大，以便日后哪个郡县需要帮助，我汝南之地也可以竭尽所能伸出援助之手。所以如此一来，臣弟就会松懈道观的事，祈福心诚则灵，所以还应有自己的人在道观祈福方显心诚。"

话说到这儿，所有人都明白是何意思了，眼神躲闪着，生怕父皇点到自己的名字，一句话的事就把自己放到道观那种清贫的地方。

父皇略微思虑了一下，长长地"哦"了一声，问道："以六弟的意思，有什么合适的人选吗？"

六皇叔等的就是这句话，他佯装在人堆里扫视了一圈后，指向我："依臣弟看，三公主最合适不过。三公主在道观出生，就已和道观结缘，由她前往道观，每日抄经以清风做伴，命中注定。"

父皇回头寻我，因为对我过于陌生，找寻了一阵才猛然记起我的样子，唤我到面前来，还向六皇叔确认了一遍。父皇如甩弃一件不要的东西，大手一挥："既是天定缘分，那便这样定下了。"

在场所有人都松了一口气，他们庆幸这个倒霉蛋是我，而我庆幸父皇答应了六皇叔。

宴会散去，我抱着一壶屠苏酒回去，步子都轻盈欢快了起来。路过谨行宫时，我站在门口迟疑了一瞬，又朝着前方继续行去，一直抵达归服宫。

我敲开了宫门，知苏一见到我就行了个完整的礼，倒比第一次见到我时态度变了许多，开始千恩万谢，更加尊敬，甚至感激。

他谢我在他主子罚跪时施以寿饼，还害得我受牵连，被于贵妃责罚。

我以为这件事已经过去，而且这件小事何足挂齿，可是知苏老泪纵横，想起那晚的事就心疼不已："不，三公主您有所不知，您的那块饼子救了公子的半条命。"

"半条命？"我疑惑。

"是啊。公子那天受罚，滴水未进，加上艰难而行，刚回宫里就跌坐在地，靠在宫门处久不能动。公子从怀中取出公主给的那块饼子吃下几口，缓了一会儿才支撑着站起来。而且在最冷的时辰，也是饼子的温度暖了些公子的身体。三公主的这份恩情，奴才代公子拜过。"

说罢，知苏跪下就要叩拜。我慌忙去扶，却挡不住知苏的决心，他叩拜了三下后才起身。而我的注意力全放在了主屋，刚才屋内还灯光摇曳的，转眼灯光就全灭了。

"梁公子是已经睡下了吗？"我的视线不离主屋。

知苏见状，叹了口气。他现在全然当我是自己人了，解释道："三公主请谅解，因为那件事连累了您，公子不敢再接近您。知道您受伤后，公子焦灼万分，可又怕贵妃知道后变本加厉，所以不得不远离您，也让您少和归服宫有来往。"

我眉心一皱，看着黑漆漆的主屋。在皎洁月光的衬托下，这屋子肃穆了三分，孤寂得如大漠之中被人遗忘的旅者。

我慢慢靠近，来到主屋的台阶之上。我与他隔着一扇门，突然失去了所有勇气。我原本是想告诉他，我要走了，过了好半天，我却冲门内的人说道："我从家宴上归来，给你带来一坛屠苏酒。这味道比父皇送给各宫的酒还要美味些，你尝尝。"

屋内的人没有回应，我把屠苏酒放在地上，转身就走，迈出一步后却还是折了回来。

"我……可能要走了，等过完元宵，就随六皇叔去汝南生活，也许一辈子都不再回来了。"

我期待着梁景元同我说话，然而好半天屋内仍旧一片寂静，仿佛他睡着了一般。

知苏劝我放弃。自打梁景元入宫当质子那天起，知苏就被派到归服宫侍奉，这一转眼就是这么多年时光。他了解梁景元的性子，如果梁景元不想搭理，无论我再怎么说话，都无异于自言自语。

天冷，知苏也是怕我冻着，知道我身上的伤可能还没全好，让我回去早些歇息。

可是我不是一个轻言放弃的人，即使知苏劝了又劝，我都无动于衷。

又等了一会儿，屋内还是无任何声响，我干脆席地而坐，抱起屠苏酒喝下好几口，背倚在门框上。

抬头就是明月照人，新一轮的醉意袭来，我的脑袋有些混沌，口干舌燥，手脚不听使唤地拍了拍门，吓得知苏差点跪下管我叫姑奶奶。

"梁景元，我知道你在听，今天是最后一次了，我以后都不会过来了。你身上的伤怎么样了？我身上的伤还在痛哎，于贵妃打人可真疼，我差点没有挺过来。本来以为你是最先可以离开皇宫的人，没想到是我。我因祸得福，所以你也会因祸得福的。我们虽然只见过两次，但我真心祝福你，就如同我曾经祝福我自己一样。"

我左手抱着酒坛，右手竖起两个手指，盯着手指仔细看了半天，发现了一件不得了的事情："对哦，我们才见过两次面。你在宫里生活了近十年，而且我们的宫邸在一条宫道上，我们居然才见过两次！你说这皇宫到底大还是小？真是可笑。又或许，我们该在一些场合上见过的，只可惜你我都默默无闻，是不认识彼此的。如果不是那天给你递饼子这样胆大的行为，可能到现在我们都还不认识。

"还有，谢谢你的冻疮膏，涂抹上去真是有效，眼下长冻疮的地方已经止痒了，在一点点愈合。"

我自顾说着，正如知苏所言，全是我一人的独角戏。冷风一轮接一轮吹着，喝了酒的我倒也不觉得冷，反而手脚发热脸发烫。

不知道过了多久，我累得困顿，接连打了几个哈欠，放下半坛酒，又敲了敲门："我走了，再见。"

梁景元虽没有回应我，但我知道，我所说的每句话他都有在听。

直到我踏出宫门，在知苏的恭送声中，主屋的房门才被打开。借着月光，我看清楚了梁景元的轮廓，我们谁都没有再说话，只是远远看着彼此，直到被沉重的宫门阻隔了视线。

宫门被知苏关上了。

我独自在月色中徘徊，仰面看了看匾额上的三个大字——归服宫，觉得更加可笑了。

第二章
异变

接下来的日子,我和小蝶都在数日子中度过,每天睁眼都要为离开皇宫的日子更近了而祝贺。

宫内没有值钱的东西,所以用不着提前收拾,到时带上衣物便可。

元日以来,天气一直不错,六皇叔和六叔母寻了个空闲的日子带着我一起出宫,说是为了提前适应外面的世界。

难得的一次机会,我把小蝶和阿娘也带上了。

这是我真正意义上的出宫,我就是那没见过世面的黄毛丫头,一路东瞧瞧西看看。六皇叔笑我像是晕头转向的小鸟,第一次飞到天际,一时间有太多需要慢慢适应的地方,接着便是鼓励我,让我憧憬未来到汝南的生活。

六皇叔就是这么和蔼,在我的印象中,他一直都是儒雅随和,富有仁爱之心。六叔母也和他一样,温柔可亲。

他们真是般配。

然而到了集市,我发现这里和我在话本上读到的并不一样。我想象中的集市要比宫里过节举办活动的时候还要热闹百倍,可是呈现在我面前的集市虽然有很多卖家,但真正买东西的人并不多,大多数人都是问了价格之后摇摇头无奈离开。

我们一行人在集市里闲逛,每走到一家小摊贩前,店家看着我们的装扮都会眼睛冒光,可劲儿地招客,吹捧着自家的东西。

这一刻才和话本上的一样,我的兴致被带动起来。

六叔母见我这样子,亲自牵着我,凡是见到我心仪的东西,都会毫不犹豫地买下给我。遇到豪华店铺,价格虚高,六叔母还会适当讲价。

一个掌柜打量着我们,此次出行我们都精心装扮了一番,一看就是贵主,掌柜便作揖讨好:"这位夫人,实在不是我张口乱要价啊。我看你们也有心来买,我自然想卖,我已经好久没开张了。说实话,近几年生意都不好做,征税又增加了,跟着房铺的租金都水涨船高,我这东西自然要提价的,不然连本儿都保不住,更不用说一家人吃饭了。"说罢,他为难地叹气,苦不堪言的样子。

我们都沉默了,尤其是六皇叔,心事重重的。

对于市井的生意我不明白,可是听掌柜的话,我再愚钝也该知道这一切都是父皇随意征税造成的。

六叔母跟着叹了口气,最后以原价买下了。

出了店铺,六皇叔提议离开皇都去趟郊外山上的山祖道观,那里是我出生的地方,现在我长大了,按道理也该过去拜别谢过。

于是,我们一行人分两辆马车往道观赶去。

马车内,小蝶憋着的问题终于忍不住了,她掀开车帘,确认六皇叔和六叔母的马车在前方安稳行驶才缩回头来,问道:"公主,您怎会在山祖道观出生?我从没听您提起过啊!"

阿娘听到山祖道观有了反应，她摇晃着我的身子，嘴里咿呀一阵，异常开心："山祖观，山祖观，回家回家。"

看得出来，阿娘在山祖道观的日子是她这辈子最开心的时候，因为她把那里称之为家。

这件事本以为再无机会提起，既然小蝶想知道，我又把她当作家人，说一说也是无妨。

"那是六皇叔给了我和阿娘一次生的机会。"关于山祖道观的一切，我本没有任何回忆，全是阿娘没疯之前讲给我听的。

阿娘在与父皇过夜之后，肚子渐渐隆起，遮不住也瞒不了。那时父皇刚登基不久，朝野上下都关注着父皇的一举一动，万不能出任何差池，让天下人抓住话柄。父皇觉得阿娘就像是一个烫手山芋，他原想随意安一则罪名处死阿娘，连带着还未出生的我一起埋于地下，这样秘密就能保住。父皇的打算被六皇叔得知，彼时六皇叔在皇宫担一文职，因六皇叔本就修身养性，便借着由头说服了父皇，带着阿娘前往道观，于是六皇叔和六叔母带着阿娘住在了山祖道观，一住就是两年多。

等我降生一年有余，父皇才消气，六皇叔就以天下已安，百姓无不臣服于父皇，切不能多生事端，皇家女自当认祖归宗为由，将我和阿娘带回了皇宫，安置在清静少人之地的谨行宫，一直到今天。

小蝶听后，泪眼婆娑，一方面是同情心泛滥，一方面想到了她自己的身世，爹不疼娘不爱，被阿爹卖给了杂耍团，杂耍团又把她卖给了商贾之家做妾室的小丫鬟，妾室因难产而死，正室妻又转手把她卖进了宫中当差。

到达道观时,道观的大门紧闭,里面隐约传来练功的声音。六皇叔敲了敲门,不一会儿,一位值守的小道士开了门,探出身子。知晓我们想要参观道观,可眼下是歇客时间,小道士谢绝我们进入。六皇叔也不着急,平和地将证明自己身份的腰牌递给小道士,烦请他去与仙客通报一下。

没一会儿,一位留着白山羊胡子的紫袍老人步履稳重而又踏步轻盈地匆匆赶来,与六皇叔一见面,两人好一阵寒暄。

从他们的交谈中,我听明白了,眼前的老者是六皇叔的老相识,也是道观的住持。六皇叔虽住汝南,但经常会和老者书信往来。六皇叔每次回皇都,也都会抽空过来拜访。

老者还认得我阿娘,看到我阿娘的状态有些怔住,但他并未吃惊,好似想明白了阿娘为何如此。

阿娘也认出了老者,眼神丝毫不带任何躲闪,像是见到亲人,主动把我拉到老者面前,指了指我,又指了指自己:"我的女儿,霜……霜霜……凝霜。"

老者见到我好好端详了一番,而后无限感慨:"三公主都已经长这么大了,当年的女娃,过了元日后算作年十五,都已经及笄了,真是惊风飘白日,光景驰西流啊。往事还历历在目,恍若昨日光景。"

我当面谢过老者,当年若不是老者收留阿娘在道观里住着,也不会有我的今天。

随后,我们在道观里四处闲逛。六皇叔带我们去到阿娘曾经生活过的地方。

我们来到阿娘住过的客房,六皇叔将窗子打开,正对后院,可见青天白云。

六叔母挽起我的胳膊,对着窗子外陷入沉思:"凝霜,你知道为什么你会叫凝霜吗?"

我摇了摇头:"阿娘以前只告诉我,我的名字是六叔母起的。"

霜是秋冬季节才会出现的,而我又是秋天所生,我猜想大概就是这层含义吧,便从没纠结过名字的由来。

六叔母笑着说:"诗云:'澄空四无云,明月如凝霜。'你阿娘生你那晚,天空就是这般景色,当时我脑海中就呈现出这句诗,如此便叫你凝霜。你就是当晚的明月,照亮着你阿娘的余生。"

我第一次知道自己的名字还有这种寓意,原来也是别出心裁取的。这种喜悦在心底漾开,我看着六叔母,有说不出的感动。六皇叔与六叔母于我和阿娘的恩情,真是无以为报。

再回到宫里已是傍晚,小蝶提着大包小包非但不嫌沉,还能抱着走那么长的宫道。

新来当值的小内侍老远听到脚步声,不等我们敲门,就先开门在门口迎候,还主动帮小蝶提东西,倒是比先前的小内侍有眼力见儿。

小蝶忍不住偷偷夸他:"这次尚宫调来的小内侍比以前所有的都要好,只是不知道时间久了,他会不会也嫌弃我们宫清贫,绞尽脑汁想要调走。"

未来的事谁又能说得好？恐怕也用不了多久他就会被调走。等元宵一过，我们去汝南，这谨行宫就该空着了。

想到这里，我不禁想起归服宫，梁景元不知道什么时候才会回到自己的故乡。

距离元宵又更近了，晴了好多天，这一大早竟下起瓢泼大雨来，雨水打在脸上冷冰冰的，气温骤降，一下跌回元日前。

天空乌云密布，黑漆漆的一片。

小蝶去浣衣局送换洗衣物久久没有回来，我哄阿娘睡下后，自己也困顿了，正准备睡个回笼觉，小蝶一脸慌张地跑进屋把门反锁，嘴里不停念叨："变天了，变天了！"

她这一连串的动作将我吓了一跳，不祥的预感涌上心头。

我忙问小蝶出了什么事情。

小蝶惊魂未定："公主，我刚听说圣上在梁国进贡的贡品中发现了死鹰。死鹰乃不祥之兆，而且是在贡品中发现的，为大不敬，乃谋逆大罪，圣上龙颜大怒，昨天晚上就把梁国使臣和梁质子关进了大牢，连夜审查，说是这皇宫里出现了异心者，现在整个皇宫都人心惶惶的。"

"不可能。"我脱口而出。

即使贡品中出现了死鹰，这和梁景元也毫无瓜葛。梁景元入宫十年，早已和梁国没有任何往来，即便有，无非是梁国使臣进贡时顺便见一见他，而且这些都是在父皇眼皮子底下的会见，怎有机会谋逆？

这一切还有待查明。

只是谁都不想多管闲事，惹得一身骚，唯恐圣上怀疑到自己头上，乃至一连几天此案无人问津，如此下去，梁景元就必须一直在大牢中关着，一直到元宵过后，等待案子审判。进了大牢，相当于一只脚踏进了鬼门关，这期间什么意外都有可能发生。

我暗自发急，奈何力量薄弱，只能旁敲侧击一边打听事情的全部经过，一边想折中的法子。

知苏是了解事情全部经过的人，他得知我有意帮助梁景元脱困，不敢相信。他反复问我的心意，直到确认为止。

他看着我，也觉得我力量薄弱，人微言轻，帮不上什么忙，劝道："公主还是别多管闲事了，圣上的猜忌您难道还看不出来吗？就算这件事与梁公子无关，可是他毕竟是梁国的人，身上流淌着梁国的血，宁可错杀也不能放过。如果这件事真与梁公子无关，公主帮助了他自然是皆大欢喜，可是公主您有没有想过，万一真的与梁公子有瓜葛，您又如何自处？"

我长叹一声："知苏！你知道你最擅长什么吗？"

见他摇头，我又说："最擅长规劝，从第一次见面你就在劝我。你跟了梁公子这么多年，你最清楚他的为人，况且明眼人都能看得出来此事与他无关。就算最后此事与他脱不了干系，那就当我有眼无珠，遇人不淑，国有国法家有家规，父皇该怎样惩处就怎样惩处，哪怕我受到牵连，我都认下。"

"公主……"知苏跪下，欲要认错。

站在知苏的立场上，知苏没有错。他虽跟随梁景元多年，主仆二人情深，但他终究只是个奴才，经不起大的风浪，求的不过是一生顺遂，不肯帮忙没有错。

我打断他："你只需要把你知道的全部讲出来，我去帮他。"

从知苏口中得知，原定腊月初一送达的贡品，因梁国连连大雪，遭遇大雪封路，耽搁了许久，正月初七才送达皇都。贡品有玉璧五十枚、水牛角二百对、貂皮百张、鹿皮百张、茶千包、腰刀二十口、顺刀十二口、五爪龙席四领、花席四十领、白苎布二百匹、绵绸二千匹、细布千匹。

奏事处根据礼单与贡品一一核对后，呈报给了父皇。父皇应允后，贡品抬入皇宫。

正月初八，父皇闲来无事，命人将贡品抬上一一查看，就在打开装有貂皮的其中一个箱子后，发现貂皮上面躺有一只死去的老鹰。

父皇马上就把梁国使臣押到死鹰前，使臣也不知是何情况，父皇便以为他在装傻充愣，将他押入牢房，严加拷问无果后，又审问了奏事处以及监察司的一众官员。

先皇在位时，奏事处发生过一起礼部监守自盗的事情，从此先皇下令，凡清点贡品时需监察司的人在场做笔录，起监督之责。监察司只对圣上负责，所以监察司确认清点贡品无异样之后，只能是梁国动的手脚，于是父皇当晚又将梁景元押入大牢。

贡品入宫之后放入死鹰，而对皇宫熟悉又有作案动机的人只能是梁国质子梁景元，这是想置梁景元于死地。

我心里自有了一番盘算，起身将要离去。知苏见我快走出宫外，问："公主，值得吗？您与梁公子非亲非故，为什么要帮他？"

我停住脚步，没有回头。

为什么？这个问题我从没想过，现在想想，大抵在我的心里把他归为与自己一样的可怜人。我懂那种孤立无援的感觉，所以我想救他。

从归服宫出来后，我悄然走到玉延阁，这里是六皇叔和六叔母在宫中的暂时居住地。想要查案，依靠六皇叔的力量会轻松许多，但结果要是不尽如人意，便会将六皇叔和六叔母牵扯进去。最终，我放弃了依靠六皇叔的想法。

眼下最要紧的是想办法见到梁景元，让他千万不能屈打成招。

我正为如何见到梁景元而烦恼时，御花园的长廊中，我远远瞧见我宫中的小内侍正和皇卫司的人有说有笑，看上去二人关系不一般。

我走了过去，前方二人见到我立即收敛了笑容，行了个礼后，皇卫司的人便匆匆离去。

只剩下我和小内侍，我努力回想这小内侍的名字。

之前小蝶喊宫中的小内侍都叫"喂"，或是"看门的"。就新来的这位小内侍比较勤快，小蝶经常夸他，连同"喂"都变了一个称呼，叫"胡吉"。

我装着不经意地问道："胡吉，我记得你是刚进宫不久的，怎会和皇卫司的人相识？"

胡吉傻乐着："回公主，刚才那个和我是一个村子的，村里的人就这么点，每家每户都是认识的。我此次进宫还多亏了他，不然还进不来呢。"

"哦？"我好奇。皇宫就是一座大的囚笼，伺候各宫的主子更要如履薄冰,小心谨慎。进这里面当差的大多是被迫无奈,尤其是当内侍,如果不是家里实在揭不开锅了,哪个男子会舍了自己的命根?而且只要你身体健康的,一般都能进得来,哪里还要靠关系?

胡吉见我不解,叹了口气,说:"公主有所不知,现在外头的日子不好过。这几年地方闹灾荒,收成不好,饿死了好多人。"

我一惊,竟还有这等事情:"可是我听说朝廷拨款赈灾了呀,虽然不多,但卖官筹集的钱财也可以抵上一阵。"

胡吉摇头,觉得我想得太天真了:"赈灾款层层下发,凡经手的官员都要中饱私囊,用到赈灾上面的钱根本没多少。加上买官的大多都是商人,做了官之后根本不懂为官之道,只想把买官的钱赚回来,就更加克扣百姓,如此百姓就更没好日子过了。听说宫里好,宫里饿不死人,大家抢破了头要进来,想要进来的人多了,就得靠关系,花钱办事。"

我唏嘘了一阵,原来百姓已经这般水深火热,朝廷这般漏洞百出,可父皇全然没有察觉到。

见我发怔,胡吉低声呢喃:"好在我进宫了,饿不死了,多亏了我的老乡。"随后,他扬了扬手中的包裹,"这不,我阿娘还托他给我送了点衣物进来。"

我有些心酸,心中不是滋味,却没有任何能力改变现状。我救不了任何人,就连救梁景元我也是在摸石头过河,准备赔上性命。

直到回了谨行宫,关上宫门,我才说道:"胡吉,我有一事相求。"

胡吉愣住,反应过来才惶恐万分:"公主,您真是折煞奴才了,奴才是公主的奴才，您是主子，主子有何吩咐，奴才定赴汤蹈火，何来相求之说？"

见胡吉这般表明心迹，我直接开门见山："宫中有一处牢房，是皇卫司的人在看守，能不能请你的那位老乡通融一番，放我去找一个人。此事须保密。"

胡吉想了想，懵懂地点了点头。他初到皇宫，还不知一些事情的利害关系，我亦不能吓他。我给他塞了一点银两和首饰，虽然不多，但已经是我绝大部分的资产了，让他去请他的那位老乡打点一下。

另一部分资产，我打算贿赂库房的宫人，打听初七贡品入库到初八父皇查看贡品期间都有谁当值，是否有其他人进出过库房。

因关乎性命，库房的人都口风甚严，我只打听到当值的人员名单，其余一律问不出个所以然。

第二天胡吉就传来好消息，他的皇卫司老乡在后天晚上当值，是去牢中的好机会。

离元宵越来越近，紧迫感席卷而来，我多想要在元宵节前结束这一切，然后带着阿娘和小蝶离开这座囚笼。

这几天我每日忧心忡忡，早出晚归，留下小蝶守在宫里。小蝶早察觉了我的异样，看我时一副欲言又止的样子。我知道她想问，可我们又是这般心照不宣。她知我的性格，也信我，我不主动说的事情，她也不会贸然询问，除非我想告诉她。

晚间，我将那期间当差宫人的名字一一写了下来，回想着白天我躲在假山后偷听到的对话。

一个声音说道："怎么办啊？我们要不要把那天下午见到的人说出来？"

另一个声音严肃地警告："你莫不是想掉脑袋了？多一事不如少一事，况且张尚书在下午的时候只是路过，给我们打了个招呼便走了，能有什么事情发生？现在圣上已经断定是那梁国人做的。你还记得晚上我们听到过一阵猫叫声吗？现在想想，大冷天的哪儿来的猫叫。"

"记得，那猫叫声确实不合时宜。"

"不合时宜就对了。宫中人都知道梁景元先前和皇子们比试口技，猫叫声最为逼真。所以那定是梁景元发出的叫声，故意引我们分神，好偷偷潜入库房放死鹰。事已至此，我们两个怎样都逃不了失职的干系，等元宵过后审查案子时，我们就把猫叫声这点线索说出来，说不定还能立功。"

"好，就这么办。"

回想间，我握着笔在纸上游走，又写下了"张尚书"以及"猫叫声"这几个字。

突然，小蝶敲门，贸然闯了进来。

小蝶很少这个样子，除非有突发情况。我一阵心悸，手中的笔抖落在案桌上，墨水沾染了纸张，一个硕大的污点覆盖在"张尚书"的上面。

"公主，不好了，世子生病了！王爷派人来了，现就在外厅。"小蝶焦急万分。

世子是六皇叔与六叔母唯一的孩子，只有六岁半。今年他们回宫之前世子刚大病初愈，无法承受车程的奔波劳累，便留在了汝南放在六叔母的娘家照看着。

来报信的是六叔母身边的贴身丫鬟，她一见到我就慌忙走上前，忧心忡忡地说："三公主，在宵禁之前汝南那边来的加急信，说小世子染了风寒，病了几天不见好，吵着闹着要娘亲。王爷和王妃知道后很着急，现在等不了元宵之后了，打算明日辰时就启程回汝南，特命奴婢来告知公主，让公主准备一下，明天一早来接公主。"

"轰"的一声，我脑袋炸开。计划永远赶不上变化，我还没有替梁景元申冤，真相还没有水落石出，我这一走，梁景元势必会凶多吉少，可是又不能叫六皇叔等我。我和小蝶、阿娘离开皇宫的机会也许就这一次，抓不住就没有了。

小蝶送人走后，回来看我呆坐在椅子上，以为我是在担心世子的病情，安慰道："公主，您放心，小孩子哪有不生病的，肯定是想娘亲了，所以催王爷和王妃回去。没准这信送来的这段时间，小世子的病已全好了。"

"嗯。"我满腹心事。

看着小蝶眉眼之间遮掩不住的喜色，我知道她在开心。能够提前出发了，她在憧憬离开皇宫的日子。

我不忍泼她冷水，命她去收拾行囊。

夜深人静，我开着房门，一股股冷风灌了进来，刺骨地凉。我默然地看着院中的一切，对面就是娘亲和小蝶的房间，一片漆黑，她们沉浸在香甜的睡梦中，或许梦到的就是汝南的水软山温。

我们从元日前就在期盼，盼啊盼啊，好不容易盼到了头。我心里却难过得如同窒息一般地痛，死死抓住胸前的衣衫。

不到卯时，小蝶就醒了，她见我坐在门槛上，兴冲冲地一跑一跳地过来："公主，您怎么醒那么早？距离辰时还有一段时间，不着急。我现在去做早饭，这是我们在宫里吃的最后一顿饭了。"

在小蝶转身之际，我拉住她的手。她感受到我几乎没有温度冷如冰块的手，反握回来，惊呼："公主！您的手……"

我摇摇头，示意她不碍事的，而后拉着她坐在门槛上，面色凝重。

"小蝶，我可能不能陪你们去汝南了。"这是我想了一宿想出的最好的解决办法。

小蝶震惊，想要挣脱我的手，却被我按住。我解释道："其实这些天我一直在忙一件事情，我想查明死鹰的真相。我本以为可以在元宵之前查明一切，奈何六皇叔的行程也提前了，所以我思来想去，觉得最好的办法就是你带着阿娘跟随六皇叔先走，我留下来，等这件事结束，如果还有机会，我再去汝南找你们。"

我逐渐失去了底气。这件事牵扯甚广，我也没有把握待查明后是什么样的真相，更不会知道我的下场是什么。

小蝶挣脱我的手，激动地起身，脑袋摇得像拨浪鼓："不行，您不走，我怎么可能先走？公主，您为什么非要去查死鹰案？这不关您的事。我们不要管这件事了好不好？生死有命，即使公主心善，不忍梁国质子那个可怜人受冤枉，可是依仗公主的力量也达不到啊。"

"对，我的力量不够，所以才让你们先走！"我没有反驳小蝶，而是坚定我的做法，"你知道的，既然选择了，我就不会轻易放弃。为了让我安心，唯有你带着阿娘离开皇宫。"

小蝶沉默了，抬头看看天空，叉着腰在院中唯一一棵且被烧焦了的大树前打转。最后，她停在我的面前，试图找到一个折中的法子："我们去求王爷晚些启程吧，王爷和王妃那么疼您，我们去把原因说出来，他们肯定会答应的，而且还可以帮一帮那梁国质子。"

"不可以！"我斩钉截铁，"绝不可以，帮助梁公子的事情绝对不能让六皇叔知道。"

我走到小蝶面前，以命令的口吻说道："你不能不走！倘若你还认我做主子，你就带着阿娘先走。六皇叔那边我会找个说辞，说我在宫里还有惦记的人，有未完成的心愿，事情一结束，我就去找你们。"

小蝶痛苦地摇头，却也无可奈何。她知道阿娘是我挂念之人，我把阿娘托付于她，她不能拒绝。

又是一阵静默，小蝶终于妥协："公主，您千万要平安，我和娘娘在汝南等您。"

我正欣慰着，阿娘的房门"吱呀"一声响，在静默的环境里显得尤为大声。我和小蝶像是做坏事被抓包的小孩，僵在原地，暗自祈祷阿娘什么都没听到。

可是事与愿违，阿娘紧蹙眉头，鞋也没有穿，匆匆跑来，哭闹着："不要，我要和霜儿一起。霜儿不去，我也不去了。"

阿娘只穿了一件棉袍，在冬日的清晨过于单薄，她冻得瑟瑟发抖，一只手紧紧抓住我的袖子,生怕我会丢下她。

我千哄万哄才把阿娘哄进屋,让她赶紧上床,盖上棉被。

阿娘扑腾着,扯着被子。

"阿娘不要担心,霜儿是不会离开你的。我们来玩个老鹰捉小鸡的游戏好不好?你和小蝶当小鸡先走,我当老鹰过几天再去追你们好不好?"

老鹰捉小鸡是阿娘最喜欢的游戏,以前使用这种方法百试百灵。

阿娘心情被抚平,嘴里念叨着"老鹰捉小鸡",连连念了几遍之后,突然大哭起来,抱着我的腰:"不要,不要玩,不要分开。霜儿不在,我也不在。霜儿在,我就在。"

"阿娘,你听话。"我继续劝着,抱着阿娘,轻轻拍着她的背。

阿娘的哭泣声逐渐小去,忽然,她松开抱着我的手,盯着我看,指了指我,又指了指她自己,一字一句道:"我们是一家人,无论生死,都要在一起。"

阿娘突如其来的话让我震惊,许久没有听到过阿娘这般正式的话语,犹如阿娘没疯之前。

我不敢置信,尝试着小心翼翼地喊道:"阿娘。"

阿娘"嗯"了一声,握上我的双手,不停摩挲,把我额前的碎发别到耳后,仿佛回到了小时候。

阿娘眼睛清亮见底:"无论发生什么,一家人都不能分开,你做什么我都支持你,因为我们是一家人啊。"

"阿娘……"我哽咽了。阿娘虽然疯癫,但在她的心里,我永远都是她的骨肉至亲,唯一的女儿。

看着阿娘期许的眼神,思虑良久,我说:"好,生死有命,不负此生便好。"

小蝶过来双手伸开,抱着我和阿娘。

此时此刻就算死亡,我们也不觉得有何畏惧,突然觉得去不去汝南也无所谓了。

我亲自去玉延阁与六皇叔说明了情况,他虽然不理解我在这皇宫里还有什么未完的心愿,有谁还值得我牵挂,但见我不说且态度坚决,也就没再多劝,留下了一些金银细软,嘱咐我若是还想去汝南,修书一封,他再想办法带我们走。他也得想个理由搪塞父皇,暂且不接我走。

入夜,胡吉领着我去牢中。

皇宫里有一座牢房,位于皇宫左苑的西南角。牢房不大,是用来应急的,不常使用,但极为牢固。几年前这里关押过犯错的宫人,后来再没人被押解进去。

我和胡吉到时,他的那位老乡正在看守,见到我们后亲自引我们去见梁景元,随后交代道:"只有半炷香的时间,希望公主别让小的为难。"

我应下后,胡吉和他的那位老乡便离开到门口等我。

梁景元听到动静,一脸茫然地看着我,眼神里闪过疑惑、好奇与错愕。他蓬头垢面,只几天未见,他就憔悴得如同大病一场,不过幸好,他身上没有伤痕,目前为止没有人对他动粗。

我双手抓住铁栅栏，故作轻松："我们又见面了，本来以为我们此生不会再见，没想到这么快就见面了。"

他嘴唇动了动，喉结上下滚动着，终是没有发出任何声音。

换作任何人都不会理解我的行为吧，哪有人偏喜欢多管闲事的？

"时间不多，我长话短说。我听说这里的看守在审讯时习惯动粗，手段恶劣，万一对你动了粗，你千万要忍住，不能承认自己没有做过的事情。你放心，外面有我在调查这件事，只要你没做过，我会竭尽全力还你清白，争取早日把你救出来。"

梁景元忽地蹙眉，冰冷道："这件事与你无关，你不需要插手。"

早知道他会这么回答，我耸耸肩，笑了笑："你有什么线索可以告诉我，我好顺着查下去。"在没调查清楚真相前，他未洗清嫌疑，即便我相信他是清白之身，但为了沈国，我不能将我找到的线索告诉他。

梁景元想都未想："没有。"态度一如既往的冷峻，"劝你不要多管闲事，就算你还我清白，我也不会感激你的。"

我浅笑一声："嗯，也没期待你的感激。如果真没有线索提供给我，我就走了，我可没钱再进来一趟了，所以真的没有任何话要说吗？"

梁景元沉默了一阵，背对着我，重重地叹了一声："没有。"

"好，那你一定不要屈打成招。当然，如果事情真是你们做的，还是早点招供，少受点皮肉之苦。"

梁景元没再理我，而我也不再逗留。

我回到谨行宫时，小蝶正来回踱步，坐立难安，看到我后，悬着的心终于放下。

要救梁景元的事既然被小蝶知晓，每次行动我也不再瞒她，反而还需要用她平时爱打听的性格来帮我做事。我需要知道张尚书在正月初七那天几时进宫、几时离宫，进出宫时有无同伴。

小蝶刚答应下来，胡吉拍了拍胸脯说："这事何苦还要劳烦小蝶姑娘，我再去找我老乡一问便知，反正都贿赂了他，那这个钱也不能浪费掉。"

宫门的值守也是皇卫司的人，同一部门的人自然好打听，这点我竟差点忘记。

我端详胡吉半天，叫他都有些不好意思了。胡吉来得真是时候，但凡尚宫那里派别人来当差，我办事都不会这么顺利。

这大概就是命运吧。

胡吉的办事效率一向很高，次日一早找了他的老乡，当天就有结果了。他的老乡在宫门值守时特意与做进出宫门记录的同僚套近乎，亲自查看了初七当天的记录。张尚书未时进宫，申时离开，因乘坐马车，故还有马夫一起，并无异样。

除此之外，我和小蝶也没有闲着，通过多方打听，知道那日张尚书没有受到父皇的传召，而是主动觐见。

张尚书是朝中元老，因已入暮年，腿脚不便，父皇特恩赐可乘马车入宫。经常不受传召，主动觐见也是寻常之事，一切看起来都那么寻常，却又不甚寻常。张尚书每次进出宫都有固定的路线，从宫门到永安殿或是到仪和殿都不会经过库房，偏偏那日张尚书从父皇那里出来后，绕了一大圈从库房那条路出宫，这就不正常了。

更加可疑的是，初八那天张尚书又乘马车入宫，也就是在那之后，父皇忽来兴致想要查看贡品。要说张尚书是清白的，我万不能相信。

"公主，您是怀疑张……尚书？"胡吉不可置信。

"我只是怀疑，那两日张尚书的行为不得不让人多想。"我心事重重，心里越发没底。

小蝶和胡吉无论如何都不相信张尚书会做出这样的事情，他们两个一左一右、一前一后地找各种理由推翻我的怀疑。

天下谁人不知张尚书对朝廷忠心耿耿？

我的脑子乱成一团，怀疑归怀疑，确实没有证据。

就在我打算换另一种思路重新入手调查时，胡吉无意间的一句话让我把目标重新转移到张尚书的身上。

"张尚书的祖上就是大户人家，家族的荣光一直延续至今，就连坐的马车都是圣上赏的，可气派了，不仅能坐下六个人，还能放下不少东西，搬家都不成问题。"

胡吉坐在门槛上和小蝶说起宫外的事情，说着说着就聊起了宫中大臣，再到张尚书。

小蝶有些不信，无法想象马车还能搬家，一副好奇的模样："你胡扯吧，我就不信那床也能搬走？"

她入宫多年，跟着我没见着多少宝贝，许是想不出马车的豪华程度。而我有幸见过一次，那辆马车不仅彰显了张尚书的地位，也彰显了父皇对他的信任。

胡吉摸了摸脑袋，傻笑两下："当然不能，就夸张的说法，反正马车很豪华。张尚书的府邸也很大，而且张尚书常年招募食客，有各个方面的能人。在我还没进宫前，张尚书就又招募了一个会口技的食客，说是为了哄他孙子玩。"

豪华的马车、会口技的食客……

我灵光乍现，豪华的马车可以藏人，会口技的食客可以在夜里模仿猫叫，顺其自然就能嫁祸到梁景元的头上。这就是为什么在过年休沐期间，张尚书连续两天都要入宫觐见，一次是把人拉进来，另一次是要把人拉回去。

凡事讲求证据，仅凭我自己自然无法查出个所以然，那食客也不会对我说实话，如此我想到了一个人，在这后宫之中，唯一一个想把张尚书从朝廷中铲除出去的人。

元宵刚过，审查梁景元被提上日程。张尚书下朝之后，我让胡吉特意等他递给他一张字条。

张尚书看过后，在我预料之内跟着胡吉到谨行宫找到我。他将字条撕碎撒到地上，阴阳怪气道："三公主，饭可以乱吃，话可不能乱说。你说老夫故意陷害梁景元，可有证据？"

"证据？"我抬眸看着这位老人，直到现在我还是尊敬他的，"张尚书，您贵为朝廷重臣，受父皇青睐，赐你马车，许你乘车入宫，可是父皇没叫你在马车中藏人啊。"

说罢，我注意到张尚书脸色微变。

静默了几秒,他严肃道:"你既知我是重臣,更应该知道我为朝廷尽心尽力,岂能让你一介女子随意诬陷!"

"是吗?张尚书。"我笑道,故意激怒他,"马车藏有会口技的食客,然后食客就在皇宫过夜,顺便潜入库房在贡品里放入死鹰,第二天你再乘马车入宫,看似觐见,商讨国事,实则故意引导父皇查看贡品,发现死鹰,嫁祸梁国。目的达到之后,你再把食客藏在马车中带出宫,一切都神不知鬼不觉。您口口声声说一辈子都为朝廷操劳,为了父皇,到老怎么就糊涂了呢?"

"你!"张尚书涨红了脸,气结,仍不认账。

早料到他会如此,我让他的小厮回府查看那位会口技的食客可否安然在府中。不久之后,小厮匆匆赶来,与张尚书耳语了几句,只见张尚书脸色彻底大变。

"老夫真是没想到三公主好手段,你以为我就怕了你吗?你一个不得宠的公主,以为攥住这件事就能让圣上多看两眼吗?"张尚书气急败坏,他自认为做得天衣无缝。不过他也不怕,毕竟在他眼里我根本构不成威胁。

"张尚书,你错了。今天我不是为了找你难堪,只是我不懂,到底为什么?"我心平气和的。

张尚书冷哼一声:"为什么?当然为了圣上,为了朝廷,为了百姓。梁国近年来版图越扩越大,虽每年按时送来贡品,但仍不排除梁国对朝廷的威胁。我早禀明圣上,早日出兵,一举拿下梁国,永绝后患,可圣上就是不听,夜夜笙歌,也越来越亲小人,老夫只能以这种法子来挑起事端，给圣上一个出兵的理由！"

"可是你有没有想过，如今的沈国根本不适合再与其他国家起争端。"

"我……"张尚书噎住，似有许多话卡在喉中。

强盛之国打仗尚有败北的风险，更何况是连赈灾款都拨不下来的沈国。如今百姓赋税严重，国匮民穷，如再增加劳役，兵连祸结，必然会涂炭百姓，耗损国力，只怕后悔莫及。

"张尚书，您是良臣，不会不懂这其中的利害关系。您也是能臣，一定会有其他的方法。与其战争，不如先让我们国家富强起来，百姓安居乐业，丰衣足食，这才是盛世之景。"

见张尚书思虑，我继续说道："你在父皇面前说得上话，不如就去找父皇道出实情，再和父皇商量一下先从内入手。也许你说的话父皇能听得进去。"

"哼。"张尚书冷笑了一下，满眼悲凉，"倘若圣上肯听我的话，我还用得着演这么一出戏吗？"

身为臣子，食君禄，担君忧，可是圣上早已听不进去任何忠言，朝廷其他官员又沆瀣一气，只安于现状，全无半点臣子的样子。一想到这里，他就来气，一掌拍在桌几上，震得茶具咣当响。

"内忧自当要解决，可解决国内之事谈何容易。先前朝廷卖官，那些官员根本不懂为官之道，就算朝廷从现在开始征辟贤才之人，再解决各地灾情，使国库充盈，让所有百姓有饭吃有衣穿，最少也要三年时间。但如果放手一搏，与梁国的战争取得胜利，梁国的一切就都是我们的了,那时还会怕国库不充盈吗?"张尚书越说越兴奋,仿佛下一秒梁国的所有宝贝就都是沈国的了。

我摇头,觉得不对,这样想是不对的:"这样做的代价太大了,到时一定会血流成河,黎民百姓还怎样生活?"

张尚书冷哼:"你懂什么?这叫先破后立。代价大又怎样?血流成河又怎样?比起国家来说,根本不值一提。"

我被张尚书的这番话给惊到了,没想到他的思想如此激进,完全不计后果。

张尚书见我怔住,以为把我给吓住了,得意扬扬,准备告辞:"三公主既然已经知道了老夫的心思,我也就不多说什么了,劝三公主早点放人,不然就休要怪老夫不客气了。"

"你好大的胆子!"父皇怒气冲冲地从帷幔后走出来,吹胡子瞪眼,指着张尚书,上前就是一脚。

皇后紧跟在父皇身后,走到我身边时特意停留一瞬,与我目光相对。

张尚书在见到圣上的那刻先是一愣,他万没想到我会把圣上请来。他被圣上踹倒后闷哼了一声,扶着腰缓慢地从地上爬起,恭敬地跪着,嘴里喊冤:"圣上,您听臣解释。"

能把父皇请到我宫中看这出戏的全靠皇后,能让那位口技食客藏匿起来也全凭皇后的势力。

皇后的父亲早与张尚书政见不合,每每上朝都要唇枪舌剑。而且张尚书过于耿直,且自祖上开始就是大户人家,三代为官,傲慢了些,得理不饶人,经常把人治得下不来台。若能借这个机会杀一杀张尚书的气焰，最好让他告老还乡，是皇后求之不得的事情，所以我去求了她，她爽快地答应了。

"圣上，您息怒，身子要紧。还有你张尚书，真是越老越糊涂了，怎么能做出这样的事情来？"皇后假惺惺的声音传来。

圣上又命人将张尚书绑了，听候发落。夹杂着张尚书的知错求饶声，一时间，宫里乱成一团。

那些声音越传越远，没一会儿，谨行宫内又恢复如常。

"这就结束了？那梁国质子能被放出来吗？还有张尚书，他可是朝廷元老，不会有事吧？"小蝶忧心忡忡。

我深呼吸："放心吧。"

我已经尽我所能，结局是我不能掌控的，那便听天由命。

三天后，梁国来使与梁景元被放了出来。至于张尚书，父皇念在他往日的功劳上，准他告老还乡。

看似皆大欢喜的结局。

张尚书落寞地离开他生活了大半辈子的地方，到出城门时都在念念有词。

他站在城门前回望，久久不能释怀。

张尚书的夫人以为他对这里恋恋不舍，下了马车，前来劝他："快要下雨了，早些赶路吧，衣锦还乡也没什么不好。有些事情是天定，你我左右不了。"

张尚书叹气，嘴唇动了动，始终没有说出任何话。天上乌云密布，他最后看了眼高耸的城楼，又叹了口气，头也不回地搀着夫人上了马车。

胡吉与我说着他听来的事情——张尚书临走的时候,以前结交的好友竟无一人到场送别,这就是人走茶凉的悲哀。

梁景元出狱后的第二天,知苏独自登门道谢,说是奉了梁公子之命。

我问他梁景元可有带话给我,只见知苏一怔,眼神躲闪了一阵,支吾着说了些隆重的感谢措辞。

经此试探,我就知是知苏擅作主张。不过无妨,我从他那里打听到了梁景元的状况——没有受皮肉之苦,就是饿得发虚,吃东西就吐,养了一宿便恢复了些精气神。

此后一连几天,每到傍晚,我总能隐约听到一段箫声,婉转悠扬,霁月清风。

我知道那是从归服宫里传出来的,是梁景元的箫声。

第三章
赐婚

我与梁景元再见面时,已经是阳春三月了。在靶场上,他陪着几位皇子比赛射箭,而我则被长公主叫来一起观战。

长公主是皇后所出,自从上次死鹰事件后,长公主对我的态度大为改观。这是她第一次约几位公主出来顺便带上了我,也非常客气地帮我安排了座椅,竟在第一排的位置,坐在她的旁边。

今天的风有些大,靶场上大家的成绩都不太理想,可大皇子的成绩依旧遥遥领先。大皇子向来骑射一流,深得父皇的赞赏,其次是三皇子、小皇子,梁景元的成绩在最末。

两轮比拼结束后,四皇弟将弓箭摔在地上,不耐烦地走到廊下来。一旁候着的内侍赶紧上前伺候,为四皇弟披上外裘,却被四皇弟一把拽下。

"哟,四弟这是生气了?都说了玩得尽兴就好,你年纪尚小,能有如此成绩就已经不错了,况且今日风大,风有一定的责任。"长皇兄跟着一起过来,手里握着弓,哄劝着四皇弟。

三皇兄也来附和:"太子所言极是,四弟莫要生风的气,不值得。"

"不要。"四皇弟双手叉腰,气鼓鼓的,"月末就要皇家春猎了,我一点长进都没有，就这成绩，到时我又是倒数第一。"

长皇兄说："怎能是倒数第一呢？我们几人之中，你明明是正数第三名。"

"太子哥哥，你又取笑我了，去年要不是梁质子让我两头鹿，我能得第三？这次的春猎就快到了，我真是懒得参加。"

四皇弟从小娇纵，又受于贵妃的溺爱，要风得风要雨得雨，一不遂心意便乱发脾气。为了避开不必要的麻烦，大家心照不宣，多数情况下都会迁就他。每次比试都要有个垫底的，而且绝不能让四皇弟拿倒数第一，于是梁景元就成了这个垫底的。

这时，梁景元把四皇弟摔下的弓箭拿了过来，放在四皇弟面前的案桌上。他再抬起双眸时，目光与我交会。我们对看了一眼，他迅速收回目光。

长公主冲四皇弟说道："既是如此，那不如春猎时，你躲到我的帐房中吃些点心，专心等梁景元替你抓了猎物来，你就坐收渔利。反正都是第三，何苦劳心劳身的？"

我看向梁景元，他面无表情，坦然接受别人的一切安排。

四皇弟想了想，觉得办法可行。

风过时，三皇兄又咳嗽了起来，惦念着三皇兄的身体，长皇兄提议在廊下玩投壶。四皇弟第一个拍手叫好，马上命人取来工具。

只玩没有赌注太没意思，二公主便想着法子参与到游戏中去，提议由公主下赌，赌输的人就要接受惩罚，在头顶放置水果，当投壶最末的人的靶子。

赌注存在一定的危险性，长皇兄和长公主犹豫不决，觉得换个赌注较为稳妥。可四皇弟和二公主坚持，大家也就同意了。

投壶前，我们把下注的人写在纸张上，折起，等到他们三局两胜后再打开纸张。

第一回合太子胜。

长公主、二公主和四公主已经按捺不住自己的心情，欢呼雀跃起来，她们写的人都是长皇兄。

唯独我没有任何情绪，迟迟不打开纸张。

长公主提醒我："凝霜你的呢？你押的谁？"

"我……"我欲言又止，看向梁景元。

他也在看着我，用一种我读不懂的目光看着我，或许他能猜到我写的是谁。

四公主迫不及待地帮我打开纸张，当那人的名字出现时，所有人都不约而同地看向梁景元，接着又诧异地望着我。

我选了一个最不该选的人。

"你怎么选他啊？"长公主不理解。

"愿赌服输。"我没有做任何辩解，拿了一个苹果放在头顶，从梁景元身旁经过，走到射靶处。

梁景元迟疑了一瞬，只问了一句："公主可信我？"

我的嘴角向上弯起一定的弧度，从选择他开始，我便是信他的。

我点头，从没有如今天这般斩钉截铁："我信你。"

说罢，梁景元举起弓箭，眼神坚毅地盯着我头顶的苹果，只眨眼工夫,羽箭出弓正中苹果的中央。

就这一瞬间,我的心里泛起了无数涟漪,感觉他就像是一只蛊,从见到他的那天起,我就一直在做挑战自己极限的事情。他如激流,冲荡着我本无趣的年岁。

这时众人沸腾起来,觉得最不可思议的当数二公主,她吵着下一轮押梁景元,还让人不要和她抢。

最从容的是长皇兄,他像是一直都知道梁景元的箭法很好,只是为了迁就四皇弟才甘愿屡屡倒数第一,所以一点都不像其他人那般大惊小怪。

第二回合开始,梁景元稍稍拿出了自己的本事,以一箭之先超过了四皇弟,四皇弟落了个倒数第一。所幸我们几人中没人押四皇弟,不然就冲他那个箭法,恐怕凶多吉少。

二公主垂头丧气,念叨着梁景元偏偏赢了四皇弟,害得她都不能领略一下梁景元的箭法了。

四公主笑她:"哪有人赶鸭子上架喜欢当靶子的?你莫不是瞧上梁公子那俊俏的模样了?"

众人皆笑。

二公主生性贪玩,偏好酒场,年十八都未出嫁,父皇为她寻了好多郎婿,她都瞧不上眼。

二公主叹气道:"谁说不是呢,我爱酒,也爱美男子。你们说,这天下男人都可以三妻四妾,为什么女人就不能有几个夫君呢?不然,我定纳了梁景元当填房。"

众人又是一阵哄笑。

梁景元依旧面无表情,毫无波澜,仿佛大家讨论的人不是他一样,只浅浅回道:"公主莫要说笑了,公主身份尊贵,定会以同等尊贵的人相配。"

我们又玩了一回合,二公主依旧押梁景元,并且在四皇弟的闹腾下,梁景元不得不又以垫底的成绩挽回四皇弟的颜面。

这下可把二公主高兴坏了,怎料却没等来她心心念念的一箭命中苹果,梁景元射出的那支箭从她耳边呼啸而过,她当即脸色惨白,汗珠外渗。

"大胆!"二公主气急败坏,就连声音都有些打飘,"梁景元,你好大的胆子,想害死我!"

梁景元则一脸无辜:"还请二公主恕罪,我的箭法一向不稳定,刚才三公主那次纯属侥幸。"

二公主扫了兴,愤怒地拂袖而去。

见长公主也乏了,我们便都离去了。

晚间,胡吉来报,归服宫的知苏送来一块点心。

胡吉端着盘子将点心递给我,嘴里好生念叨:"这什么人啊?哪有人只送一块点心的道理?分明是瞧不起我们嘛。"

我使了个眼色,胡吉立即闭了嘴。

等小蝶和胡吉退下,我独自端详着点心,不管是梁景元还是知苏,绝无可能没有任何由头地来送一块点心。我将点心从中缓缓掰开,发现了一张字条。

——子时，听雨亭。

寥寥几个字笔锋苍劲有力，落笔之处又行云流水，这一手的好字可不像是知苏能写得出的。

三更半夜，梁景元约我去听雨亭做什么呢？前几次我主动找他，他都不想搭理我，如今却主动找我，难不成良心发现了？弄得神神秘秘，叫我猜不透他的想法。

好奇心作祟，接下来等待的每一刻都度日如年。

听雨亭就在上次我去太医院为梁景元取药后，返回来的那条无人问津的小路上，那个亭子荒废许久，而且周围黑漆漆一片，倒真吓人了些。

我到时，梁景元已经在等着了。他背对着我站在亭子里，听到身后的动静缓缓转身。这时的他和往日都要不同。

只见他身穿了件茶褐斑布青衣衫，腰间系着竹青色腰带，头发仅用一根白杏色的发带束缚，随风起，随风落，飘飘而然。他手持一支箫，宛如游走在天地之间不困于心的闲云野鹤。

他向我行礼，这是他第一次向我行礼。

我们两个的关系是平等的，这让我受宠若惊。

他看出我的拘谨，笑道："公主无须紧张，这与你为我所做的一切比起来，根本无关紧要，目前为止，我也只能用这种不痛不痒的办法谢过公主了。"

距离死鹰案已经过去几十天了，我原以为事情已经过去了，他又重新提起，我不知他是何意。

"死鹰案本是我一厢情愿地帮你，那就是我自己的行为，你无须谢过，况且当初知苏已经来我宫中谢过了，这件事就让它过去吧。"

梁景元没有接话，沉默了一阵，他说道："不如让我为你吹一首曲子吧。"

这首曲子和死鹰案结束之初的那几日，我在谨行宫里听到的曲子一模一样，虽然梁景元什么都没说，但他还是在用他自己的方法谢我。

一曲罢，我夸了他的曲子，他只微微点头，然后问我："我记得元日那天，你说元宵节之后随汝南王去往汝南，可眼下你并没有走，我猜多半是为了我的案子。你现在想起来可有后悔？"

我低头一笑，看来他也不全然是个冷酷无情的人，有些欣慰。我摇头，轻松道："当然不后悔，我丢掉的只是一次机会而已，这个机会我相信日后还会再有。其实皇叔有给我来信，问我事情是否办完，催我去汝南，只不过我在回信中拒绝了。"

好不容易见梁景元神色放松了一次，在我说完后，他的表情又有些拧巴起来，眉头皱得比山水画中的沟壑还要多，他觉得费解。

我是明白他的，好不容易有个机会，我念了许久，最后我又放弃了这个机会，任谁都会笑话我傻。

其实我想告诉他，我在皇宫中找到了比自由更重要的事情，不过我不会告诉他。

我只轻描淡写地说："你就当我傻吧。"

可是很明显，这个理由是不能说服梁景元的，他都要把我的眼睛盯出个窟窿来了。好半天，他的眉头才舒展开来，仿佛想通了一些，如果不是傻子，谁会冒着得罪父皇、冒着掉脑袋的风险，铤而走险地救他。

正当我为他的灼灼目光收敛了一些而感到放松了点的时候，他冷不丁地问起："那今日你为何选择我，后面又不选我了？"

他是指上午的投壶游戏，我后面两个回合分别选了三皇兄和四皇弟。这其中的缘由好说，我也不打算隐瞒："选择你，是相信你，就是无条件相信你。你赢得游戏也好，输了游戏也罢，反正就是想选你。"

这个理由不知是触动了梁景元哪里，他居然笑了。我第一次看见他笑，稀罕得紧。他笑起来原来是这般好看，难怪平日里惜笑如金，不然这得迷倒多少女子。

"后面两次是因为你被二公主点名押注了，我们几位总不能偏偏和她抢。而且我若不押三皇兄和四皇弟，他们两个就没人押，这游戏就更不好玩了。"还好我把持住了，在他的笑容下，还知道自己要说什么。

想起今日他的箭法，我忍不住问："你的箭法到底好还是不好？好的话，有太子好吗？不好的话，有四皇弟差吗？"

他不肯直面回答，反而把问题抛给我："你觉得呢？"

这种问题怎么能"觉得"，纯属是不想回答我。也罢，我也不强人所难，他不回答，我也不追问。

倒是他，末了补上一句："日后你就会知道了。"

日后是哪个日后？是哪一天？我当是客套的说法而已，可是我没想到他会把这件事放在心上。

月末皇家春猎,往年我都是没有资格参加的,这次托了皇后的福,她把我带上了。小蝶本也想去见一见世面,可是阿娘身边离不开人照顾,于是她留了下来。

此次我被皇后安排在公主的队伍中,第一次享受着与其他公主同等的待遇,有专属的马车,有自己专门的帐房。皇后原是想安排个人来伺候我,但被我拒绝了,我习惯了小蝶在身旁,换作别人,浑身不自在。

狩猎开始,四皇弟当着父皇的面出发,而后半道偷偷下马,躲进了长公主的帐房,他把捕猎任务交给了梁景元。

梁景元习惯跑去老远的地方狩猎,而我早早等在了约定的地方。

狩猎的前一晚,梁景元让知苏找到我,让我在狩猎开始的时候,找准时机来到山脚边的一棵树下等候。

起初我不明所以,直到梁景元骑马奔腾而来,他把手递给我,拉我上马,我横坐在他的面前,他双手勒着缰绳将我罩在他的怀中。

霎时,我庆幸他看不到我滚烫的面颊,也庆幸他没有同我说话,不然我这七上八下的心,连同说话都会吞吞吐吐。

到了一个相对安静的旷野,他将我放下,把马儿牵到一旁吃草,背着弓箭,准备拉着我踩着摇摇晃晃的石头过河。

"你要去对面打猎?"

"对,对面几乎没有人,我们去那里清静。"

说话时，梁景元已经下河站在第一块石头上，转身把手递到我面前。我犹豫了一瞬，搭上他的手，提起裙摆，慢悠悠地跟着他。

他的手掌很温暖，掌心有厚厚的茧子，像是长年累月习武留下来的。他平时都与皇子们一起习武，刻苦耐劳。

他将我的手攥得很紧，每走一步他都要回头等我。

我想说我不似其他公主的金贵之躯，这点踏着石头过河的本事对我来说还是轻而易举的。可是我偏就贪恋这种照顾，哪怕自己能够做到的事情，希望还是有人替我着想。

春日的阳光洋洋洒洒铺盖在大地之上，波光粼粼的溪水反射着晶莹透亮的光芒，暖风袭来，好不惬意。

短暂的过河路程，我的手心已布满密汗，那颗扑通直跳的心愈加凌乱。真想时间停留在这一刻，可以暂时忘却烦恼，只属于我和他，两个可怜而又惺惺相惜的人。

小溪对面是一片丛林，踏上松软土地的那一刻，梁景元松开了我的手，没有一瞬留恋。这种态度让我产生了一种错觉，觉得他对我只是客气而已，说不定他也这样"照顾"过其他女孩子，我眼里的这种"照顾"在他那里根本不值一提。

一时间，我像被人打了一个巴掌，明明以为我才是被他偏心照顾的，结果于他而言都一样。

说实话，我喜欢被人偏心的感觉，因为除了阿娘、小蝶、六皇叔和六叔母，我再也没有被任何人偏心过。眼下有了梁景元的偏心，我这才体会到被除亲人之外的人偏心的滋味。

我有些沮丧地站在原地。

梁景元见我没跟着他走，回头来找我："怎么不走了？怕吗？这里面没有特别凶猛的动物。就算有，只要有我在，我就不会让它们伤害到你。"

他只是认为我怕了，丝毫没有察觉我的小情绪。

我还是原地不动，思想斗争了许久，有些酸楚地问他："你……牵过多少女子的手？"

梁景元先是一愣，然后一脸正经道："我大概只牵过我的娘亲吧，记事之前就不知道了，后面就只牵过你。你为何会这样问？"

我心里卸下一口气，突然为自己刚才的胡思乱想而深感歉意。怪不得长公主曾经说女子嫁人后切莫胡思乱想，不然就是自找麻烦。我这还没成亲，都已往那个方面想，实属不该，欠打。我敲了敲自己的头："没什么，就是想问问。"

梁景元带我来的这片丛林不在皇家狩场范围内，除了我和他，再无别人。我们两人一前一后，突然听到草丛里传来一阵声响。梁景元示意我停下，而后半蹲着身体，静候着。

只见一只野兔蹿了出来，电光石火之间，梁景元装弓上箭，对着兔子没有丝毫犹豫直接射了过去，兔子应声倒地。

待我们靠近，兔子突然睁眼蹬腿，落荒而逃。

正当我疑惑之时，梁景元拾起地上的羽箭让我一探究竟。原来箭头是用蜡做的，根本没有杀伤力。

见我不解，他说道："反正我是要当倒数第一的人，没必要射杀那么多动物。以前狩猎的时候，我都是找个地方躲起来睡上一觉，再随便捕获几只交差。今年的情况不同了，你问我的箭法如何，这次正是带你亲眼见证的好机会。用蜡做箭头，既不会血腥，你看着也不会有太多的不适。"

原来他如此心细，面面俱到。

在这片丛林中，我见识到了他真正的箭法，要比太子好上百倍。无论是在陪着几位皇子学习还是活动中，他都收敛了锋芒，又太会隐藏伪装，只给他人留下高不成低不就的假象。

这皇宫中，梁景元才是大智若愚。

我问他："你就不怕我把你的真才实学状告给太子吗？"

他却谈笑自若："怕，所以还请公主高抬贵手，留我一条活路。"言语间甚是无惧。

我知他与我开玩笑的，他也知我是玩笑话。毕竟他是我曾经救下来的人，我要他好好的。

接近狩猎尾声，他该动真刀真枪了。为了避免我看后不适应，他特意让我先走，等目送我进了帐房，才回头狩猎。

后来，我从宫人的口中得知，此次狩猎排名状况和往年一样，太子第一，三皇子第二，四皇子第三，梁景元第四，毫无悬念。

今日父皇的兴致格外高，又有于贵妃在旁伺候着，父皇老当益壮，竟与一干大臣比赛骑马，一直玩到了晚上。

到吃饭时，我早就饿得前胸贴后背了，顾不得他们边吃边聊，寻了块角落埋头苦吃，一抬头便看到对面的梁景元正看着我，不知他看了多久，有没有看到我狼吞虎咽的样子。

同时，我也注意到右前方坐着的昌平郡主，她似乎也在注视着对面。难不成对面的人里有她的心上人？

不过可惜，昌平郡主未及笄，等上一段时间便可。

饭后，我们各自回到自己的帐房。

这是我第一次在外露宿，难免不适应，竟失眠了。书中常说郊外的星空异常美丽，难得出来一次，反正也睡不着，我便出去准备领略一番。果然，书里没有欺我，一抬头，如墨的天空上群星璀璨，明明是一样的星星、一样的月亮，这里的却更加闪耀皎洁。

正当我欣赏美景时，帐房那边的树林中传来隐隐约约的说话声音。这夜深人静的，只有来来回回巡防的护卫军，谁还能在小树林说悄悄话？在好奇心的驱使下，我小心靠近，只见两个人影晃动，那说话声也越发清楚，我竟听到了于贵妃的声音。

这个时间她不应该陪着父皇吗？

疑惑时，我又听到一个低沉的声音，是一个男人的声音。当我正准备仔细一听时，突然一道呵斥声打断这一切："是谁在那儿！"

护卫军见我鬼鬼祟祟的样子，差点把我当成歹人，看清我的模样后，连忙弯腰半跪请罪："原来是三公主，还请恕罪。三公主您可是有事？"

"我……失眠了，起来走走。"说罢，我回头再朝树林中看去，那两个人影早就消失得无影无踪。

再回到帐房,我心里越发不舒服,怎么想都不对。

于贵妃半夜和一个男人在树林里私会,这让我不得不往那方面去想。如果这件事是真的,那父皇就戴了绿帽子。

这还不是关键,最为重要的是我会不会被灭口!

不祥的预感席卷而来,那个护卫军的声音那么大,于贵妃肯定听到我的名号了。不管于贵妃有没有在做坏事,依她的性格,定然不会轻易放过我。

正懊恼时,梁景元在帐房外低声唤了唤我。

这么晚,他还没睡吗?

我点燃蜡烛,掀开帐幕,我们见到对方后不约而同皆是一愣。

"这么晚,你还没睡啊?"我先问他。

他轻轻"嗯"了一声,将藏在背后的一捧花拿出来送给我。见我惊喜不已,他说道:"下午得空去采的,一直想找机会给你,之前你一直在长公主那里,所以想趁夜来碰碰运气,还好你没睡。"

被他这么一说,我更加做贼心虚:"第一次在外面睡,失眠了。"

我将花放在鼻下嗅了嗅,野花虽小,倒比宫中悉心培育的花还要香。未等我道谢,梁景元说他也睡不着,想要邀我出去走走。

想到刚才的一幕,我心有余悸,连忙摇头:"不用了!"

见我态度有些坚决,梁景元一怔。

我自觉失态,顺口找了个理由:"是……是这样的,虽已是春天,但早晚温差还是挺大的,外面凉。我看你累了一天了,快去歇息吧,闭目养神也是好的,明日启程早,大家都养足了精神好上路。"

我有意引导他去睡觉，省得万一他去散步再撞到什么不该撞到的事情，惹火上身，得不偿失。

梁景元同意了，我目送他到帐房，才放心回去休息。

接下来的一个多月里，我几乎闭门不出，终日诚惶诚恐，生怕于贵妃随意找个由头降罪于我。我把于贵妃有可能夜会的男人想了个遍，还是想不到是谁。

芳华宫那边也无任何动静，小蝶出去打听才知道于贵妃病了十几天，不见任何好转，父皇都急成热锅上的蚂蚁了。

如此，于贵妃想来是在短时间内不会找我麻烦了。

小蝶见我这般忧心忡忡的样子，实在不解，而我又不知怎样开口解释。于贵妃夜会男子这种事，多一个人知道就多一份危险，我干脆只说"有可能得罪了于贵妃"，至于理由，任凭小蝶怎么问都守口如瓶。

可事实证明，我的想法还是太单纯简单了，于贵妃怎么会放过我呢？她这一次是想把我逼上绝路，彻底铲除我。

于贵妃生病十几天，太医院那么多太医都束手无策，最后只能找民间的路子来，算了宫中所有人的生辰八字，得出了一个结论：于贵妃与我相克，且我命硬，只要有我在，于贵妃就会头上悬着把刀，随时都有危险。

当我被传唤到永安殿时，父皇高高在上地看着我，皇后默默叹气，眼神躲闪。殿内所有人都大气不敢出，我甚至从刘内侍的眼里读出了悲悯。

我跪在大殿中央，自知今日凶多吉少。

父皇气急败坏地随手砸了一盏杯皿，指着我的鼻子骂道："你个祸害，当初就不该留你！"

这么多年，我一直都知道我最不讨喜，父皇眼里没有我，在我出生前更想让我和阿娘消失在这个世界上，可那时我毕竟没有亲耳听到父皇的打算，如今听到了，只觉心上插上了一把尖锐的匕首，在剜我的心肝。心寒莫过于此，委屈一股脑涌上来。

眼眶被湿热的雾气占据，我倔强地认为我没有错，从头到尾一直没有做错什么，凭什么想让我去死？我又凭什么去死？就凭我的父亲是圣上吗？

我直勾勾地盯着父皇，满脸不服。

父皇许是没看到我害怕认错的神情，挑战了他的权威，便一巴掌甩了上来，打得我两眼一黑，差点没跪稳。

我再也按捺不住自己的心情，只这一刻，眼泪像决了堤的洪水，在脸上肆意纵横。

皇后上前搀扶父皇，让他消气，刘内侍也过去帮父皇顺气，只有我孤零零的，无人援助。

等父皇情绪稍稍稳定之后，皇后好言相劝让我认错。

但我何错之有呢？

"父皇……"

我刚一张口，父皇就横眉冷对："你闭嘴，我没有你这个女儿。早知今日，你就该死在五年之前。你这个扫把星，说不定当年老二就是被你给克死的，还有你娘也是被你克疯癫的。"

父皇几乎是颤抖着说完最后一句话，然后殿内死寂一般。

刘内侍高呼一声"圣上息怒"后跪在地上，其余的宫侍跟着一起跪。

皇后愣住，忽然红了眼圈，意味深长地看了我片刻，颤颤巍巍着后退了半步，眼神从冷漠到厌恶。

五年前的一天晚上，我高烧不退已有好多天，生命垂危。彼时东宫内又乱作一团，二皇子的病来势汹汹，是急症，所有太医都候在二皇子的病床前，无人来为我诊治。

阿娘爱女心切，眼看着我奄奄一息之时，放了一把火烧了谨行宫后院的一棵老树，火势迅猛，火光冲天。谨行宫走水的消息传到父皇那里，父皇才派人灭火，顺带着派了一名太医给我，我才得以保命。这件事之后，阿娘疯了，二皇子也没能被医好而病逝。

往事重提，这么一来，罪魁祸首是我，连我都不禁怀疑自己是个不祥之人。

我辩无可辩，最后一丝力气被抽走，瘫坐在地上。我竟分辨不出这到底是于贵妃想要铲除我的阴谋，还是我真就是克星。我静静地等待父皇的宣判，命运使然，这也许就是我的宿命，逃不过，躲不掉。

自古还没有出现因命中带克而处死公主的先例，父皇那么好面子的一个人，定不会给后人留下话柄，所以他下令将我囚禁在谨行宫，断了一切补给。我看穿了父皇的心思，他想把我活活饿死，再以我病逝为借口下讣文。

这就是我的"好"父皇，为了一个于贵妃就要置我于死地的君主。

"哈……哈哈哈。"我觉得十分好笑，身体颤抖着，藐视永安殿的一切。

父皇迫不及待地让内侍把我拖走，我反抗着，即使要走，我也要自己走出永安殿。在反抗中，我情绪过于激动，两眼一黑。昏厥之际，我看到了梁景元的身影，他站在亮光里，熠熠生辉。

我醒来时已是深夜，出乎意料，守在我床边的不是小蝶，而是梁景元，他静静地坐在床榻旁守着我。

我心里有无数疑问，比如：是他送我回来的吗？他一直都守在床前吗？他送我回来有没有受到牵连？

"你……"

我刚一开口，他仿佛就能把我的心思看穿，他为我倒了一杯水，慢慢道来："是我送你回来的。小蝶在你被传唤走后来找我，求我想办法帮帮你，说你得罪了于贵妃，从春猎回来你就整日心神不宁。你到底怎样得罪了于贵妃，让于贵妃想要置你于死地？"

我都已经是将死之人了，万不能连累了身边人。我把脸转向一旁："一个奴婢救主心切，这种话你也信？"

"怎么不信？你以为你这是舍生取义吗？圣上下令不仅是断了你的补给，而是谨行宫内所有人的。"

"什么？"我不敢相信。

"信不信由你，明日你看看大家还有没有吃的就清楚了。"

我自然是相信梁景元的，他没有理由骗我。父皇和于贵妃要赶尽杀绝,连我最在乎的、最无辜的人都不肯放过。

顿时,深深的无力感涌来,让我喘不过气,我揪着自己的心口,大口呼吸。

梁景元见我难过,语气终于带有安慰之意:"事到如今,你把实情说出来,我们一起想办法看可否有回旋的余地。"

他这话一出口,让我觉得我不再是一个人面对一切。我让梁景元转过身去,此刻我再也绷不住了,头抵在他笔直的背脊上,眼泪哗哗地流下来,怎么也止不住。原来我这么爱哭。

等我哭声渐小,他转身过来,手不停地拍着我的背。

我啜泣着说:"我不是克星,我没有克死先太子,没有克疯阿娘,更没有克病于贵妃,都是她陷害我。"

"我知道,你从来不是克星,你是沈国的三公主沈凝霜。"梁景元轻声细语。

调整了一下心态,我把春猎那晚看到的事情说了出来,梁景元久不出声。

这确实是件很棘手的事情,我已经错过了告状的最佳时机,现在我若贸然告状,于贵妃正好会以我怀恨在心为理由,让父皇治我个实实在在的罪名,更容易铲除我了。

我以前帮皇后扳倒过张尚书,皇后虽对我的态度有所改观,但眼下她想起了先太子的事情,并且也认定是我与先太子相克,恨我都来不及,更不可能帮我。

怎么看我今天这种地步都是死局。

梁景元劝我不要放弃，他会想办法，至少不会让我饿死，我成功被他逗笑。

等我困意袭来，他说要走，原来是翻墙而走。我这才知他是趁着夜深人静翻墙进来，守在我床边的。

于是往后的每个晚上，伸手不见五指时，他便飞檐走壁来到我宫里，带给我食盒，食盒里面有足够我们谨行宫所有人吃的饭菜和点心。

刚开始，他还会避着小蝶，后来干脆也不避讳他们，光明正大地翻墙。我这才知道他武功甚好，只是以前都没有施展出来。

只要听到"扑通"一声响，保准就是他来了，他这一来，谨行宫里比过年还要高兴。我们几人聚在一起吃饭，小蝶也从原先的"梁质子"改口为"梁公子"。

尤其是阿娘，她第一次见梁景元就显得异常开心，仿佛是老熟人般，不仅拉着梁景元坐，还要亲自倒茶给他。

小蝶认为这是梁景元身上的气场，让阿娘认为他是好人，是和我们一路的人，所以阿娘才觉得亲切。而我当阿娘是为了吃饭，在她眼里，梁景元来了就等于饭来了。

在一次闲聊中，我从小蝶口中得知，昏厥那日，是梁景元从永安殿里将我横抱回的谨行宫。为此我还专门问过梁景元，只见他双耳一红，呆呆地"嗯"了一声，而后又解释说："当日情急，不把你抱回来，就只能任由那几个皇卫司的大老粗把你拖回来了。"

他不知他说这话时，越说越心虚，脸上的红早就蔓延到了耳根，狠狠地出卖了他。

七日之后，刘内侍亲自领人撤下我宫门上的封条，然后探头探脑进来，却被胡吉突然的一声问安吓得连连后退。

我闻声过来，刘内侍看到我后，好奇地上下再三打量，疑惑之意明显："你们没……没……什么事？"

何止没事，我们这七天被梁景元投喂得还圆润了一圈，红光满面，精神抖擞，难怪刘内侍看到我们会惊吓住。

我拱手敬天，虚情假意道："托父皇之福，还未饿死。"

刘内侍知道我说的气话，便叫我谨言慎行，不可胡言。

刘内侍今日前来不仅仅是查看我的状况，还带来一个消息："于贵妃的病已经痊愈了。念上天有好生之德，于贵妃心善，看在三公主与圣上骨肉至亲，无论如何不忍三公主禁食，遂启明了圣上就此放过您。还请三公主好自为之，气话莫要再说，这件事就当没有发生过。"

我谢过刘内侍，谢过父皇。我如蝼蚁一般，是死是活全凭他们的一句话，这简直就是莫大的悲哀。

小蝶和胡吉倒是不以为然，只要能逃过一劫，他们就十分高兴。

小蝶还说："好死不如赖活着。"

我虽然不敢苟同，但也不想泼冷水，由着他们去准备午饭。

这一次能够全身而退，我自不相信是于贵妃心善。梁景元说过要帮我，他做到了，只是他是以什么为代价做到的？

我迫切想要知道答案，不管青天白日去到归服宫时，他正在练字。

看到我来，他惊喜有余，又不甚惊讶，好像一切尽在他的掌握之中。

"你到底用了什么办法？"我开门见山地问道。

梁景元停下手中的笔，随后蘸了蘸墨，在纸上写下了"太子"二字。

我知他与太子走得近，但似乎还没近到为了我的事太子可以出手相救，而且是在皇后怨恨我的情况下。

见我不信，梁景元补充道："皇后怨不怨你，先太子都回不来了，活着的人都要为今后打算。我力量微弱，可好歹也是梁国的皇子，难保太子登基之后会用到梁国。皇后自然也明白这个理，况且先太子是病重而亡，与你无任何干系，聪明人都不会与自己的未来过不去。"

倒是我以前小瞧了梁景元，越接触越知道他的能力远比他表现出来的强大，即使沦为质子，他也能在这种环境下壮大自己。

"你还有多少惊喜等着我？"

"不多。"梁景元看了我一眼，请我入座，"还有一个谈不上绝活儿的擅长请你瞧一瞧。"他铺开一张新的纸张，继而拿出颜料，"先前与各位皇子陪学时，我觉得丹青最有趣，所以学得最为起劲。那时都是画山画水，极少画人，今日正好画你，再赠与你，不知算不算惊喜。"

"你要画我？还从未有人为我画过画像。纵使你画得不好，对我来说也是惊喜。"我隐隐期待着。

梁景元怎么可能画不好呢，他都说了是擅长的事情。

他伏案画画，时不时抬头看看我，再低头继续画，期间交换不同的颜料填充。他画得非常慢，也非常细致，我的腰有些酸了，趁他低头时稍稍动了动。

这点小动静没能逃过他的法眼，他嘴角微勾，将一抹朱砂描在画中我的唇上。

"你不用端坐,可以随意走动,我已将你的样貌刻在了脑海里,提笔就是你了。"他未抬头看我,一心扑在画上,倒更像是对着画中人说的。

既如此,我不再端坐,起身扭了扭身子,到他身边去看画像。怎知还未靠近,他的一番话又将我堵了回去:"现在看,到画好时可就没了惊喜。"

这个梁景元,初相识时惜字如金,横眉冷对。现在倒好,原来这么能说,他不去做使臣在谈判场上唇枪舌剑,真是可惜了。

又过了许久,他终于画好,将画像拿给我看。画中人栩栩如生,惟妙惟肖,他说的"谈不上绝活儿"简直是谦虚之词。

得到我本人的肯定,梁景元心情大好,把画送给了我,但这画不是白送,他说要礼尚往来。

我一贫如洗,哪有什么好东西可以相送。他打量了我好半天,最后指着我头上的发簪,要我送给他。

这就是普普通通的一根发簪,且我戴了有一定的年头,再三询问他是否确定,他都点头,我只好当着他的面把簪子取下送给他。

他得到簪子,如获珍宝:"东西不在高低贵贱,而在心意。金银珠宝都是身外之物,就算是送给我,我也不会多看两眼,反倒是这根你戴了多年的簪子,你那么爱惜,一定是比金银都要珍贵了。"

我们的关系要比之前更加亲密了,胡吉、小蝶和知苏也熟悉起来,时常来往走动,他们三个竟还称兄道弟,结拜了。

天气渐热,酸梅汤是我最拿手也最爱吃的甜食,梁景元吃过一回,嘴上没说好吃,但我每次做,他都要来讨上一碗喝。

今日小暑,梁景元陪太子去了马场练习骑射,等他回来时定要馋我的酸梅汤,我特意熬了一大锅。

等到酉时都不见人来谨行宫要汤,我盛了一碗带去归服宫。只有知苏在,他见我过来并不惊讶,乐呵呵地接过酸梅汤,说:"这下又有口福了,今天天气闷得慌,正好等下公子回来,我还能陪着喝上一碗,美滋滋的。"

我左右张望,没有看到梁景元的身影,问道:"梁公子不是去陪太子骑射去了吗?平时这个点也该回来了,今天是怎么回事?"

知苏抬头看了看天色:"是呀?平日再晚,这个点也该回来了。不过也不排除太子那边玩得尽兴,许是有事耽搁了呢。公主放心,等公子回来,我一定告诉他您来过,到时再让公子找您。"

我找梁景元也没什么事情,就是想见一见他,便鬼使神差地答应了下来。

我还没走,那边长长的宫道上传来脚步声,还有爽朗的嬉笑声,听这声音是另有其人。

我和知苏退到宫门口,好奇地循着声音看去,老远看见梁景元身旁跟着一位身着白色纹金鹤氅,腰间系着海蓝色水纹腰带的男子。那男子留着如云的长发,眉下是一双凤眼,体型颀长,颇有贵傲之气。

我从未见过此人,下意识看了眼知苏。他翘首以盼,望眼欲穿的样子让我摸不着头脑。

等他们走近,梁景元看到我后一怔,有些意外,后在知苏的提醒下方知我是来送酸梅汤的,便拉了拉我的袖子远离那位陌生男子。

他低声道:"今日回来迟,是因为梁国来人了,梁国太子,我的同胞阿兄。"

他用眼神示意了后方,我立刻明白了那个陌生男子的身份,怪不得一身贵傲之气。之前听梁景元提起过,说是梁国会派皇子来访,按计划要下个月才到。

"所以这是提前了吗?还有,不是派皇子吗?怎派了太子?"我心有余悸,梁国从未有派皇子到访的先例,此次难道是他们因为死鹰案而前来的一种示威性的到访?

"他们提前到了,在今天午饭之前突然就到宫里了,我也是和太子骑射时突然接到的通知。阿兄过来确实有些意想不到,不过得了圣上首肯,让我们两兄弟聚一聚。"

我不禁又朝前看了看。同梁景元回来的不止梁太子,还有三个内侍和两个皇卫司的人,这表面上是开圣恩让两兄弟相聚,实则也是一种监视。

"可要慎言。"我有些担心,把声音压低到只有我和梁景元才能听到的音量。

梁景元刚答应下来,梁太子就不甘冷落走上前,站在我们的身旁,眼神多为打量,慵懒地从上到下扫视完后直视我的双眼。

"在下梁景骞。听那小内侍介绍,你是三公主,没想到堂堂的沈国三公主还会做酸梅汤,莫不是奴才们伺候不周到,连区区一份汤还要公主亲自动手做?不过也好,我今日来得正是时候,我还从没喝过他国公主做的食物,等下可以凑个稀罕,喝上三公主亲手熬的汤。"

"亲手"两个字被梁景骞故意放缓、放重,有戏谑意味。

我倒也不介意,毕竟我在宫中的地位算不上"堂堂"。

我呵呵一笑:"只怕梁太子您喝过就不想走了,毕竟沈国山美水美食美,够您好好开开眼界。"

我以为梁景骞会有所收敛,怎料他哈哈大笑,突然凑近:"什么美都不如人美留得住我的心哪。"说着,他就要动手撩我两颊前的碎发,我后退一步。

与此同时,梁景元迅速挡在我的面前,将我护在身后,朝我耳语让我先走。随后他将梁太子朝归服宫内请,言语严肃:"阿兄莫要玩笑,还是快些进屋,我们兄弟俩说说话吧。"

梁景骞一来,宫里较往日热闹了些许,父皇为了面子,好吃好喝招待,令各宫穿戴华丽,以彰显沈国的富足。

我翻箱倒柜只拿得出六叔母送来的锦裙,当初为了救梁景元,首饰送得七七八八了,即使还留有一些,却也比不上其他公主们戴的由父皇赏赐的点翠珠玉。

尤其是当我们坐在一起时,对比之下,显得我更加朴素。值得庆幸的是,我坐在第二排角落的位置,当一个小透明,也就没人在意我了。

晚宴还未开始,桌几上的饭前蜜饯已经被我吃得腻味。闲着无聊,我开始数帷幔上的流苏,这一看就是新布置的,整个章明宫内外所有的装饰都焕然一新。如此铺张浪费,只是为了宴请梁太子。

我暗自腹诽:梁太子好大的架子!

又等了许久,蜜饯重新换了一轮,父皇和梁景骞才姗姗来迟。许久没有见到父皇了,父皇看着苍老了许多,老态龙钟,泛着困意。

梁景元陪同在他们身边。他一进来先找到我的位置,我们两个用眼神交流了一下,知道彼此都在。

晚宴正式开始,歌舞升平,觥筹交错,他们谈笑风生,而我依旧不改往日风格,忘情地埋头大吃。

御膳房更新了菜单,这里面有一道不知叫什么名字的菜,黑乎乎一片,毫无色泽可言,然而就是这样一道其貌不扬的菜却好吃到让其他菜黯然失色,就连我平日最喜欢的糖醋小排都被比了下去。

我瞧身旁四公主的桌上,这道菜似乎没有动筷,我倾身凑近了四公主些,压低了声音:"四皇妹,你那道菜怎么不吃啊?我觉得还挺好吃的,你可以尝尝。"

四公主顺着我手指的方向,看到那道菜,眉头一皱,掩鼻,颇为嫌弃地说:"这道菜黑乎乎的,还一股发酵的酸味,怎么吃啊?"

"那你不吃了吗?"我眼睛顿时放出光芒,"我还挺喜欢吃的,你可以让给我吃吗?"

四公主难以置信地凝视着我,她不懂我为什么爱吃这种东西,便大方地端给我,看我吃得津津有味,而后摇摇头。

我大快朵颐,满意地拍了拍肚子,再一抬头,发现对面的梁景骞正盯着我看。

莫不是我刚才吃相太难看了，被他暗地嘲笑了？

我有意躲过他的目光，时不时假装不经意地朝他身上瞥去，发现他还在盯着我看。直到父皇与他说话，他才将目光收回。

他与父皇你一言我一语地畅聊，谈到梁国的风土人情时，他顿了顿，迅速扫视了一圈桌上几乎无人问津的黑乎乎的菜，介绍道："各位面前那道其貌不扬的菜其实就是我们那儿的名菜，叫夜归，寓意是盼家人团聚，过节时每家每户必吃。此次幸得天子关照，特意让御膳房做了为我接风洗尘，在下实为感动。不过这道菜一般人还真是吃不惯，吃得惯的那都是行家。"

他说这话时，一直盯着我，我有一丝不祥的预感。果然，眨眼工夫，梁景骞就将话题引到我的身上："我瞧三公主吃了两盘，许是十分喜欢，那模样真是可爱。如果三公主需要，我明日可差人把做法写下来给您，您想吃时就可做，就当是感谢公主的酸梅汤。忘了告诉公主，您亲手做的酸梅汤乃我这辈子喝过最好喝的，叫我念念不忘。"

话落，所有人都看向我，叫我无地自容。我哪里知道这个梁景骞口无遮拦，竟把酸梅汤的事情说了出来，再说那汤又不是做给他的。这一下我百口莫辩，一时语塞，不知如何接话。

静默了一会儿，梁景元打破僵局，解我尴尬："阿兄就是馋嘴。大家有所不知，三公主为了感谢我那日把她顺道送回谨行宫，所以做了酸梅汤，好巧不巧碰上阿兄来我宫中，我便相邀阿兄一起喝。"

宫里都知道我克于贵妃的那件事，也就都知道梁景元恰巧到永安殿请安，然后顺道把我抱回去的事。如此便解释清楚了，我如释重负。

然而还没舒心片刻，于贵妃娇柔的笑声响起，她假惺惺地夸我好手艺，说我是贤妻良母的料子，之后便谈到了梁太子是否娶亲的话题上。

梁景骞一声"还未"响彻宫殿内，于贵妃笑得更欢了，和父皇交头接耳了一阵，接着说："那不知太子殿下认为是你国女子好看，还是我国女子好看？"

"各有各的风姿，比不得。不过我自认为见多识广，但初到皇城，进入皇宫，倒是感觉宫中女子更加光彩夺目，尤其是见到……"梁景骞突然拖起长腔，目光在我们几位公主身上来回跳跃，吊足了所有人的胃口，最终将视线锁定在我的身上，"三公主！"

他骤然一嗓子，震得我浑身一颤。他又要出什么幺蛾子了？这个梁景骞怎么就不能和梁景元学学低调？

在所有人的好奇下，梁景骞起身走到大殿正中央，面对着我："我从小到大还从未对任何女子动过心，不知相思为何物，不知一见钟情是何感觉。可自见到三公主后，就那日的一面之缘，我便久久不能忘怀，那时我方明白一见倾心的滋味。刚才又见三公主吃夜归吃得津津有味，丝毫不抗拒这道菜，我心想，也许天意如此，三公主就是我命里苦寻的有缘之人。"

殿内所有人议论纷纷，交头接耳，我成了殿内的焦点。此刻，我只想找个地洞钻进去。

梁景骞还没完，朝高座上的父皇拱手一拜，恭敬恳切道："所以，我斗胆恳请圣上将三公主许配于我，纳为侧妃，圆了我对三公主的爱慕之意。"

不知道的还以为他对我情深意切。

这下完了!

议论之声彻底将我掩埋。我措手不及,慌张地看向梁景元。他手指死死捏住酒杯,用力太猛,酒杯一颤,酒洒落了出来。霎时,他表情冷峻,眼神严肃到可以用作暗器的地步。

他皱眉冷眼看着他阿兄,再转眼看向我时,我竟从他眼中看到与我同样的慌乱和紧张。

事发突然,父皇正喝酒上头,靠在椅背上半梦半醒,对于梁景骞的请求反应了一阵,回头和皇后说了几句,又和于贵妃说了几句,终于反应过来,打量着我和梁景骞,兴致浓厚:"如此看,倒也相配。"

于贵妃接过话茬,竭力讨好父皇:"圣上说得是,郎才女貌,谁说不配呢?想必梁国也美女如云,可梁太子没瞧上一个,来到这皇宫竟一眼相中了三公主,这真是三公主的福分。"

这一瞬间,我突然萌生出一个恶毒的想法,克死于贵妃得了。她的心思我还不知道?一来是奉承父皇,二来上次没有铲除掉我,这次刚好有机会让我远离沈国,这辈子都回不来的可能,也算是铲除我这个威胁,所以她极力想让父皇同意,这门亲事就板上钉钉了。

于贵妃开始各种游说,就连"两国永结之好"这种话都说得出来,好让我骑虎难下,不答应这门亲事就是大逆不道,就是不为朝廷和天下百姓着想。

正当于贵妃说在兴头上时,静默许久的皇后开口了:"于贵妃好像特别同意这门亲事,但于贵妃怕是越界了,你既不是三公主的亲娘,也不是三公主本人,这就开始安排亲事了,怕是不妥。"

皇后这番话无疑是泼了于贵妃的冷水,殿内瞬间安静下来。

于贵妃受父皇独宠多年,皇后本就不痛快,但好在于贵妃头发长见识短,又养出了个娇纵无才的儿子,对夺嫡没有丝毫影响,皇后也就睁一只眼闭一只眼。

于贵妃很不服气:"那依皇后怎么看啊?"

皇后冷哼:"本宫怎么看?自当是要问问三公主的意思。我们讨论得再好,说得再天花乱坠,可都不是三公主的意思。再说男女婚嫁,岂能儿戏,民间都知道亲事是要三媒六聘方显诚意,更何况这是两国皇室血脉的结合。"

于贵妃反驳:"皇后这话欠妥,自古以来,父母之命,媒妁之言。圣上答应了,这亲事就算成了一半。至于礼数那定当是要周全的,到时再和梁太子商讨有关亲事方面的事,总得一步一步来嘛。"

说罢,于贵妃撒娇着请父皇圣断,皇后见状忍不住白了于贵妃一眼。

我于父皇是无关紧要的存在,若让父皇裁决,一定是要把我许配给梁太子的。我不允许这种事情发生,抢在父皇发声前起身,跪到大殿中央。

"父皇请三思!我与梁国太子不过一面之缘,即使他对我有意,我也无意于他。女儿自知身份低微,配不上梁太子,况且女儿有一神志不清的阿娘需要照顾,实属不该嫁人。女儿只愿留在阿娘身边,相依为命过完此生。"

梁景骞站在我身旁，居高临下地看着我。我与他的关系不对等，这件亲事也不过是他一时兴起。于他而言，我或许就是他充盈后宫的新鲜玩物，于我却是一辈子的牢笼枷锁与无尽痛苦。

梁景骞傲然挺立，手负背后，似笑非笑。

"你……"他满眼精打细算，语气却又十分恭顺，"怎会身份低微呢？你可是堂堂的三公主，怕不是为了拒绝我而故意贬低了自己吧？而且你今日打扮十分朴素，想来公主是低调之人，又心系母亲，一定有孝心。而且感情是可以慢慢培养出来的，公主如今不中意我，不代表与我朝夕相处后还不中意我。你我若永结秦晋之好，可把母亲接到梁国，我愿和你一起尽孝。"

父皇高高在上，细细打量着梁景骞，双眼一眯，似乎在仔细思考。

这时，皇后又说道："圣上请三思。我国的公主怎能嫁到梁国做侧妃？"

自古只有贡女，还从来没有一个接受进贡的国家下嫁公主，哪怕是个不受宠的。

父皇点了点头，同意皇后的话。

梁景骞见状，行礼，毕恭毕敬道："圣上明鉴，我是真心心悦三公主，也自知不能坏了朝廷的规矩。奈何我自幼就定下一门亲事，父母之命不敢违抗。不若这样，近日梁国一地发现了一个小型黄金矿，虽然不大，但若我与公主这桩亲事能成，愿以后每年向圣上进贡时增加玉石、黄金，同样，梁国的女子也别有姿色，朝贡给圣上，好好服侍您。"

听到玉石、黄金后，父皇混浊的眼睛都变亮了。国库亏空，父皇缺钱财，如果靠这种不费吹灰之力的手段就能填充国库，何乐而不为呢？

一番权衡利弊下，父皇半推半就，假模假样地面露为难之色："哎呀，这本不合规矩，可是规矩是人定的，况且我瞧这梁国太子诚恳至极，倒是感人。"

说罢，他左右看了看皇后和于贵妃。

于贵妃最给他面子，连忙附和："是呀，总不能因为一个规矩就拆散了这么好的一桩婚事。俗话说，宁拆十座庙，不毁一桩婚啊。"

有了这个台阶，父皇就顺势下了："既如此，那就允了。"

父皇亲口答应，几乎所有人都很欢喜，他们已经迫不及待地在与礼部尚书构想和亲的详细事宜了。

深深的无力感席卷而来，我如蝼蚁一般小心苟活，怎奈命不由我。我深知自己力量渺小，不断劝慰自己，自古以来和亲公主甚多，别人能和得了，我怎么就不能？况且梁太子也算相貌堂堂，我比历史上大多数的和亲公主好太多了。

纵然如此，我这一杯酒释然了，下杯酒又走入死胡同，反反复复困于心。我想得头痛欲裂，他们恭喜我的声音将我淹没，听着如此刺耳。他们喜笑颜开，只有我一人独自悲凉与格格不入。

我抬头看向对面，从父皇宣布我与梁太子和亲的事情后，梁景元也一直在喝酒，脸上已通红，很少见他这般失态。

晚宴结束，我浑浑噩噩竟不知自己是如何走回谨行宫的。

梁景元跟在我身后不言一语。一直到谨行宫门口，我站定回头看着满脸惆怅的梁景元，他也站定看着我。

我忍不住问他："梁景元，如果你没有来沈国，你会做什么呢？现在的你在梁国会不会也要和其他国家的公主和亲呢？"

回应我的是一阵沉默。

我又开口，更像是自言自语："看在先前我救过你的分儿上，带我走吧，到只有我们两个人的地方去……我不想嫁给梁景骞。"

梁景元迟迟没有回答我。他不过也是深宫里的可怜之人，我明知道这是不可能的事情，问他不过是想听到一个骗我自己的答案，寻求一点安慰罢了。

最终，我忍住泪水，让自己看起来轻松一点，苦笑道："你走吧，早点回去。说不定日后再相见时，你就该喊我皇嫂了。"

我转身拍门。胡吉就在里头等我回来，我只拍一下，门就开了。我一只脚踏进门槛，梁景元在后面叫我的名字，我停住脚步。

我没有回头，只听他说："会有办法的，一定会有。"

我不知道他这个办法是带我远走高飞，还是可以不用嫁给梁景骞，无论哪一个，我都欣慰至极，也知道他心里一定是有我的，正如我心里有他。

我径直往里走去，直到宫门把我们隔开，我才回头怔怔地看向大门，看向这高高的宫墙。四方的院子上空无星无月，黑漆漆的一片，看不到边际，就像烂在泥泞里的根，只有无尽的腐朽。

第四章
情定

第二日的阳光依旧明媚，梁景骞差人往我宫中送了些首饰，并留有一封书信。信上寥寥数语，几句酸不溜秋的情话而已，我无奈将信点燃了。原以为用淡漠的态度可以泼梁太子的冷水，殊不知午休刚过，他又派人请我去御花园赏花听乐。

他真是反客为主，一点也不像到访的外人。我想拒绝，可那传信的宫人说其他皇子和公主都会在，梁景元也会在。既是如此，我心上一计，不肯放过这么好的机会。

我故意姗姗来迟，到御花园时所有人都已经茶过三盏了。我的位置被安排在梁景骞的身旁，他见到我，就迫不及待地让我入座，过于热情倒叫我万分不适。

"梁太子好生雅兴，听闻梁国人擅乐，不知这宫里的乐师弹奏的曲子可否入得了你的耳？"没有太多寒暄，我是带着目的而来，自然要迫切地将话题引到我要掌控的节奏中。

梁景骞没有丝毫戒备："虽各有千秋，但曲目编排我还是偏向梁国乐师。不过我在梁国听惯了，猛一来听不同的编排风格，倒是新鲜。"

"梁太子还真是喜欢新鲜，我这有更新鲜的玩法，不知梁太子想玩吗?"

梁景元最先察觉出我的异常,他担心地看着我。我这么一个不爱热闹不爱挑事的人,今日竟主动提议。其他人都洗耳恭听,一副期待的模样,只有梁景元忧心忡忡:"三公主……"

我给他一个宽慰的眼神,继续说:"我与宫中的乐侍一起比拼,我们藏于帷幕之后,梁太子选出我弹的曲子,如果你选对了,我便心甘情愿跟着你去梁国,反之……"

我停顿了一下,目光所及都是兴趣盎然的眼神,唯有梁景元眉头紧锁,暗中摇头,他已经猜出了我的心思。

他冲我做了个口型"信我"。我自是信他,他从不轻易许诺,说到便是要做到,我相信他昨晚说的有办法。可是我不想让他冒险,不想让他惹上任何不必要的麻烦,所以这件事只能我自己来解决。

我冲他微微一笑,决然道:"反之,就请梁太子奏明父皇,取消我们的亲事。"

梁景骞冷笑:"原来是在这儿等着我。"

长皇兄一脸严肃,大声斥责我:"不可胡闹,父皇的裁决怎可收回成命?你怎敢……"

我反驳:"只要诏书没下就有回旋的余地。"

梁景骞默默倒了一杯酒递到我面前:"喝了它,我就答应你。"

"好。"我爽快应下,生怕慢了一步,梁景骞就会反悔。

我和五位乐侍走进帷幕之后,打乱顺序后坐在琴前,由左至右依次弹奏曲子。所有曲毕,我紧张地等待帷幕之前梁景骞的选择。

那边久久都没有传出动静，反倒是几位皇子和公主七嘴八舌猜了起来。我曾与几位公主一起学过琴棋书画，她们听过我的琴声，只是那时我本就是透明人物，琴技平庸，无人在意，又过了多年，她们都猜不出哪个是我。倒是四皇子随口一猜，竟歪打正着了。

许久，梁景骞说话了，他在问梁景元的见解。

我的心头一颤。梁景元听过我的琴声，在梁景骞到来之前，我们经常聚在一起吃饭聊天、弹琴作画，所以他能听出来。

我心有忐忑，却又下意识觉得梁景元会帮我。

梁景元的声音传来："几位弹的曲子一模一样，我又从未听过公主的琴声，一时也分辨不出。但我知当初公主都会在一起学习，跟着几位公主的选择准不会错，所以我跟长公主和四公主的意思一样，选择一号。"

我会心一笑，不知道他说谎的时候会不会脸红心跳。

"哦。"梁景骞声音上扬，"那既如此，我也选择一号。"

此时二公主不乐意了，企图说服梁景骞和她一样选择三号，然而梁景骞还是选择了一号。

一号乐侍从帷幕后走出，梁景骞夸张的倒喝声音传来，却也愿赌服输。我是第六号，也是最后一个从帷幕后走出来的。四皇子最为惊喜，不停地炫耀他的正确选择。

梁景骞为人虽傲，但说话算话，他与我去请求父皇取消亲事。父皇有些动怒，觉得梁景骞拿皇室的婚姻当儿戏，幸有于贵妃在一旁吹耳边风，加之梁景骞依然承诺会在以后进贡玉石、黄金和美女，父皇气也就消了,本来他就是冲着玉石、黄金来的。父皇又着急喝于贵妃亲自熬的补汤,早早打发我们走了。

出了永安殿,我以沈国之礼客气地谢过梁景骞。

他坦然接受道谢,假装痛心疾首的样子:"错失了这么一位美人,实属可惜,来日有机会再追公主。"

我一惊,连连后退了几步:"受之不起,后会无期。"说完就落荒而逃。

我一回宫就让胡吉把梁景骞送来的首饰退回去,结果无功而返。

梁景骞让胡吉带话:"若执意要退,那就相送一缕青丝做念想。"

我愣了愣,那还是收下首饰算了。

不到三日,梁景骞就打道回府了。我得到他走的消息,是因为他又托小宫侍送信,信中道:窈窕淑女,君子好逑,山高水远,有缘再会。

小蝶说梁国太子脸皮太厚,一副放浪形骸之样,和书文里花花公子的行径如出一辙,幸亏我没去和亲,否则不知道未来要和多少个女人争宠。

她碎碎念着,把梁景骞与梁景元对比一番,而后突然说道:"我觉得梁景元和公主配得很。"

正在喝茶的我被呛了一口,怪她胡闹:"我这一辈子就守着你和阿娘便好。"

小蝶努了努嘴,不以为然,反驳道:"有什么好的?之前觉得公主一个人挺好,可是现在看公主和梁公子在一起,心情都要比往日好很多。而且遇到事情不是你帮他，就是他帮你，不正是夫妻二人相互扶持的样子吗？公主身边有个男人陪伴，余生就不会太寂寞，也不会孤立无援。怎的，难道公主不喜欢梁公子吗？"

说罢，小蝶还撞了下我的胳膊："您说是不是嘛。"

我突然起身，佯装去打小蝶："好你个小蝶，越发伶牙俐齿了。"

小蝶拔腿跑向门外，我奋起直追，小蝶闪到一边，害得我一头扎进了一个宽阔有力的胸膛里。

抬头一看竟是梁景元，我慌乱立正站好，刚才那些话不知他听到了没，有种做坏事被发现的心虚。

"你……什么时候来的啊？"我眼神躲闪着，看到梁景元身后正偷笑的胡吉，瞪了瞪他，"梁公子来，你怎么不通传一声？"

胡吉理直气壮道："大家都是熟人了，梁公子来这里不就等于来自家，自家还用什么通传啊？"

"你……"

胡吉和小蝶二人真是被我给惯坏了，没大没小。

"公主，我就先退下守门去了。"

胡吉前脚刚走，小蝶也凑上来："公主，我先去后院瞧瞧娘娘醒没醒。"

一转眼，两个人都跑了。我和梁景元站在门边进退不是，终是我让出一条缝："要不……进去坐坐？"

梁景元点头："好！"

进屋后，他从怀里取出一支簪子放在桌几上，微微别过头，让我看不到他的表情。

"前天和……和阿兄逛街，无意看到有卖，觉得还挺好看。"

我等他往下说，结果没了下文。我拿起簪子仔细翻看一番，和我之前送他的那支相差无几，这哪是无意看到而买的？我知他有心了。

我把发簪递给他，他愣住不肯接："不喜欢吗？"

"不，我要你帮我戴上。"

他又是一怔，发现我不是在开玩笑，有些慌乱地接过簪子，起身站到我身后。

我能感受到他的呼吸声，他甚至是有些颤抖地将发簪别在我的发间。

做完这一切后，他假咳两声："嗯，还挺好看。我还有事，便先告辞了。"

后来胡吉告诉我，这日我和小蝶的那番话，梁景元一字不落都有听到，他特意帮我观察梁景元的表情，梁景元原本一本正经的脸上泛起了红晕，就连眼神都尽是害羞温柔。

梁景元的这种变化，知苏都看得出来，他告诉我，梁景元只有和我在一起时才会一改往日的生人勿近。

他们说的这些，让我开始有了新的期待。也许小蝶说得没错，如果我们两个真的心有彼此，在一起又何妨呢？大大方方地喜欢没有错。

只是我还没来得及表明心迹，父皇病重的消息突然传遍宫中，我们做儿女的被叫去守床。

永安殿里跪了一地的太医，皇后焦急万分，把错怪在于贵妃头上，认为父皇年岁大了，精神不济，于贵妃还每日每夜让父皇不加节制，吃一些乱七八糟的补药。

于贵妃自然不认，被皇后扣了这么大顶帽子，她也不服。两人辩论了一会儿，父皇被吵醒了，把皇后和于贵妃叫到床前，让二人安静。

父皇病重这几日让长皇兄暂代批阅奏章，三皇兄身体羸弱不宜过度劳累，四皇弟尚小，另几位公主都不愿彻夜守着，于是守夜抄经祈福的这个活儿就交给我了。

一连几日，我眼睛都抄花了，头昏昏沉沉。我恳请其他皇子公主替我一夜，让我好做休整，但无人肯帮。二公主出了一个主意，让我守夜时趴着小憩，反正大殿门口还有其他宫侍陪着，不会出任何问题的。

既然如此，我只能这样做。

这晚，我抄完经文，放下笔就入睡了。睡梦中，我忽然感觉眼前一片明亮，紧接着，手上的痛感越来越清晰。我猛地惊醒，发现经书燃了起来，烧到了我的手边，手被烫了一个血泡。桌案上的小烛台滚落在地，点燃了暖席，烧得正旺。

我顾不上手里的疼，下意识拿水杯去浇，却是杯水车薪。我赶紧打开门，将正打盹儿的内侍吓了一大跳。

我大喊："快去取水，着火了。"

一时之间，宫里炸开了锅，且不论火势如何，就内侍十万火急救火的样子，像是烧了一整座宫殿的架势。

几桶水就把火扑灭了，我深知逃不过惩罚，以多大的罪论处，就要看父皇的意思了。

我跪在父皇的床前谢罪,父皇气得直咳,好半天才说出一句话:"我看你不仅克贵妃,你还克我。"

"父皇息怒!"

"陛下息怒!"

眨眼间,殿内又跪了一地。

皇后大声斥责道:"守夜这么重要的事情你居然睡着了,还失手打翻了烛台,你简直不把圣上放在眼里,要不是火烧到你,就要酿成大错。"

我的左手背痛得钻心,所有人都知我受伤了,却无人叫太医先帮我医治,我委屈至极:"这事是我的错,我认。但我已经连续守了六天,实在吃不消了,难免打了个小盹儿,还好只烧了经书和暖席,毕竟没有大错发生,还请……"

"你闭嘴,还敢狡辩。"二公主打断我的话,心虚地偷瞄我,"祸事已出,多说无用,不如乖乖认罚。"

主意是她出的,若论罪,有她一份,而且按理我们几位皇嗣要轮流值守,严格来讲,我们所有人都有罪过。

为了祸不及己,他们心照不宣统一了战线,一致针对我、声讨我,一人好几句,不间断,让我没有插嘴的机会。

父皇在气头上,他本就讨厌我,这下一口认定就是我的过错,恨得牙痒痒。

父皇勾勾手,叫我上前,仔细端详我的样貌。我长得更像我阿娘些,他一直视我阿娘为耻辱,这令他又找到了一个挑我刺的借口:"就是这张脸,先烧谨行宫,再来烧我的永安殿,你们娘俩都是害人精,当年我就该把你和你娘一起处死了!"

又想我死!

这些话我听得耳朵都要起茧子了。

虎毒还不食子,可父皇看我的眼神已经有了杀气。

我身躯一震,迅速冷静下来,心灰意冷,替阿娘不值,也替自己不值,这一刻,我真的过够这种生活了。委屈一世当真窝囊,人本活一世,若像猪狗一样,倒不如不活。

我嘲讽地笑了起来,毫不畏惧地看着父皇:"您是天子,生杀大权在握,好歹我是您的血脉之一,我竟连一条狗都不如。且不说事出有因,就单单论我为您守了六夜,抄了六卷经书祈福,我就比过您所有的子嗣。可是您不仅不关心我的伤势,还张口闭口就是让我和我阿娘去死。我们若死了,您还指望谁守夜抄经?"

我也不知自己哪儿来的勇气,敢和父皇这般顶嘴,只知道气极了,委屈极了,不说出来我会憋死。

"你……"父皇被我气到脸红脖子粗,一阵剧烈的咳嗽之后,他鼓足了劲儿,伴随着一声"孽障",一巴掌甩在了我的脸上。

顿时,我耳鸣眼花,脸火辣辣地疼,嘴角渗出血丝。

这一巴掌打断了我对他仅存的父女之情。

不出我所料,我被父皇废除了公主之身,他将我和阿娘软禁在宫中的地牢内,待扣上一个大逆不道的罪名后问斩。

小蝶和胡吉暂且被关在谨行宫，等待重新分到各宫当差。

小蝶原本想陪我一起，一死了之，我却拿出连我自己都无法说服的话去说服她。我告诉她，留得青山在，不怕没柴烧，让她等我出狱，若是出不了狱，也好有个人每年祭奠我和阿娘，不至于被人彻底遗忘。

胡吉也劝小蝶，他不认为圣上会真把我怎么样。他认为圣上在气头上，从古至今皇室从没有因父女吵架，父亲就把女儿给杀了的先例，况且圣上爱面子，断不会开了这个先河。

牢中，阿娘有些害怕，我哄了一会儿，她便怡然自得起来。我问阿娘还怕不怕，阿娘拉着我的手，摇摇头："有霜儿在，我就不怕。"

我摸着阿娘的头："都怪我，是我害阿娘跟我一起入狱。不久阿娘和我就要去一个很远很远的地方了，再也回不来了，阿娘怕吗？"

"不怕。不怪霜儿，有坏人，打坏人。"

"好，打坏人。"我和阿娘一起捶草垛，阿娘竟玩上了头。

此时，牢里响起了动静，脚步声越来越近，接着梁景元出现在我的面前。

我诧异，我这刚入狱不久，他居然就来了。

他看着我和阿娘脸上还挂着笑意，拍拍我的脑门："还真是不怕，都要死了，还玩得不亦乐乎。"

"我这是心态好，横竖一死，何不趁临终前快活些。"

梁景元突然说："我都听说了，你做得对，你没有任何错，错的是他们。你愤然与圣上争论，是因为圣上做得太过分了，换作是我，估计会说出比你还要过分的话来。"

从事发到刚才，我都毫无感觉，坦然面对，可就因梁景元的这三言两语，我内心澎湃，终觉死而无憾。有人懂我，有人真的会偏向我、认可我，说我做得很对。

这一刻，我感谢上苍把梁景元送到我的身边，却又有些贪心地想，为什么不让我早点和梁景元相识呢，这样的话，我们就可以多认识些年头，他对我的情意可能会更加深切。

"那你可不能忘了我。"我霸道地让他答应。

他总是有让我着急的本领，淡淡一声"哦"，不说好，也不说不好。

接着，他取下背着的医药箱，让我伸出左手："还是先来看看你的伤。"他轻轻吹着我的血泡，让我不禁想要抽回手，他紧紧抓住我的手指，"别动，我会轻一点，这个不及时医治，会烂掉的。"

我无所谓地道："将死之人，还管它烂不烂，反正最后都会腐烂，归于尘土。"

我想明白了，不是我不想体面地死，只是条件不允许，摊上了这样的父皇，又触了他的逆鳞，不这个样子，还能怎么样？

梁景元许是没猜到我会如此坦然，笑问："那我呢？你死了，我怎么办？不是还有人说要一起去看宽阔自由的天与地吗？"

我竟无言以对，原来我说的话他真的都有认真记下来。

只是他从来不做嘴上功夫，只默默地记在心里。

我忍不住用另一只手去抚摸他的脸，就在手触碰到他脸庞的时候，他顿住了，浓密的睫毛微颤，背脊僵硬，连同手上的动作都停了下来。他似乎不敢惊动我，等待着我进一步的行动。

然而，我也僵住了，一颗心扑通狂跳，几乎要从嘴里蹦出来。我犹豫再三，最终把手放了下去，不敢与他对视："你要好好活着。"

他没有接话，轻轻把凉凉的药膏均匀涂抹在我的手背上，说："不要乱碰，药膏每天涂抹三次，会好的。"

我接下药膏："好。"就是不知能不能等到痊愈的那一天。

这一刻，气氛突然凝重了起来，仿佛我的大限就要到了。

牢房里安静得能听到梁景元沉重的呼吸声，他的笑容有些苦，却想逗我笑："最起码能做一个美鬼。"

"你是怕我耐不住地府的寂寞，来找你时，如果太丑，会吓到你吧？"我果真被他的话逗乐了，鬼就是鬼，哪里还分美与丑。

梁景元满目柔波，轻喊了一声："凝霜……"

"嗯？"

许久，他都没再说话，而我也保持沉默。也许这是我们最好的告别，什么都不用说，都在心里了。

这以后梁景元就再没来过，我乖乖地听话，每天涂抹药膏三次，就像他所说，死也要好看地死去。

这一次我以为我死定了，没想到在我入狱的第四天，我和阿娘就被放了出来。

出狱后，所有人对我们的态度来了个翻天覆地的大变化，所到之处，宫人皆毕恭毕敬地行礼请安。

我一路不解，等回了谨行宫，小蝶给了我一个大大的拥抱，嘴里念着苦尽甘来，说我是大福星。

我听得云里雾里，细问之下，方知原来是星相师夜观星象，在五天后将有一场陨星雨，结合占卜的卦象，这天八字纯阴之人会顺应天命，继以上天赏赐的福泽，护佑家人长健。

然，父皇的子嗣里唯有我八字纯阴，所以父皇半信半疑间又命人把我放出来，好吃好喝伺候着，以保他的康健。

真是天大的笑话，我的荣光竟是一个卦象说了算。

我回宫后不久，父皇赏赐的物品陆续到了，他又派刘内侍嘘寒问暖，让我搬到更大更舒服的宫院去。

我谢过父皇的好意，然后回绝了搬宫院。眼看刘内侍颇有为难，在他劝我之前，我说道："我在谨行宫住了十多年，已经习惯了，没觉得有什么不好的地方。这里看似破旧，对我而言却十分温馨、宁静。我住在这里乐得自在，如让我搬走，我反而会不适应。"

"这……"刘内侍想了片刻，"如此我便如实禀告圣上，但是我瞧这宫里破旧得很，不如把有些地方翻新一下，住着也舒服。"

"那就有劳了。"

送走刘内侍，我前去归服宫。

梁景元似知我回来了一样，特意在宫中等候。一见到我，他就恭喜我劫后余生。

然而我开心不起来，因为我压根儿不相信星相师的那些鬼话，这个宫里会想着帮助我的人只有梁景元。

梁景元起初还不承认："我怎会有那么大的能耐，你真是太高看我了。你别忘了,我同你一样,是这宫中的蝼蚁。你之所以能出来完全是你的八字好,这就是天命,以后再也没人敢欺负你了。"

我苦笑:"八字纯阴,这叫好?一定是你。"

梁景元没再说话,安静地看着我,许久他才说道:"今晚夜色很美,你陪我看看吧。"

在牢狱里待了几天,我感觉外面的空气都是新鲜的,和往常一样的月色星空,此时更加珍贵好看。

梁景元拿出珍藏的美酒与我对酌,看着那轮明月,他说在他的记忆中,家乡的月亮比今日的还要圆还要亮,他最喜欢做的事情就是母后弹琴,他与阿兄月下舞剑。

"那个时候我年纪尚小,比阿兄矮很多,只能拿得动特制剑。有次我逞强非要拿阿兄的剑,结果跌了跟头,惹得大家都笑了。母后也笑我,不过她会把我抱在怀里,说我真棒,今日摔倒,明日定能成功,只待我长大后来保护她。"

我知梁景元想家了。这是他第一次向我提起他的过往,奈何那时年龄太小,记忆短浅。他五岁半就作为质子来了沈国,没有享受过多亲人的温暖。谨小慎微地活着,对于一位嫡出皇子来说实为憋屈,然而从未听他抱怨过。

他若没来做质子,在梁国定会生活得很幸福吧,他的母后父皇都疼爱他,他会有许多朋友,会和心爱的女子成家,恩爱白头。如果这样,我也不会遇到他了。

一切都是上天安排妥当的。

"梁景元,谢谢你。"

谢谢你出现在我的生活里,谢谢你将我从牢里救出。

次日,父皇就派人来修缮谨行宫。我命他们将漏水的屋顶修好,把院中井里取水的绳子换了新的,还把我房中出现裂痕的镜子换了。

他们欲把后院那棵焦枯的大树连根拔起,种上新的小树苗,却被阿娘拦了下来。这棵树对于阿娘来说有着刻骨铭心的回忆,就是阿娘点燃了这棵树,才得以让父皇关注谨行宫的动向,派太医救下病重的我。所以我也拦了下来,就让这棵树陪着我们吧。

说来也怪,父皇的病在我出狱后逐渐好转,待陨星雨来的这一天,父皇已经可以下床走动,甚至可以短时间批阅奏章。

他们把功劳算到我的头上,这样我护佑家人长健的无稽之谈由此坐实。

父皇三天两头让人往我宫里送东西,只是他从未召见过我。我心里跟明镜一样,父皇不喜欢我和阿娘,从未改变过,现在之所以如此对待我们,完全是因为他认为我可以保他健康。

二公主特意来道歉,说了一堆害怕受责罚、一时糊涂之类的话,让我不要见怪。

可我不是圣人,做不到大度宽容,当作什么事情都没有发生过,所以我表面上选择原谅,但是也终于看清了他们的面目,以后逢场作戏便是了。

长公主又主动和我走得近了,经常约我参加一些活动。我只选择有梁景元也在场的活动参加，其余一律回绝。

这期间父皇对太子越来越器重，着手让他处理一些重要的事情。而梁景元背靠太子，受到太子的赏识，我想待到太子登基之时，梁景元定受器重，抑或是放他离宫，回到故土，如此也是不错的结果。

七月初八是长公主的生辰，长公主发了帖子给我，让我去她的公主府参加她的生辰宴。届时，其他公主和皇子，还有一些大臣氏族都会去祝贺。

我将父皇赏我的玉枕当作礼物，乘上长公主亲自派的轿辇欣然前往。本来说好要与四公主一起，奈何四公主贪睡起不来，只能让我先行过去。

这是我第一次去府中参加宴会，对于应酬的场面十分陌生。长公主原是想差人陪我，熟悉一下府里的环境，被我拒绝了。我习惯了独身一人，自在一些。

我混迹在前来祝贺的人群里，注意听他们的谈话，从谈话中判断他们的身份。他们中大多数人是不认识我的，见到我后都上下打量，好奇地小声嘀咕。郡主和深闺小姐们聚在一起，讨论我能护佑家人长健的事情。

"本来默默无闻的三公主就凭借这卦象一朝翻身，在宫里可成为香饽饽了呢。"

"是的是的。我本来是不信的，最后听我阿父讲，圣上的身体在这之后真的有好转，让人不得不信。"

"呵，三公主就算再得势，也是一个奴婢所生，哪里比得上其他公主身份尊贵。听说圣上本就不喜欢她,她上次守夜结果差点烧了永安殿,若不是因为这件事,恐怕都要被杀头了。"

看来她们这些世族之女一直都瞧不上我,她们自恃父母都是大族望族,从出生起就高人一等,骄傲自负。

为首穿着华丽的女子见我听得认真,做了个噤声的动作后与其他人互相使眼色。见谁都不认识我,她便客气询问:"这位小姐以前从未见过,不知您是谁府上的小姐?"

"不才,我乃三公主。"

说罢,其他人暗自"啊"了一声,满脸心虚。

我面对着刚才说我身份卑贱的女子,瞟她一眼,冷哼道:"身份再低微,我也是公主,圣上的女儿。说我走运也罢,说我得势也好,有本事你去成为这护佑家人长健的福星。"

罢了,我转身不再纠缠。

亭子对面的树下,太子和梁景元刚刚到来。梁景元正朝我的方向看来,我朝他挥了挥手,他冲我点了点头。

太子此番说是贺生辰,其实是借机与各位大臣拉近关系,笼络人心。梁景元跟在太子身后,自然也不会肆意乱转。这样一来,我成为公主府里最悠闲的人,正好有机会大开眼界,之前听四公主说长公主府是所有府邸中最豪华的一个,今日所见,果真不假。

公主府的后院简直是缩小版的御花园,由此可见长皇姐是父皇最疼爱的女儿,真是人比人气死人。

午宴分了两个厅,各府的男眷在主厅,由驸马招待;女眷们在副厅,由长公主招待。

听长皇姐介绍,这次她把皇城最大的酒楼里最好的厨师都给请来了,另特意请了各地方的厨子做一些地方特色菜,并由她亲自试菜,精心挑选的,总之这顿饭菜不是轻易吃得到的。

大家纷纷称赞长公主,说托了她的福才使大家有口福。

这些夸赞的话让长公主特别受用,心情大好,要大家继续留下,到了晚上还有节目可看。

皇宫里的宴会也不过是宴请一顿,长公主竟照一天来请,排场大且十分奢华。因着晚上皇后会到场,为了与皇后同场用膳,大家皆选择留下来。这期间大家可听曲看舞,或是打牌来打发时间。

我不会打牌,长公主硬拉着我把我教成个半吊子,然后陪着她们。我技术不行,手气又臭,输了几两银子便心疼得不得了,死活不肯再来。她们笑话了我几句,放我离开了。

下了牌桌,离了屋,我却发现天已染上了墨色。

我在后花园里晃悠,清风徐徐,带来阵阵凉爽。前面人工湖边传来犬吠,我定睛一看,仿佛看到了四皇子的身影,他身边还有服侍他的内侍。

我走近,果真是四皇子,上午没见他的影,估计是下午到的。他此时正拽着狗尾巴玩。这狗是长公主养的,上午闲得无聊,我偶然看见了这只小狗,就和它玩了起来。小狗黏人友好,你摸一摸它,它便冲你摇尾巴在你脚边撒欢,可爱极了。

这让我看不下去了,四皇子平时作威作福,怎连弱小都不肯放过?

我今日若不阻止，这狗恐难逃一劫。

"住手！"我大声呵斥。

四皇子一愣，手上的动作放缓，却还是抓住狗尾巴不放，不可思议地瞧着我，估计不敢相信我居然胆敢对他大吼。

"四皇弟，要玩可以去前厅玩，各府公子都在那里说笑，何故一个人在这里玩狗？"

四皇子松懒惯了，满脸不在乎："就是玩够了才抓住这么个玩意儿来玩，怎的，你有意见？"

呵呵，当然有。我抬了抬眼皮，不动声色地搬出长公主的名号来唬人："这是长皇姐养的，你若是把它玩坏了，恐不好交代啊？而且今天是长皇姐的生辰，不宜弄死她养的宠物。"

"你少管闲事，我想怎样就怎样。我今天就是把它玩死，能怎么着我？大不了赔她一只就是了。一只狗而已，有钱难买本皇子开心。再说，我问过皇姐了，不打紧的。"

我略略头疼，娇纵的于贵妃养出了个娇纵的儿子，不学无术，整日就知依仗父皇的宠爱胡作非为，毫无同理之心。

见劝也无用，我三步并作两步上前，想抢过狗娃子。四皇子不肯撒手，我们两个争抢起来。旁边的奴才忌惮我现如今福星的身份，不敢放肆，只得一个劲儿地说好话相劝。

四皇子下手不知轻重，狗娃子疼得"呜汪呜汪"直叫，我心软，下不去手生抢，怕扯坏了。

于是，我改变策略："这样，你我都放手，我们来玩游戏，叫狗娃子捉迷藏。游戏规则是我和你来打水漂，三局两胜，赢的一方负责把狗藏起来，输的一方去找狗。如何？"

四皇子眼珠子一转，想了片刻，答应下来。打水漂他志在必得，无聊时他经常让奴才们陪着他玩，每次都是他赢。

我从未玩过打水漂，自认赢不了四皇弟，可这不是重点，我提议先各试三次，当作暖身。

等他先动手打水漂时，我毫不吝啬地夸赞他，让他在一声声夸赞中迷失自我。为了更好地发挥，他就毫无防备地把狗让给我抱，如此我的计谋得逞，抱着狗就跑。

待我跑出很远了，四皇子才惊觉自己上当，气得直跺脚，带上内侍过来追我。我将狗放在地上，大力跺脚吓狗，狗受到惊吓，撒腿就往前跑。

四皇子哪里能跑过狗娃子，等他跑到我身边，我再一拦截，狗娃子早就跑得无影无踪了。

"你！"四皇子气急败坏，双手捶打着我，"你赔我的狗。"

内侍过来相劝，反被他威胁："狗奴才，你再来拉我，我就告诉我母妃，赏你杖刑。"

我任由他打，等他消气就好。

他抡起拳头砸在我的身上，小小年纪手劲儿挺大，被他所打之处又疼又麻。

他打累了，也就没有力气了。我便哄着他，来到了池塘边。见他停住脚步，我问："怎么不走了？消消气吧，我的好四弟，我们到前厅去，那里有糖人，可好吃了，去吃糖人吧。"

四皇子低头不语，耍了一阵子脾气，看向远方，忽然眼睛放光，似又被什么东西吸引了注意力。

"你看！"

我顺着他手指的方向，身体朝池边探去，不明所以："什么？你看到了什么？"

伴随着四皇子的一声"哼"，我毫无防备地被他从后用力一推，跌入了湖里。

我整个人浸泡在水中，口鼻灌入水，顷刻间觉得胸腔被堵住无法呼吸。濒临死亡的感觉接踵而来，出于本能，我双手扑通胡乱挣扎着，身子微微浮起，头露出水面，大口呼吸着。

岸边的四皇子似看好戏一般看着我在水中一沉一浮，无动于衷，甚至幸灾乐祸地拍手叫好："让你欺骗本皇子，这是教训，看你下次还敢不敢了。"

旁边的内侍倒急坏了，左右为难，跪下来求四皇子："小爷，这落水非同小可，闹出人命可不好，无法向圣上交代。奴才瞧三公主不识水性，反正也教训完了，喊人将她捞起来吧。"

四皇子不慌不忙甩了甩衣袖："不忙，这才到哪儿。再说父皇一向疼我，她又算哪根葱，不过是贱婢所出，要不是有了福星这个由头，她早已是死人了。你要敢多嘴替她喊一声，我拔了你的舌头。"小小年纪，嘴巴心思已经这般毒辣。

我的腿开始抽筋，这么下去我真的会被淹死。不让别人替我喊救命,待我铆足了劲,我自己喊还不行吗?

我大叫:"来人,救命啊。"

我喊了几句也呛了几口水,还是无人赶来。大家都在前厅热闹着,没人过来这后院,纵使我叫破了嗓子也无人听到。

我的身子往下沉去,可怜我这才及笄,难道就这样香消玉殒了吗?没想到还是个淹死鬼,死相如此难看。

我彻底没入湖中,神志不清,浑浑噩噩间逐步丧失知觉。突然,周身一股冲击袭来,水波荡漾,仅存的最后一点意识让我竭力睁开眼睛。我看到一个身材修长、头戴双鹤礼冠的男子向我游来。

我已经听不见任何声音了,只看到梁景元的面庞越来越近。我不确定是否为幻觉,即使是,那也真好,临死我还能再看到他的模样。他张开双臂,抱住我的腰身,奋力向上游去。

过了许久,我头昏脑涨,耳边一阵嘈杂。我缓缓眯起双眼,看到的仍是梁景元。他浑身湿漉漉的,水珠顺着他凌乱的发丝往下滴。

见我清醒,他紧蹙的眉头才慢慢舒展,喉结上下滚动。他动了动嘴唇,似有千言万语没能说出口。

我抬手想要抚摸他的喉结,却被突如其来的一只染着蔻丹的手握住。紧接着,皇后那张焦急的脸占据了我的视线。

"皇后?"

我挣扎着要从地上坐起,却被皇后按住:"别动,谢天谢地,你可终于醒了,担心死母后了。来人,快挪到客房里去,另请医官来给公主查看。"

皇后急切的样子，真真是一副母亲担心女儿的模样，让在场所有人都认为皇后心系皇嗣，善良温婉，有母仪天下之风范。

我被抬上步舆，一颠一颠的，晃得脑子里的水来回晃动，耳朵里也是水声。

这下我的脑子真的进水了。

公主落水，一堆人围着，里三层外三层，我还是第一次享受这么大的阵仗。

我被抬进客房后，皇后屏退了所有人，长公主拿来没有穿过的干净衣服叫我换上。换置妥当后，医官为我请脉，确认我安然无恙，皇后才舒缓下来。

"这到底是怎么回事？我刚一来众人还在请安，就听下人来报出了事，到后园一瞧，梁景元正救你上岸。"皇后扶额，语气颇为不满，闹这一出白白给长公主的生辰添麻烦。

我打量屋内，除了皇后，还有其他公主和皇子，最终我将目光锁定在四皇子身上。

四皇子感受到我的目光，不敢看我，想要偷溜下去，不承想梁景元换了一身驸马的干净衣服正好来了，一个箭步将门堵住。

我把来龙去脉说了个清楚，我自认为没有错。岂料，皇后不重不轻道："我当是什么，原来只是一只狗而已。至于吗？一只狗就让你们这个样子，皇室的颜面往哪里搁？首先是你三公主不该欺骗小皇子，小皇子多大，你多大？就不能让着点小的？"

四皇子见状，以为有人撑腰，嬉笑起来，结果皇后严肃地指着四皇子一顿呵斥："还有你，平时在宫里胡闹惯了，不知轻重，身边的奴才是怎样做事的？小皇子不懂事，奴才也不懂吗？任由小皇子胡闹，这种奴才当罚，带下去领五十大板，以儆效尤。另罚小皇子速速回宫，抄写五十遍《弟子规》，长长记性。"

罢了，皇后身边的人把四皇子请了下去，等四皇子身边的内侍到柴房领了板子方能送回宫。

皇后叹了口气，揉揉太阳穴，看着屋里仅剩的人。幸亏都是皇嗣，尽管丢人也都是自家的事，唯有梁景元是个外人，不过他现在是太子的人，无碍。

眼神溜了一圈之后，皇后便自作主张："此事关乎皇室颜面，两个皇嗣为了一只狗争得脸红脖子粗的，说出去太过难听，况且今日又是老大生辰，故而对外就宣称是三公主失足落水，足矣。"

皇后吩咐完之后才假惺惺地宽慰我："这事让你受委屈了，但为了顾全大局，你能理解的，对吧？"

既已罚了四皇子和内侍，我还能有何不可的，只能乖乖谢恩："皇后英明，全凭皇后做主。"

皇后见我还算识大体，甚是满意，拉着我的手，在我手背上拍了拍："今日有惊无险，等会儿可还参加接下来的晚宴？或者你暂且休息一番，让下人把吃食送进来，再跟本宫一起回宫？"

经此一闹，我也全然没有参加晚宴的兴致，所有人都看到了我落水狼狈的模样，留下来只会给自己添堵，也说不定还要给府中添堵，我便拒绝了，想早早回宫。

长公主要派人护送我，却被梁景元拦下。众人一愣，纷纷看向他。

梁景元目不斜视，朝皇后拱手作揖："忙了一天，我也有些困乏，想要回宫休息，不如顺道送三公主回去。"

皇后眨了眨眼，梁景元是出了名的不多管闲事，即使与太子为一阵营，也多为出谋划策，所以事出反常，她没了主意，看向太子。

太子接收到信号，眼里透着精明，看着床上的我："母后，如此也好。就让梁公子先送三皇妹回去，晚宴结束我和母后一起回宫。"

皇后看出太子的门道来，挑了挑眉头，看看梁景元，又看看我，笑着回道："也罢，准了。"

天有些燥热，吹到脸上的风都是热的。我和梁景元出了公主府，往皇宫的方向走去。

公主府虽说离皇宫较近，但走路也需花费些时间。

公主要派辆马车，被梁景元回绝了。我不解："走路至少也得半个时辰，你怎么不收下公主的好意？"

梁景元扭头望我一眼，然后朝着安静的街市望过去："坐车多没意思，难得出来一次，被困宫里久了，就当出来放个风。前面有个岔路，从岔路出去是一条街市，什么都有卖，我带你去看一看。"

年初我和六皇叔出来逛过，只是还从来没有逛过夜间的街市，今儿机会难得，我一听就来了兴致："好呀。我还从来没有在夜里逛过，都说市井之乐烟火气十足，我却如井底之蛙，只听过，没见识过。"

我与梁景元并肩而行,不一会儿就来到了全皇城最大的全天街市。这条街和我之前逛的不同,这里是唯一一个可以在夜间摆摊的街市,此时人声鼎沸,简直别有洞天。我第一次见这景象,不由得愣了愣,心里既欢喜,又有些不踏实——人来人往,摩肩接踵的,我有些不习惯。

梁景元看出我的小心翼翼,将宽大的衣袖放至我的手心,叮嘱道:"人多,牵紧我的衣袖,就不会走丢了。"

我将他的衣袖牢牢攥在手里,心安稳了下来。遇到鲁莽之人,他还会虚搂着我,不让那些人撞到我。

我用余光偷瞄着那只护在我胳膊外的手,小心思作祟,巴不得来个横冲直撞之人将我撞进他的怀中。

走到一家凉皮摊前,他定住脚步,征求我的意见:"这家的凉皮是我在皇城里吃过最好吃的,价格也公道,正好我们没吃晚饭,要不要尝尝?"

摊贩正忙碌着拌凉皮,恨不得多长出几只手来一起忙活。即使生意火爆,可商不嫌客多,摊贩见我拿不定主意,便欢快地招揽:"哟,这位爷说得没错,本家小摊干了三十来年了,童叟无欺,味道一绝,要不为何在这样的世道上,我家还能维持这么火爆的生意呢?夫人要是没吃过可以来尝尝,保证吃了就忘不了了。"

"夫人……"我咂吧咂吧嘴,这个称呼当真令我欢喜。

我抬头看向梁景元。他没有要解释的打算,算是默认了摊贩的误解。

我也将错就错,既是当夫人就要有夫人的样,我从攥着他的袖子立即变成挽上他的胳膊摇了摇,笑意都要从眼睛里溢出来:"那就吃凉皮吧。"

梁景元低头看向我的那只手，我本担心他若不喜这样怎么办，然而担心是多余的，他只确定我真的是在挽着他之后，向摊贩撂了银瓜子，嘴角上扬："来两碗凉皮。"

"好嘞。"摊贩"哟呵"一声，又为难道，"这位爷，本摊小本生意，这银子找不开啊。"

梁景元大方道："就当赏你了，不用找了。"

摊贩一听，顿时眼里冒光，点头哈腰地道："好嘞，多谢爷，多谢夫人。"

我在一旁惊呆了，梁景元这么有钱吗？

看他脸上藏不住的笑意，分明是得意扬扬，当冤大头还这么开心。

我们找到位置坐下来，摊贩很快把凉皮端了上来。我迫不及待吃了两口，确实爽口，炎炎夏日吃正舒心。

"这一碗该多少钱啊？我回宫后把钱还给你。"

今日带来的银子打牌都输光了，想起那些输掉的银子，我的心头就在滴血。技术不行还打什么牌嘛，真是自作自受。

梁景元看到我蔫巴的样子，十分贴心："不用，带你出来玩，就是请你的，况且这些也值不了几个钱。"

他目光流转，看着眼前之景，兀自一笑："就你带的那点钱，都输牌桌上了吧？"

我一惊，他竟知道，明明他与太子在前院同大臣聊天喝茶。我当时的牌桌靠近门边，一抬头就看到他静默地聆听太子讲话。

我垂头丧气地说:"这等丢人现眼的事就不要提了,我以后再也不玩牌了。今天出门没看皇历,既输了钱又丢了人。还好时下是夏天,湖里的水不凉,否则我现在早就冻得找不着北了。"我吃口凉皮压压惊,"对了,你怎知我落水了?没有你及时相救,我恐怕活不了了。"

梁景元脸色一沉,目光黯淡下来,但只一瞬又调整过来,恢复如常:"我本在前院,一抬头发现牌桌上没你了,寻了个空,问府中的下人,说是看见你往后院去了,我也就去了,靠近后院隐约听到你喊救命,于是加快步子,却看到你沉湖中去了。"

现在想起来都后怕,我不禁打了个寒战:"你又救了我一次。都说大难不死,必有后福,我这都经历过两次大难了,这次说不定有更大的福分在后头等着我。"

梁景元若有所思,心不在焉地"嗯"了一声,自言自语道:"会好的,都会好起来的。"

一路逛过去,我们陆续买了糖酥、绿豆糕、泥人。我让捏泥人的老板捏了个我和梁景元,捏泥人的老板嘴甜,边捏边夸我们郎才女貌,字字说到我心坎里去。梁景元一句话也没说,许是跟我同样受用。

之后,我们一起看了街头卖艺表演,从街头逛到街尾。

腿肚有些发酸,我弯下腰揉了揉。

梁景元见到,问:"累了?"

我点点头:"有点。"

他二话不说,蹲下身子,手往后背拍了拍:"我来背你。"

我期待了一路,想与梁景元有进一步的发展,终于被我给盼到了。

我在心里狂喜,这种时候自然顾不得矜持了,我嘴上道着谢,说不好意思,但身体还是很诚实地趴在他的背上。他双臂拢起我的腿弯,毫无助力地直接站起。我双手揽着他的脖颈,下颌抵在他的肩头。

他宽肩窄腰,看着挺修长的身姿,隔着薄薄的衣料,又能隐隐感受到肌肉线条。他身上散发出一种难以形容的香气,既不是花香,也不是熏香,闻着令我神安。

到了皇宫宫门,他才把我放下,我在前他在后,走过长长的宫道,到了谨行宫。分别时,趁着黑灯瞎火,我故意将泥人拿错——这是我打了一路的算盘,把我的泥像递给他。

他微抬头,定睛看着我,我嬉皮笑脸让他早点休息。

回到宫中,小蝶见我换了身衣服,十分不解,我便把事情从头到尾讲了遍。小蝶"啊"了一声,气得捶桌子,直说那四皇子太无法无天了。

深夜,小蝶见我房中有亮光,便敲开房门。我当时正对着梁景元的泥像傻乐着,小蝶看我走火入魔的样子,觉得傻子都能看出我的心意了。

"公主,您是不是喜欢上梁公子了?哎,别想否认,您的样子全写在脸上了。您瞒得了别人,可瞒不过我。"

我见小蝶如此笃定,也不想再瞒着了。小蝶说得没错,以前我满脑子想的是如何过好自己的生活,现在满脑子都是梁景元的身形样貌。

我捏着自己的脸颊,问道:"有那么明显吗?在他面前我不敢表现得太明显，因为还不知道他的心意，怕自己的心意会吓着他。"

直觉告诉我，梁景元对我也是有意的，不然皇宫里所有的女子中，他单就对我多了份心思，接二连三地救我，就连今日被摊贩误会我们是夫妻，他都不想着辩解。

这么反常不是他的性格所能为之的事情，这亦是我所苦恼的。如果我贸然捅破了窗户纸，会不会吓到他？上回玩投壶的那一次他就被二公主的直白给吓到了，甚至产生了反感。

"这有什么？"小蝶直来直去，脑子里没有太多弯弯绕绕，她化身狗头军师帮我分析，"男未婚女未嫁，就像我上次说的那样，您救过他，他也救过您，你们缘分不浅，乃是命中注定。如今您是福星，他又受到太子赏识，日子一天一天在变好，就差谈婚论嫁了。他倒是可以一直孤独终老，可公主您不行啊，上次有个梁太子，下回不知还会出现个谁要您和亲。与其和不喜欢的陌生人和亲，倒不如和喜欢的人相知相伴、白头到老。"

小蝶说得句句在理，梁景元是质子，在这宫中可娶可不娶，无人会逼他。而我就不一样了，躲得过初一，躲不过十五，如果横竖都要嫁，何不嫁给两情相悦的人？

只是我犯了难："这……这该如何去试探他的心意呢？要直接问他吗？"

"这个好说，包在我身上。今天梁公子正好救了您，明天我去谢他，从他嘴里套点话出来。即使套不出来，我绕个弯子打探一下他对您的态度，如果刚好他和公主心意相通，那公主便可放心，多与他纠缠个来回，让他亲自向公主表白。只是您也要做好心理准备，我不一定套得出来，因为梁公子似乎只对公主您一个人话多，所以我明天只能从他细微的表情中来判断了。"

似乎找不到比这更好的主意了，我心中虽忐忑，但还是决定放手让小蝶去做。

第五章
拒婚

按照计划，次日一早，小蝶做了葱饼带去归服宫，见到梁景元后谎称是我亲手做的。之前我做过两回，梁景元与知苏都有吃过，这次这么做的目的是为了查探他是否能吃出非出自我之手，来测试他对我的在意程度。

接着小蝶会问些问题，至于问些什么，小蝶没同我细说。我坐立难安，只能在宫内来回踱步，急不可耐地等待小蝶回来。

半炷香的时间后，小蝶兴高采烈地回来。我见她的样子，心里顿时有了谱。

小蝶先是喝了口水，把我急不可耐的心情推到顶峰，然后再满足我的好奇心，冲我点头："公主，妥了。我觉得十拿没有九稳，也有七稳了。我看着梁景元将葱饼吃下去，他先是皱了皱眉，不停回味着饼子的味道。我故意问他饼子怎么样，他只说还行，吃了两口就不再吃了，我瞧他那个样子是吃了出来，不然公主您给他的东西，他哪回没吃个精光啊？"

这倒也是，只是光有这个还不能佐证。

小蝶接着道："后来，我故意提起您的年纪，说女子十五就已成年，可以嫁人,公主今年已经及笄了,不知圣上会为公主安排什么样的郎君。您猜我说完怎么着?"

"怎么着?"

"梁景元的脸色竟一下子冷了下来,眉头紧锁,看着心情瞬间就不好了。当时可把我吓了一跳,还好我稳住了。我乘胜追击,说明日去求圣上为公主许一桩好的亲事。刚说完,梁景元猛地从凳子上起身,情绪略微激动,不大开心地盯着我,问是不是三公主的意思,是否是三公主想嫁,还问三公主有无心上人了。"小蝶绘声绘色地描述着,还学起梁景元的动作神态来,惟妙惟肖。

我听得心里莫名紧张,一个劲儿地问:"你怎么回答?他又是怎么说?"

"哈。"小蝶开心地摇头晃脑,"我当然说是我自己的意思,替主子着想,省得日后圣上再随意将公主叫去和亲。然后我模棱两可地说公主好像是有一个心上人,多次救公主于水火。"

"这不是赤裸裸地在说他嘛,傻子都能听出来是梁景元。"我没想到小蝶所谓的试探竟如此直白,就差直接说我喜欢梁景元了。

小蝶也知自己说漏了嘴,不好意思地挠挠头:"我本想再说得隐晦点儿的,怎知太急于想看他的态度了。不过也不是没有收获的,他在听我说完您的心上人之后,表情放缓了些,若有所思。"

"然后呢?"我追问。

"然后,梁景元说他还有事情,就让我回来了。"

"啊?就这?这怎么能是十拿七稳呢?"

"公主别急。他现在也算知道公主心仪之人是他,若他也心仪公主,想和公主在一起,一定会再来试探公主的态度,到时你们两个的问题就可以拿到桌面上来谈啦。"

事到如今,只能这样,反正小蝶已经先行说明白了,我再和梁景元说时,干脆就直接问他喜不喜欢我,省得猜来猜去,平白增添烦忧。

我欲约梁景元晚上相见,毕竟晚上月黑风高,在烛光的映照下,有氛围,人也放松,适合说体己话。

可还未等我去约,一把鼻涕一把泪的四皇子在昨日那个内侍一瘸一拐的陪同下来登门拜访了。一见到我,主仆二人双双跪地,四皇子跪在我脚边,抱着我的大腿,内侍则跪在四皇子身后,头磕地面。

我被这突如其来的阵仗吓了一跳,呆呆地看着裙边的四皇子。

他痛哭流涕,看得出是真的很伤心:"三皇姐,昨日是我错了!我对不起你,你大人有大量,请宽恕我吧,我再也不敢了。"

我努力拽了拽裙角,怕四皇子哭上头,把鼻涕擦到我的裙子上。可是裙子被四皇子攥在手中,争不过来,我宣布放弃。

我不信四皇子会轻易找我道歉,以他和于贵妃的性格,绝不可能会向我低头,他之所以哭得这样撕心裂肺,脸上的巴掌印足以说明。只是他受了谁的指示来给我道歉?

"四皇弟,你先别哭了,皇后已经罚过你了,你知错就好。"

"不行!"四皇子哭得更心碎了,"今日我来就是亲自向皇姐道歉的,皇姐恕我年少无知,若不行,你……你……你也把我推进湖里。"

这不是在说胡话吗?他把我推到湖里只是被罚抄,我把他推到湖里的话，指不定有什么样的重罚等着我。

四皇子一直哭，问不出什么关键信息来，我让内侍抬头回话："这到底是怎么回事？"

那内侍胆战心惊："回公主，于贵妃听说昨日发生的事情后，十分动怒，今早不仅打了奴才，也揍了皇子，特意命我们主仆二人向公主请罪。"

"这……"居然是于贵妃。想必四皇子脸上的巴掌印就是她打出来的，这完全不像是于贵妃的作风啊。

小蝶见我疑惑，悄悄在我耳边说："公主，别忘了您现在的身份可是保佑圣上康健的福星，于贵妃对您礼让三分也是应该的。"

目前为止，只有这个理由行得通了。我心里一阵顺气，不那么憋屈了。既然人也罚了，我再揪着不放便说不过去，便说了几句警示的话，就放人回去了。

我送四皇子到宫门口，恰好看见梁景元在谨行宫门口等候着。他看到四皇子这般模样，并不觉好奇，只抬抬眼皮子瞅了一眼，似是知道那二人来作甚。

"公主对道歉可还满意？"梁景元瞪着那两人离开的身影，眼神似要吃人。

我微微一愣，他怎知四皇子是来道歉的？

"有什么不满意的，于贵妃这样拉得下脸来，我再不满意也说不过去。总之，无论如何，气倒是顺了许多，原来当福星还能让于贵妃礼让三分。"

"那就好,如此我就先告辞了。哦,对了,还有……"梁景元停顿了会儿。

我好奇地等着他余下的话。

"今早的葱饼不似你做的好吃。"

我怔住,一时间情绪难以言表,满脸通红。他这话是不是表示他真的能吃出我做的东西。

胡吉一头雾水:"公主,他这什么意思啊?今早的葱饼不就是您做的吗?我觉得还挺好吃的啊。"

只有小蝶最先反应过来:"我就说他能吃得出来吧,可见他对公主是上了心的。"

我看着梁景元远去的背影,美从心来,犹如吃了蜜饯。我早该知道他心里有我。

我捧着脸看着泥像发呆,小蝶过来提醒我,再看就要把泥人给看穿了。

我心中欢喜,任由小蝶打趣。又想了一会儿,我匆匆跑到归服宫去找梁景元。

来到他宫门前,我看到一只信鸽从他宫院上空飞过。多健壮的鸽子啊,不知谁家养的,这般喜人,配上这蓝天白云,好一幅飞鸽画。

人要是心情好了,看什么都是美的。

我到归服宫去早已被梁景元特许不必通传。我到宫中时,梁景元正伏案看书,旁边还有磨好的墨,毛笔蘸取了墨汁,想来他读书养成了好习惯，喜欢勾勾画画。

我的泥人像就在他旁边放着。

听到我的脚步声，梁景元方抬头，请我入坐。我不坐，回身把房门关上，站在原地不动。

他不明所以，但也不出声询问，只站在我身前和我对视。

我感觉我的心都要跳出来了。遇到梁景元后，我一次次突破自己的极限。还有比当初孤身救他出狱更刺激的事情吗？不过是口头表白而已，没什么好怕的。

"我……"我目光热切，咬着嘴唇，欲言又止，还在做心理建设。

"我知道。"梁景元双手按着我的双臂，弯下腰身，让我们两个人的视线处在同一水平线上。

他的一双黑眸宛若黑曜石，深不见底，只一眼就几乎让人深醉其中。他的眼角微微上扬，像是夜空里皎洁的弦月，显得极为静柔，纯净的瞳孔里全是我的模样。

此刻他的脸就在我的眼前，我们近在咫尺，彼此的呼吸相互交织。

"你知道什么？"我呆呆地问他，心却异常不安分，简直要跳出胸腔，隐隐期待着什么。

"我意胜汝意。今早小蝶过来，她一系列的试探我都看在眼里，只是不知是她的擅作主张，还是受你之托。幸而你来了，我就知道小蝶是受你所托。这样我也不用再苦苦隐藏自己的心意，我对公主的情意如春草生长，野火蔓延，一日一夜皆尽相思。"

"知我意，感君怜，此情须问天。"我鼻头一酸，视线模糊。

两情相悦，互表心意，是另一番的幸福，难怪戏文里有许多女子为了爱可以不要一切。

自打我与梁景元互通心意之后，我每日都沉浸在快乐里，觉得日子越来越有盼头。小蝶和胡吉都说我性子活泼了许多。

另外，我也开始关注朝堂上的事，只要太子春风得意，就意味着梁景元会节节高升。不过梁景元比我更深知朝堂的那一套，他低调行事，不会抢功，在太子那里行事如鱼得水。

入秋后，一个小国吃了熊心豹子胆，在边境挑事，太子请愿领兵出征，大臣们为此分为两派，吵得不可开交。一派担心太子安危，觉得此法不妥，一派则认为可磨炼太子，又可大涨军心。父皇思考了几天才同意太子领兵出征，并命骆勇将军保护好太子。

梁景元作为质子，没有资格且不被允许随同奔赴战场，他与我在一起的时间变多，但他也时刻关注着边境战事。

半月有余，战事告捷，大快人心，父皇甚是满意。好消息过后，就是太子在敌军投降之际深受重伤，险些丧命的坏消息。

原是在那场胜利的战争中，本由骆勇将军带领三千骑兵设下埋伏，怎料反被敌军设埋，敌军直击关卡，太子拼死抵抗，于危难之间巧设圈套才击敌军个落花流水。

如此，到我这福星发挥作用的时候了——在太子休养期间，我需每日祈福。好在太子福大命大，休养了一阵便可回皇城复命。

父皇在开心之余震怒窝火，皇子本就不多，太子若有什么闪失，三皇子和四皇子一个体弱多病,一个不学无术,都不堪重用。父皇心有余悸,问责于骆勇将军,一怒之下降了他的官位,收了部分兵权交由太子管理。

这是太子用命换来的,他喜上加喜。连同皇后母凭子贵,被父皇宠幸了好多天。太子回宫后又养了几天,精神比往常都要好,这就是人逢喜事精神爽吧。

没过多久,二公主的亲事有了着落,父皇把她许配给了一位四品文臣的长子。听长公主说,这门亲事是二公主求来的,她与那家公子在一次宴会上相遇,两人就看对了眼,一见钟情。那家公子嘴也甜,哄得二公主晕头转向。二人年轻气盛,一个没把持住,二公主害了喜,这下只好匆匆嫁了。

二公主本就喜欢俊美的男子,挑了那么多人,也算风月情场老手,能让二公主马前失蹄还上赶着喊嫁的,想必这家公子有他的高明之处。

二公主有了身孕,为了在显怀之前出嫁,皇后拟定的出嫁时间也十分紧迫,只半个月就让二公主上了花轿。二公主是曹妃所生,时间虽紧迫,但按照公主出嫁的规格,嫁妆一份未少,风风光光的。

这算得上是下嫁,二公主日后在府中并不会受欺负,如此也算是二公主的造化。

这样一来,宫中已经及笄待嫁的公主就剩我一人了。不知是不是二公主的喜事让皇后上了头,她竟把目光对准了我。

二公主回门之后,皇后派人到我宫中请我去凤仪宫吃茶。

我去了才发现太子和梁景元也在。起先皇后还只是与太子唠唠家常，商讨为太子纳侧妃的事。我与梁景元眉眼相交，默默吃茶，后来皇后话锋一转，突然问我："凝霜啊，我记得你也到了谈婚论嫁的年纪了，是吧？"

皇后何人也，出自名门，从小就耳濡目染，懂操弄人心之术，她说的每一句话都不会是废话。所以我料想皇后要对我的亲事下手了，我如惊弓之鸟，呛了一口茶。

"回皇后，是的。"

"哦。"皇后细细琢磨，"你阿娘的病情可好些了？"

"回皇后，算不上好，只能说这么多年一直如此，病情稳定，但需要人在身边瞧着，离不开人。"我低眉，心中忐忑。

"是吗？难怪每次见你出门都不带身边伺候的宫婢。我之前就说多为你安排点婢女在身边，也好随意吩咐。"

"承蒙皇后关心，我宫中有小蝶，还有内侍胡吉，由他俩伺候足矣，人多了，反而会扰了阿娘的清静。"

皇后暗自"啊"了一声，端起茶碗，吹了吹浮沫，小喝几口，又将目光放在了梁景元的身上。

太子见状，拿了块点心递到梁景元的手中："快来尝尝这个，平时母后最爱吃。上回我领兵出征还好有你先前点拨，我才死里逃生，大获全胜。一直没能好好感谢你，你总说不要嘉奖，这让我心里头过意不去。"

梁景元惶恐，起身拱手揖礼："食君之禄，忠君之事，与君担忧，实乃我之本分。太子如此说，当真要折煞我了。"

"哈哈哈。"太子仰天大笑，让梁景元坐下，"你来宫中已有十余年了吧？"

"回太子，已有十一年零十四天。"

"哦？那你已经到谈婚论嫁的年纪了。"

"是。"

在沈国，女子十五算作成年可婚嫁，男子年满十六可婚嫁，梁景元正好比我大了一岁。

皇后握上我的手，眉开眼笑："如此正好，本宫瞧着你与梁公子郎才女貌，天造地设的一对儿。梁公子在宫里这些年，也算是半个沈国人了，而且那日他不顾一切救落水的你，是上天的缘分，不如本宫做主将你许给梁公子，可好？"

幸福来得太突然，我刚才还在担心皇后会乱点鸳鸯谱，现在看来担心全是多余的。姜还是老的辣，她居然看出我与梁景元有猫腻，还正好借此机会成全了我和梁景元。

皇后点的谱，应该无人敢反对，这样我就不用苦恼父皇把我指婚给别人了。

这可太行了，我太乐意了，我几乎要控制不住大笑了。

我看了看对面还在震惊中的梁景元，矜持地抿了抿嘴，害羞地点了点头："全凭皇后做主。"

我的意思明确，就看梁景元的了。

怎料，梁景元大惊失色，为难之色尽显无余，慌忙起身拱手礼貌地说道："承蒙公主高看，我自认配不上公主，不愿。"

这声"不愿"震耳欲聋,我吃惊且不解地看着他。

"这……"皇后见梁景元的反应和她想象的不一样,与太子对望。

太子同样不解。

皇后蹙眉:"你是不满意本宫为你做主,还是不满意公主啊?"

"不敢。"梁景元低头,不敢与我对视,"多谢娘娘的好意,只是我这身份配不上公主,不敢耽搁了公主的人生大事。"

皇后愣住,梁景元倒是没有撒谎,质子的身份确实配不上公主。

可我是三公主,一个宫婢所生,身份几乎与梁景元对等,没有谁比谁高贵。

皇后尴尬了一阵后说道:"如今你跟在太子身边做事,身份自然与往日不同了,由我做主许你二人,当是配得上的,这些你都不用担心。公主觉得呢?"

"我不在乎。我从来不觉得高你一等,事实上我和你是一样的。我心悦你啊。"我着急,怕他担心与我之间身份的鸿沟才不愿答应,我就想让他知道我们之间几乎没有任何身份阻碍。

然而,我看到了令我心寒的一面。

梁景元不停地摇头,哪怕是在皇后咄咄逼人的语气中,他还是不愿意。

皇后气急,竟被一质子吃了闭门羹:"那你倒是好好说说,怎就不肯了?"

他扑通跪地,跪到我面前。

我吓得连连后退,定了定神去扶他,怎料他不肯起身。无奈之下,我跪坐在他面前,让他抬头看我,问:"为什么?你不是……"不是说也心悦我吗?

"公主!"他厉声打断了我的话,"我对公主毫无感觉。是,我承认我对公主与对其他女子确实有不一样的地方,那是因为在整座皇宫中,只有公主不嫌弃我的身份,愿意与我交好。而我正孤独寂寞,有女子愿意倾心,何尝不是件好事?但那不是爱,我不喜欢您,更不想娶您。即便皇后抬爱赐婚,我亦不想牺牲自己的幸福去娶一个不爱之人。"

不爱之人!

字字诛心!

可笑,倒是我可笑了!

晚秋的阳光缺了炙热,可此时此刻我却觉得阳光刺眼,刺痛了我的眼睛。秋风瑟瑟,吹透了我的身子骨,寒气逼人,这是疼到骨子里的无助。倒不如一刀剜了我的心,不至于这么痛楚。

原来他不愿娶我。

原来他不爱我,原来我只是他孤独中不嫌弃他的女子。

原来都是我的一厢情愿。

我浑身颤抖,还是不愿相信梁景元是这种人。我勾起他的下颌,迫使他与我对视。星星点点的泪光模糊了我的眼帘,我好气:"你说的这些都不是真的。告诉我,这些都不是真的。"

梁景元垂下双眸,甚至都不愿看我:"公主,我纵使有千万个胆子,也不敢欺骗皇后娘娘。"

"所以,你不愿娶我。"

"不愿!"

梁景元好生绝情,决绝的两个字如同冰冷的雨水打在我的身上,彻底让我寒了心。

皇后不死心,想要威逼利诱,强迫梁景元就范,被我制止:"多谢皇后,这样逼来的感情,我也不稀罕,就此作罢吧。"

我有气无力地单手撑地,慢慢起身。一个恍惚,身形一晃,我险些没有站稳,幸好皇后身边的侍女扶了我一把。

就在那一刻,我的眼泪决了堤。我努力忍住不让自己哭出声,失魂落魄地逃离凤仪宫。

真是丢人现眼,一厢情愿付诸东流,多么可笑啊。

我就说上天不可能让我一帆风顺,总是会不让我生活如意的。我和阿娘在宫中吃穿用度不愁了,又让我在爱情中跌了跟头。

接下来的日子,我把自己关在谨行宫内,大门不出,二门不迈,饿了就吃两口,无聊了就躺在焦黑枯树下的摇椅上晒晒太阳,或是坐在廊下听听雨,累了就放纵地哭一场,困了就睡,像是一具没有灵魂的空壳。

梁景元则像是人间蒸发了一样,从那以后再未找过我,仿佛我与他的温存都是幻像,都是虚情假意。

小蝶和胡吉看着我日渐消瘦、沉默寡言的样子,急从心来,轮番劝我想开点,不要在一棵歪脖子树上吊死。

我忽然大哭,将小蝶和胡吉吓了一跳,以为我又想起梁景元拒婚的事来,结果我抹着眼泪,抽泣道:"梁景元才不是歪脖子树,他是我的救命恩人,是我放在心尖上的人。"

到现在为止,我还是喜欢他,无关他喜不喜欢我,觉得无非是从两情相悦变成了单相思。

这件事到底是我贪心了,既想我和阿娘的生活好过,又想爱情圆满,终是不可能的了。我这样的人怎能妄想什么都如意呢?

梁景元成了谨行宫的禁忌,倒不是我要求的,而是小蝶和胡吉见我一听到"梁景元"这个名字就伤心,干脆只字不提他的事。

日子一天一天从眼前溜走,我已有很长一段时间没有听到过梁景元的事情了,我以为时间就此抚平了我和他的一切,但每次午夜梦回之时,我又能梦到他,醒来后却发现是一场空,平添了心痛。

我仍旧是念着他的。

我开始对什么东西都提不起兴趣,精神头越来越差,总是犯困。

小蝶一如既往会从谨行宫外带回来一些八卦,因为我是福星的缘故,小蝶在其他宫侍前也算能抬得起头来,每次都能打探到最新最隐秘的消息。

从她嘴里,我知道谨行宫外发生的一些事情,比如太子新纳了侧妃、皇后频繁召昌平郡主入宫、于贵妃又怀上了龙种……

于贵妃怀上龙种这事最让我吃惊,毕竟父皇都一把年纪了。感叹间,我忽然想起春猎时与于贵妃私会的那个男人,他的身影越发明朗。我眉心一跳,心口被堵,自己扰了自己的心绪。

另外还有朝堂之上的一些变动，国库不足，赋税又增加了，百姓怨声载道；元老大臣被弹劾，被贬的、告老还乡的、辞官的都有；梁国实力大增，又吞并了几个小国，日渐有崛起之势……

这桩桩件件看似离我很遥远的事情，却无一不是动摇国之根本。尤其是提到梁国有异心时，我莫名会感到不安。梁国但凡有异动，梁景元作为质子必受牵连。

有一日，我正绣着花，没来由地胸口一闷，绣花针扎到手指，鲜血渗出，紧接着右眼皮直跳。

风吹开了窗户，呼啸得厉害。桌案上的烛光摇曳晃动，不一会儿就灭了。屋内漆黑一片，我放下手里头的针线活，重新点燃蜡烛，关紧了窗子，打了个结实的寒战，浑身冒虚汗，心里莫名不安。

没几天，我就看到小蝶与胡吉在墙根处鬼鬼祟祟的，不知道在说些什么，从他们低沉压制的声音中，我听到了梁景元的名字。

我走上前询问："说些什么？让我听听。"我想知道他的消息。

"没事，公主。"小蝶与胡吉使了使眼色，不打算告诉我。

我叹息道："你们以为不在我面前提他的名字，我就可以好受一些吗？都是自欺欺人罢了。真正的遗忘并不是我忘记了这个人就可以了，而是无论如何提他，我都可以无动于衷。"

小蝶和胡吉低头沉默。

片刻后，胡吉开了口，小蝶本想阻止，被我瞪了一眼，只能作罢。

消息是胡吉从他的皇卫司老乡那里听来的。

沈国的商队在途经梁国管辖内的商道时神秘失踪,梁国一直都没有给出一个确切的说法,直到半月前才发现商队二十一人的尸首在梁国的运河上漂着,货物仍旧下落不明。

圣上命梁国必须彻查此事,但梁国只抓了几个船夫应付了事。圣上动怒,认为梁国狼子野心,有意挑衅,于是把身为质子的梁景元当作警告的筹码。谁知,梁国那边不仅无动于衷,还派出兵力攻下了一个一直依附沈国存活的小国。

这无疑是打圣上的脸,于是圣上就对梁景元动了刑,把他关在归服宫内,派有重兵把守,随时可能赐毒酒。

动刑!

骇人听闻。梁景元肯定受伤了,严不严重?

梁国就不管梁景元的死活了吗?

我愤慨的同时,更心疼梁景元。

胡吉没有注意到我变苍白的脸,自顾自说着:"要我说,梁景元就是活该,当初拒了公主的婚事,就是报应。不过话说回来,还好公主没嫁给他,不然公主此刻也逃不了干系呢。我们公主真是福大命大。"

小蝶扶额无语,踢了胡吉一脚。

胡吉非但没有反应过来,反而还"哎哟"了一声:"你踢我干吗?"

小蝶彻底汗颜,恨铁不成钢:"你有点眼力见儿行不行?"

我忽然耳鸣,听不清他们斗嘴,只觉腿一软,两眼发黑,站不稳,倒了下去。

还好胡吉手疾眼快扶住了我,给我按压人中。我逐渐恢复意识,再也抑制不住了，泪水顺着眼角流出。我明白得太迟了，我只沉浸在自己的儿女情长中，从未想过梁景元的苦衷。

不是梁景元不愿娶我，不是我福大命大，而是一切都是他背负着，他不想牵连到我。

他毕竟是梁国的人，是质子，哪怕我嫁给他，也改变不了他的身份。梁国安分守己还好，否则但凡有异动，他就逃脱不了问责，随时都有被赐死的可能。而我要是嫁给他，也会受到牵连。

想要救人，越是这种时候就越要冷静。父皇不喜欢我，所以我去求父皇基本无望。皇后那里恐有一线生机。

我不顾小蝶和胡吉的阻拦，跑到凤仪宫，远远地听到了皇后的说话声，还有一名年轻女子的银铃般的笑声。

内侍进去通传，不出意料我碰了壁，皇后不愿见我，以正在接待贵客为由打发我走。

可是救人要紧，皇后是我在力所能及范围内的最后一根救命稻草，我不顾内侍的劝阻，执意跪在凤仪宫前，用最愚笨的方式祈求和皇后见上一面。

内侍见状只好再进去通传，可没过一会儿，内侍出来看着我直摇头，深叹一口气后索性将宫门关上了。

我看着紧闭的宫门，心已经凉了大半截。我知道内侍是得了皇后的令才将宫门紧闭，皇后还是不愿见我。

突然，满腹委屈席卷而来，冷风吹在脸上犹如刀割，红了的眼睛一阵发热，再被风瞬间吹冷，反反复复，干涩刺痛。

不知几时,太阳西落,一抹橘红的光照在我的身上时,宫门从内打开。

小内侍错身后退,皇后在宫婢的搀扶下,居高临下地看着我。

"你倒是倔强,不过跪是最软弱无能的表现。"皇后鄙夷一笑,话里满是嘲讽,"我知道你是因何事来找我,只是今日我有贵客接待,不方便见你。看你也是痴情的种,你可去找太子,说不定他有办法,就不要在我宫门前丢人现眼了。"

皇后说得没错,跪是最软弱无能的表现,可此时的境况下确实有用。皇后为我指明了一个方向,那就是去东宫求太子。梁景元是太子的人,太子一定会想办法救他。

我叩首谢过皇后,猛一起身,膝盖作痛,腿脚发麻,踉跄几下险些摔倒。

就在我要抬脚离开之时,一名服饰华丽的女子从宫内出来,走到皇后身边。

我用余光看到那名女子正是昌平郡主。

我想起之前小蝶打听到的消息,皇后最近一段时间频繁召昌平郡主入宫,昌平郡主本与宫中后妃没有来往,如今却成了皇后的贵客,这叫我心生疑虑。

思虑间,我听到昌平郡主问道:"皇后娘娘,三公主找您何事?"

皇后极其和蔼地回答道:"没什么,不值当的小事而已,我们不用理会,继续喝茶。"

这个声音就如同当初我对皇后还有用处时皇后对我那般和蔼。虽然我没看到皇后的表情,但我猜想她一定是面带笑容,极其慈祥的模样。

我猜,昌平郡主对皇后来说又有新的用处了吧?

我加快脚步,一路小跑来到东宫。

太子见到我很惊讶,他没想到我对梁景元的情意这般深切,都这种时候了,还敢替他求情。

"我愿以我的性命起誓,来保梁景元一命。"

"你的生命?"太子嗤笑,话说得甚是委婉,"比起沈国,你我的命都不是那么重要。"

"可那是梁国的事,与梁景元无关啊,梁景元明显已是梁国的弃子了。"

"弃不弃子不重要,重要的是他仍是从梁国来的质子。还请三妹少安毋躁,梁景元不会轻易被赐死,梁国听闻梁景元的事情已派使者过来谈判,他的命该如何,就看谈判的结果。"

"这要是谈不拢呢?"我心有余悸。

太子冷笑,明知故问的事情,他都懒得回答:"三妹真是替梁景元上心。唉,怎料梁景元那个人不解风情,错过三妹是他的损失。不过三妹也不用太担心,毕竟他是我的人,说什么我也会力保,不过此间怕是要委屈了三妹。"

太子的笑让我毛骨悚然,什么叫委屈了我?

太子步步逼近:"三妹对梁景元的关心我是看在眼里的,不过有句话说得好,关心则乱。以防三妹的妇人之仁乱了大局,就委屈你禁足在谨行宫内，没有我的命令，不得外出。"

我心中一惊，只有父皇和皇后才有权禁公主的足，太子这是要谋反不成？也不至于啊，这天下迟早都是太子的。

我猜不透他要做什么，只能稳住自己，尽量表现得不那么害怕："可过些天就是父皇的生辰，我不出去，怕是不妥。"

"放心，你只需要听令于我就行，父皇那边我来搞定，不然梁景元我可就不救了。"

诚然，太子用梁景元就把我轻松拿捏，我不敢不从，现在他是梁景元唯一的救星，我只好乖乖回了谨行宫。

太子没有派人看住我，全在我的自觉。太子真会操控人心，他就是拿准我为了梁景元不敢擅动。

只是我忘了问小蝶和胡吉可不可以出去，我抱着一丝希望，派胡吉又去了趟东宫。胡吉回来后说太子让他和小蝶一切如常就好。这合着是只禁了我的足。

我怎么也想不明白，我又不是那头脑发热起来就不管不顾的人，还怕我妇人之仁？真是不了解我。

不过也罢，只要小蝶和胡吉能出去打探消息，我就心满意足地静候太子的佳音。

这期间我时常琢磨太子口中说的"大局"是什么大局，今天的局面难不成也是他算计好的？

朝堂上的人真可怕，无时无刻都在算计。

等了些时日,梁国使臣到来,我拜天拜月地祈祷,希望一切顺利。许是上苍听到了我的心声,不出七日,父皇不仅解了梁景元的禁足,还赏赐了不少东西。

我心里悬着的石头终于落地,开心得连饭都多吃了一碗。

小蝶因我整天为了梁景元而牵动情绪颇为不满,说区区一个梁景元根本不值得我这样,又是哭,又是笑的。

我则告诉她,她不懂,等她有了心仪之人,或许就明白了。

小蝶在我的言语下最终妥协,她本就对梁景元没什么坏的印象,毕竟梁景元救我几次的事情她都看在眼里,所以梁景元不愿娶我,说是因为不喜欢我,她也不信。后来通过这件事情,又在我的点拨之下她才想明白,一切还是梁景元想得周到。

我本以为事情暂告一段落,我可以出去了,然而还未等我请示太子,太子倒先派了他的心腹内侍过来,说我禁足还在,一切听太子的指示,不可妄动。

我这次是真急了,质问道:"为什么?这都没事了。再说我一手无缚鸡之力的女子,还能扰乱什么局面?"

"哟,公主,您这样问,奴才也不懂啊,奴才只是奉命传话。太子自有太子的考量,要相信太子。"伸手不打笑脸人,那内侍哈着腰,客客气气的。

"下月中旬就是元日了,总不能我也不去吃团圆宴了吧?"

"不然呢?皇后自上回圣上的寿辰就为公主请了长假,说公主摔断了腿,身体抱恙,需要休养三个月。您也知道圣上对您是什么态度,当场就允了,所以公主您也别瞎想了,安心养'病'吧,否则欺君之罪您也担待不起啊。"

好一个欺君,这话明摆着让我好自为之。可胳膊拧不过大腿,我不得不从。

等那内侍告辞后,小蝶打抱不平:"哼,我看他就是狗仗人势。"

"狗仗人势又如何,谁让他的主子是太子呢。"我无可奈何,"不管了,反正出不出宫对我来说都一样,这下有更多时间照顾阿娘了。对了,眼下这件事过去,梁景元就彻底安全了,你帮我打探一下他的近况,替我传话给他,问他用刑时伤到哪里了,要不要紧,说我……十分想他。"

小蝶就知道我忘不了梁景元,好一阵子打趣。

我催她快去,没承想我一个苹果都没吃完,她就哭丧着脸回来了。

我心里一咯噔,如今神经实在敏感得不行。

小蝶有些为难,支支吾吾的。我让她快说,她才摆出一副生气的模样:"公主,您就忘了梁景元吧。"

"到底发生什么事了?"

"哎呀……"小蝶眼神躲闪,一咬牙,"我去归服宫想见梁景元,却被知苏拦下,说梁景元不见谨行宫里的任何一个人。我问他确定吗,知苏说十分肯定。我又说我是奉了公主的命来传话的,让知苏去通报一下,知苏不乐意地应下了。不久梁景元从主厅内出来,亲口对我说让……让公主省了这份心思,他与公主没什么可说的了。"

我好半天反应不过来,整个人僵在原地。这和我心中预想的大不一样,到底是哪个环节出错了?他不应该不想见我。

"不对,一定是有哪个部分被我漏掉了,梁景元不会这个样子的。"我自言自语。

小蝶看不下去了:"公主,依我看,梁景元是真的变了心,您就不要再为他开脱了。"

我重新复盘着这些日子发生的一切,仍不死心:"不,不会的,这一切都太蹊跷了,不然太子好端端的怎会让我禁足?你现在去宫里好好打听一番,看到底发生了什么事情。尤其是梁国使臣来宫里之后发生了什么,一定要全面细致。"

小蝶被我的样子吓到了,跟着我紧张起来,她不懂我被禁足与梁景元不想见我有何关联。

"我们问问胡吉不就知道了?他向他老乡一打听就全都知道了。"

"也好,你们两个一起,千万小心。"

我本以为这事会有多隐晦、不为人知,需要深挖才能知道内幕,没想到小蝶和胡吉很快就回来了,他们压根儿不用去问熟人,直接询问一个皇卫司的人,人家就把这件事当作光荣史全讲出来炫耀。

话说梁国使臣团抵达皇宫前,父皇按照太子的计谋,故意放暗中保护使臣团的兵力入了皇城,再按规矩宴请使臣,使臣到了章明宫后才知道这是鸿门宴。

他们扣下使臣团,把梁景元作为要挟,引得躲在暗处的兵力露头,然后一举歼灭,包括使臣在内全都杀光杀尽,还把他们的头颅悬挂在城楼上,给梁国一次警告。

而此次行动的幕后策划者正是梁景元，现在的他不仅受到了太子的更高赏识，还得到了父皇的信任，得到了宫中所有人的高看与尊敬。

一股寒意从脚底陡然蹿到身体的各个部位，不光我无法接受，就连小蝶都害怕极了。

梁景元当真归服了父皇，用他自己国人的鲜血来换？

屋外天寒地冻，屋内的炭火一刻也没停过，我抱着暖手炉子，还是觉得冷。

"小蝶，你信他这么心狠吗？"

小蝶正喂我阿娘喝水，她扭头看着我："公主，我也不知道。人心难测，我是真的看不透了。"

"我也看不透了。我现在算是明白太子为何说我会扰乱大局了，他是怕我在使臣团抵宫后去烦扰梁景元，怕梁景元受我的影响分了心神，演戏时漏了破绽，又或许怕我太聪明，看出梁景元的不对劲。总之，他们的计划不能有半点差池。说不定啊，这禁足的事情也是梁景元的主意。"

我越发看不透、猜不透梁景元了。

梁景元，我害怕了，有些怕你了，你到底有几副面孔？

我现在一心只想过好自己的清静日子，梁景元与我，就当是我们有缘无分吧。

之后的日子，胡吉和小蝶怕我难过，想方设法逗我开心。可我怎么都开心不起来，好像失去了开心的能力，却又不想扫了他们的兴，便强颜欢笑。等他们一走,我又恢复郁郁寡欢的状态。

我这招骗过了小蝶,但没骗过胡吉。

在一天夜里,胡吉趁小蝶熟睡,敲开了我的房门。

他告诉我一个他从老乡那里听来的消息。

"我老乡说使臣团案的背后策划者确实是梁公子,可是梁公子只想借这个案子取得皇上的信任,没想灭了使臣团,原计划是让使臣团蹲几天牢狱再放回去,彰显沈国的气势。可皇上临时改变主意,在连太子都不知情的情况下杀了使臣团,并把他们的头颅悬挂在城楼上。"

听后,我双眸微动:"所以梁景元从来都不是一个冷血的人?"

"是。"胡吉点头。

"可你为什么要告诉我这些?"

"因为奴才知道公主不开心,可每天还要假装开心。我虽然没有方法让您开心起来,但我知道梁公子在公主心中是一个结,只有这个结解开了,公主才会开心。公主,您没有看错人,梁公子一直都是您心中的样子。"

说完,胡吉就出去了。

而我也放下了心来,我的景元,是我错怪他了。

所以我要对他有信心,等他在朝中站稳了脚跟,就会求父皇为我们赐婚。

然而现实又一次狠狠扇了我一巴掌。我没等来父皇为我们赐婚,反而等到了父皇为梁景元和昌平郡主赐婚。

听到这个消息时,我犹如五雷轰顶,心里最后的希望被无情浇灭。

小蝶去浣衣局送完衣物，绕近道回来时亲眼看见刘内侍到归服宫宣读圣旨，梁景元接旨叩谢圣恩，不会有错。

"公主，该放下了，您本就不该心存任何希望的。"小蝶看着魂不守舍、不哭不吵的我，带着哭腔，"公主，您要是难受，您就哭出来吧，您这样不说话会憋坏的。早知道您会这个样子，我就不该把消息告诉您，都是我的错。"

我牵上小蝶的手，勉强一笑。可能这个笑比哭还难看，小蝶哭得更狠了。我用帕子擦她的眼泪："你没错，告诉我是对的，省得我每天都在不切实际地幻想。这下好了，我彻底认命了，不属于我的，真的就不属于我，哪怕我与他之前有再多的纠葛，终是抵不过一道圣旨和他的心甘情愿。"

昌平郡主之父乃已故光禄大夫，父皇念其功劳，特封其女为郡主。郡主还有一位兄长，便是如今身居河东南路转运使的宋文。

父皇的这次赐婚，恐怕有皇后和太子的一半功劳。

太子想要拉拢中立势力，而宋文就是一个合适的人选。

难怪太子在使臣团的事情之后还要禁足于我，为的就是防止我纠缠着梁景元，坏了他和昌平郡主的好事。

太子真真打了一手好算盘，是我明白得太晚了。原先他想安住梁景元的心，特让皇后为我和梁景元指婚，没想到梁景元拒了婚。

这次通过使臣团事件，太子明确了梁景元的心思，觉得不必用我来稳定他，于是转而利用他和昌平郡主成亲来拉拢宋文。

那时小蝶和我说皇后频繁召昌平郡主入宫，应该就是为昌平郡主创造与梁景元在一起的机会。

昌平郡主刚及笄,有兄长保护,不谙世事,自然参不透太子的如意算盘。

可是奇怪了,我记得春猎时的夜宴上,昌平郡主时不时盯着对面的男人看,仿佛是有喜欢的人。

除非……

除非那个人就是梁景元!

所以昌平郡主才会受皇后邀约频繁来宫里,轻易就答应了婚事。

我真是天下第一傻,这么重要的事情居然后知后觉。倘若当时在春猎夜宴上我多注意一下,就可以看得出来昌平郡主的小心思。

梁景元拒了我的婚,接受了昌平郡主,看来是仔细掂量之后的结果。昌平郡主相较于我而言,在未来的道路上,确实能借着她兄长的力帮助他许多。

这是我无法比的,我认。

我如今被禁足于谨行宫,有更多时间思考人生,看开了很多事情,心中不恼不气不恨,只剩无限悲凉,仿佛时间回到了原点,回到了认识梁景元之前。

第六章
宫变

今年的冬天真是异常地冷,即使阳光明媚,寒风也依旧凛冽刺骨。我站在焦黑的枯树下,用手挡住刺眼的阳光,时常想如果这棵树没有被点燃,没有因我而丧命,如今应该长势喜人、生命力盎然。阿娘可以在它的枝干上荡秋千,可以在它的周围种上花花草草。

送给各宫的屠苏酒如约而至,拔开瓶塞,清冽的味道迎面袭来。今年的酒比往年要浓香许多,辣得人睁不开眼睛,我把它都给了胡吉,胡吉欢喜得不行。他总是很容易满足,这样性子的人真好,能够轻而易举地得到快乐。

小蝶又做拿手的酒酿汤圆了,除了小蝶,我们每人都吃了两大碗。她最近上火,牙龈肿痛,吃什么都不香。之后去太医院开了药,吃了三天症状才得以缓解。

天气干燥,入冬以来竟还没下过一场雪,身体缺水,上火在所难免。不过,可喜可贺的是我们的手足都没有长冻疮。想想去年长的冻疮可真是难看,还好有梁景元送来的上等冻疮药膏。

我又想起了梁景元,我总会在不经意间想起他。有时阿娘也会想起他,吵着闹着要见他,我只能说他被父皇重用,忙得不可开交。我真是好奇，我问阿娘为何会这般喜欢梁景元，阿娘支支吾吾回答不出来。胡吉说这是母子连心，梁景元救过我，所以阿娘才喜欢他。

元日至，想必宫院外又是热热闹闹的，一片祥和之景。因为有皇后为我告假，御膳房早早送来年夜饭，得益于此，难得让阿娘、小蝶和胡吉都尝尝宫里边的年夜饭是什么滋味。我们主仆四人难得在一起吃团圆饭，我比在章明宫吃得还要快活。

早早吃完了饭，不到戌时我们就各自回屋。哄过阿娘睡觉，我也回到卧室沉沉睡去。

好眠无梦，直至宫院外的厮杀呐喊声把我吵醒。

我仔细听，兵器相撞的声音越发震耳欲聋。我想出去看看，先到了阿娘的门前看了一眼，还好阿娘睡得安稳。小蝶也被吵醒，惊慌失措得连鞋子都穿反了过来寻我。我们在院中，被寒风吹得哆嗦。

"公主，这怎么回事啊？"小蝶抱着我的胳膊，胆怯道。

一时无法判断外面发生了什么，但是根据这声音，不祥的预感陡然而生。

我和小蝶相互挽臂来到宫院门口，想要悄悄开门，发现胡吉穿戴整齐在宫门外站立如松。

"胡吉，外面发生了什么事情？为何我听到了厮杀还有兵器碰撞的声音？"我越琢磨越觉得大事不妙。

皇宫里面戒备森严，除护卫军和皇卫司的人之外都不允许佩戴兵器，现在竟出现了厮杀声……自古以来只有一种情况，就是外面发生了暴乱。

胡吉一改往日的懵懂，虽然笑着，却疏离得瘆人。他哈腰拱手揖礼，语调也变了："公主，外面变天了。为了公主的安全，请待在宫内。"

"这话是什么意思？什么叫变天了？变谁的天？今儿一整天不都还好好的吗？"我注视着胡吉，妄想他给我更多的答案。我的直觉告诉我，他知道内幕。

胡吉笑着摇头："公主请回吧，不该公主操的心还是不要自寻烦恼了。"

"大胆胡吉，你怎么跟公主说话的！"小蝶也觉察出胡吉的异样。以前的胡吉唯公主是从，现在的他犹如变了一个人，六亲不认一般。

"别怕，公主，待我出去查看一下。"说着，小蝶就要去打开宫门，却不想被胡吉用力一推，一个踉跄倒地。胡吉顺势从腰间摸出一把佩刀，横在我们之间。

"公主，莫要难为小的了，只怕出去刀剑无眼，害了性命。"

小蝶被胡吉的架势吓到，可她还是克服恐惧从地上爬起来把我往后拽了拽，挡在我的身前。

我与胡吉对视，这是无声的对峙。我轻轻拉过小蝶，让她别怕。我讥笑着扫视了一眼四周高高的宫墙，还有胡吉手中的佩刀，已然有了答案。

这谨行宫的宫墙外正上演着一场宫变。

是太子将我禁足于此，我脑子里闪过太子的身影，看着胡吉，冷冷地问："你是太子的人？"

胡吉一听，满眼不屑，漫不经心地弹了下佩刀，刀片发出"吪的声响。

"他算什么东西,给我提鞋都不配。"

连太子都不放在眼里,试问这天下谁与太子有仇、与沈国有仇?

我仔细打量那佩刀,厚背薄刃,刀柄较长,上面雕刻着梅花花样,顿时心中了然。

敌人隐藏太深,竟忍辱负重这么多年,他一步一步算计,精湛的演技骗过所有人。原以为他真的臣服于父皇,谁又能想到这是他下的一盘大棋,为的就是今天血洗皇宫。

我在谨行宫平静太久了,以至于现在知道了如此大的事件,也只是乱了一瞬,情绪上再也翻不起更大的风浪来。

罢了,我深叹一息:"小蝶,我们走。"

小蝶毫无头绪,只能不明所以地按照我的吩咐去做。我让她在大厅内生了三个火炉,点燃厅内所有的蜡烛,灯火通明。

我把桌镜取来,端坐在暖席上侧对着大厅门口,三千青丝披散在腰间,落在肩前的发丝被从屋外闯来的冷风吹得微摆,我取了一把梳子在发丝间游走。

小蝶不明白,她想不通我为何如此反常,而我也不知道该如何去向她说明。那就等外面的一切尘埃落定了,她就会明白的。

听着外面兵荒马乱的嘈杂声,我心无旁骛,仔细描眉,略施粉黛,轻点朱唇,最后将发丝挽起,插上梁景元送我的簪子。

今天无外乎两种结果,父皇胜,他死,或是他胜,沈国灭。

我写了一封书信之后抚琴等待,往日的一幕幕在我脑海中浮现,萦绕盘旋。外面的声音越来越小，最后仅剩下马蹄声和跑步声。

尘埃落定了。

即将破晓之时，有人敲响了谨行宫的宫门，紧接着，一阵铿锵有力的脚步声朝着厅内走近。

我抬眼向门外看去，梁景元的身影映入眼帘，他一身戎装，手持长枪，眸子里透出我从未见过的狠厉和杀气，令人望而生畏。在与我的目光交会后，他才恢复理智，敛了杀戮之气，眼神里满是小心翼翼，不敢靠近，站在院中等我回应。

小蝶拿不定主意，唤了我一声。

我缓缓起身，心中异常平静，将写好的书信交给小蝶："亡国了，等会儿替我把这个转交给梁国三皇子。"

此时此刻，他不再是质子，而是光明正大的梁国三皇子。

我踏出门槛，下了台阶，一步一步朝着梁景元靠近。

他的盔甲上、长枪上，全是血迹斑斑。那张我心心念念的脸上还有刺破的伤痕，有他自己渗出的血，也有别人喷洒而出的血。

我颤抖着右手想要去抚摸他的面颊，被他一躲，让我的手顿在空中。

"脏。"他沙哑的声音从我头顶传来，脸上是仅对我才有的愧疚之色，"脸脏了。"

我执意抚摸他："我好想你。"隐忍的泪在我眼眶里打转，模糊了我的视线。

从他选择娶昌平郡主的那天起，我恨过他，试着遗忘过他，可唯独还爱着他。我无法忘记那个雪中的少年，无法忘记我们的点点滴滴。

很快，含有热泪的眼睛被寒风吹得又干又涩，天上飘起了这个季节的第一场雪花，纷纷乱乱落在我们的身上，飞舞在万物中。

这一刻，我终于找到了一个宣泄口，捧住他的脸庞，踮起脚尖，不顾一切地吻上他干涩的唇。他愣了一下，很快回过神来，扔掉长枪，抱紧我的腰身，积极而又猛烈地回应我的吻。

我们就像是天上两根纠缠的风筝线，从相遇的那天起，就有了交织的可能，一旦交织在一起，就理不清楚了。

沈国建朝一百一十二载，我没有见过沈国最鼎盛的时期，却见证了沈国走向灭亡，一切都措手不及，却又有迹可循。

站在梁景元的立场上，我无法责备他，他本就是梁国人，是梁国的皇嗣，背负着他的血海深仇。曾经的沈国在鼎盛时期占领了梁国大部分的领土，同样让梁国的百姓家破人亡、妻离子散，如今他只不过是以同样的方式还了回来。

可是作为亡国公主，好似唯有一死。与其让敌国赐死，不如自行了断，让他铭记我一生，就此放过我在乎的人。

我们正唇齿相缠时，我咬破他的唇，血腥味刺激了我，我奋力一推，推开一定的距离。

"如果我死了，你会难过吗？"

不等梁景元做任何反应，我迅速拔下头上的簪子，任由风吹乱发丝，也顾不得他的诧异，举手往脖颈的位置狠狠刺去。

当簪子刺向我的那一刻，我看到梁景元恍然大悟后出现的慌乱，他不顾一切地扑过来，想要阻止我，抢走我的簪子，可惜太晚了。

冰冷尖锐的簪子硬生生地刺穿我细薄的皮肤，我倒在了他的怀中，他抱着我，不停喊着我的名字。我看到他青筋暴起，红了眼，眼泪簌簌往下落。我第一次见他落泪，竟是为了我。挑选爱人，我的眼光是不错的，找到了一个真心爱我的人。

疼痛使我浑身痉挛，我张口却没有力气说话，只觉周身越来越冷，雪也越下越大，梁景元说的话全淹没在了风雪中。

他双眸里有光，滚烫的泪珠落下，那是在我临死前他的真情流露，可惜我什么也听不见了。慢慢地，我几乎失去了所有的知觉，大抵是要长眠于世了。

恍惚间，我听到了梁景元仰天长啸，痛楚不已地喊着我，可我眼皮子就是沉重得抬不起来。

而后有开门关门的声响，我还听到了小蝶趴在我耳边哭泣，碎碎念着。这是在为我哭丧吗？可是我已经死了，死人什么也感觉不到，难不成人死之后是有灵魂的？灵魂可以听到外界的一切？

又是一段静默之后，我听到有另一个人跑来，小蝶拉走此人，嘴里喊着"娘娘"。

不知道阿娘对生死还有没有概念，如果没有最好，总归不会伤心欲绝。

我又听到小蝶说："娘娘，快走吧，不要打扰公主睡觉。我们去吃雪梨汤。"

这骗人的话果然和话本子上的一样，我明明死了,硬说我是在睡觉，等下葬后，又会改口说我出了远门。

算了，既是善意的谎言，总比吓着阿娘要强得多。

我要感谢梁景元，他放过了阿娘和小蝶。

浑浑噩噩的，不知过了多长时间，我听到于贵妃的声音，她仿佛就站在我跟前一动不动地盯着我。她是在吊唁我吗？

过了一会儿，却听她说道："这都几天了，竟还没醒？要死也不死干脆点，在这儿半死不活的，害得我还要来查看。"

听她话里的意思是我没死，被救了过来？我反应了好一阵子，努力感知身体的存在，竟真的感受到脖颈上的剧痛。

死人是不会有痛感的！

我下意识抬手去摸脖颈疼痛的地方，听到于贵妃惊叹一声："哟，动了。"

我竭尽全力地睁开了眼睛。

于贵妃喜出望外，也顾不上我了，喊来在谨行宫候着随时听差遣的太医。太医将我浑身上下检查了一遍，揭开缠绕在我脖颈处的纱布，换了药，向于贵妃禀报了伤情，便退下了。

于贵妃提了提裙角，坐在我的床沿上，由喜出望外慢慢变成鼻涕一把泪一把的可怜模样："三公主，你可算是醒了，你不知道你昏迷的这些天我有多担心，茶不思饭不想的。你怎会那么糊涂，做出了这等糊涂的事啊？"

说着，她用帕子沾了沾眼泪。

我看着她假惺惺的样子，不为所动，想瞧她葫芦里卖的什么药。

于贵妃见我没有任何反应，伸手在我眼前晃了晃，确定我还会眨眼睛，便唉声叹气：“三公主，我们的国家亡了。我知你心中难过，无比忧愤，可是也要保重自己的身子，怎能自戕呢？死了的人已经死了，活着的人要好好地活着啊，也算保住了沈国皇室的血脉，好等我百年之后下去找你父皇交代。况且你要想开点，这次灭国，没有血洗皇城，百姓还都生活得好好的，也算是给我们的百姓一个交代。”

于贵妃自顾自说着，吵得我头疼，且看她惺惺作态，毫无意义。

我终是忍不住了，忍着脖颈的痛楚，问道：“是梁景元派你来当说客的？”

这一开口，嘶哑低沉的声音将我吓了一跳，我用手捏了捏嗓子。

于贵妃也被这难听的声音吓得一愣，见我手上的动作，又宽慰道：“乌鸦嗓只是暂时的，等伤好了，好好休养就又会变成百灵鸟的。”她说话的语气颇像在哄小孩，“而且这都不重要，重要的是你要想得开啊。”

“他给了你多少好处？”我看着于贵妃那张精致的小脸，找不出任何悲伤，反而容光焕发。

我讥笑："不对，你本来就是梁景元的人，他怕我再寻了短见，特意让你演这么一出。”

于贵妃一听，立即吸了吸鼻子，眼泪说停就停，哼了一声，傲娇地看着我，不再与我套近乎："被你瞧出来啦？主子说你聪明，叫我演得像一点，我本还不拿你当回事。主子救你及时，你也没扎到要害之处，每天半死不活地躺在床上，为难我天天跑来瞧你，唯恐赶不上你醒来的第一时间演这么一出戏。"

"我阿娘她们呢？"我知道她们会无事，只是想再确定一下。

"你放心，托你的福，好着呢。"于贵妃将手绢朝食指上一缠绕，白了我一眼，挪了椅子来坐，"你当真是好手段，利用主子对你的情意，以死来逼主子留下你这屋里的人和汝南王他们一家子。得亏你还算体谅主子，没让留下那昏庸无能的皇帝，不然多叫主子为难。"

我从没有享受过父爱，父皇还动不动让我死，让我阿娘死，我与父皇之间本就没有多少父女情谊，这下我没死，他倒死了，跟着沈国就这样怆然地落下了帷幕。我心里有一种说不上的滋味，似乎微微有些悲伤。

"我求多了也没什么用，自古亡了国的皇帝都是活不成的，况且梁景元上头还有他的父皇。"

"你倒是想得挺清楚的嘛，既聪明又想得开，难怪主子会倾心于你。不过你是什么时候看出我是主子的人的？"

我缄默，盯着于贵妃，故意让好奇心勾得她心里痒痒。

她急了："你倒是说啊。"

我不急，想起先前她用鞭子抽我，记仇的小册子翻开，决定使唤她一回，于是没好气地说道："有没有点眼力见儿？我渴了，倒水去。"

"哎……你！"于贵妃气急，"你说倒就倒啊？"

我两眼一闭，露出准备休息之态："那你……让我说我就说啊？"

"噗……"

外面突然有响动,我顿成惊兽之状,睁开眼睛,望向门口:"谁?"

在我和于贵妃的注视下,知苏磨蹭着从外面移到门口,嬉皮笑脸地挠了挠头:"三公主,是我,我就是听说公主醒了,来看看。"

对于知苏的出现,我一点也不惊讶,看透了梁景元编织的网后,自然也就知道他是梁景元的人。

现在想来,我当初救梁景元,知苏还劝我明哲保身,不过是不信任我,再一个他想试探我救人的决心,后来发现我是真心对梁景元,才对我的态度来了个大转变。

我撇嘴,朝窗子的方向看去:"听墙根可不是一个好习惯,外面天寒地冻,也不怕冷。"

知苏恭敬地端上水:"小的皮糙肉厚,不怕冷。"

我让知苏把水端给于贵妃:"我现在就想喝于贵妃端来的水。"

为了满足好奇心,于贵妃又在知苏的怂恿下,终于为我端了杯水。

我一口饮尽,口渴顿时缓解了不少。

于贵妃见我在擦嘴边的水渍,得空纠正我:"这以后我就不是于贵妃了,你也不用这样叫我,我听着晦气,叫我云岚方可。"

"好。"我点头,开始了复盘,"这一切还要从去年的春猎上说起。那天晚上我发现你与一男子在树林中私会,不过那时我并没有把那男子当回事,直到长公主生辰时,我被四皇子推下湖,第二天你命他来我宫中道歉,我就觉得奇怪了,以你目中无人又放纵四皇子的性格,怎么可能因为我而打了四皇子的巴掌,还让他亲自来道歉。后送四皇子出去,我发现梁景元正巧在门口等待,像是提前就知道四皇子来道歉,特来监督的一样。"

我顿了顿，脑海里浮现出当时的画面，这期间发生过的事情拼在一起，才知一切都是有迹可循。

每次我发生危险都依仗着梁景元化险为夷，我再迟钝也该看出了端倪。

"这世间怎么会有这般幸运的人，纵使有，也不会是我。于是我开始反推，假如梁景元本身就与你相识，你们还关系匪浅，他为了我的事情去找你，你次次都答应他的请求，比如让四皇子登门道歉；我悔梁太子的婚时，肯帮我说话哄得父皇答应收回成命；还有我最先发现你与男子私会，你以我克你为借口想置我于死地，后又改变了主意，突然病好。梁景元说他去求了太子，让皇后施压我才化险为夷的。

"我被太子禁足时，太子身边的贴身内侍来传过话，我那时正好打听过了，梁景元压根儿没去求过太子救我。随着对梁景元越来越熟悉，我越琢磨，就发现了其实春猎时与你私会那人的身影和梁景元的身形相差无几，怪不得我刚回帐房，梁景元就来送花，实则是来打探我的口风。"

说到激动处，我拉扯到脖颈的伤口，疼得直吸气，让云岚又给我倒了杯水，才悠悠接着道来："你素爱梅花，父皇专为你种了一片梅林。喜欢梅花的人向来很多，许多文人雅士都以诗咏梅，本不足为奇，但是你与梁景元扯上了关系，事情就不能往简单的想了。梅花是梁国的国花，梁景元身为梁国的皇嗣，你听令于他，由此可见，你是他的人。"

从知苏和云岚的表情中，我知道我分析得丝毫不差，他们眼里充满了惊讶与欣赏。

云岚拍手称绝:"你真是优秀,明察秋毫,这不比宫里那群外强中干的糊涂虫强?可惜那昏庸无能的丧家犬有眼无珠,那么好的女儿竟整天张口闭口要你死,当真可惜。"

我不是个聪明的人,却也不是个蠢人,能想通这一切,多亏六叔母早先回宫来看我时给我带的书籍。她不知道我喜欢哪一种类型的,便把所有种类的书籍都带了个遍,那里面不乏一些兵法、谋略之类的书籍。

"我不过是后知后觉罢了。"

我望着房梁发怔,说什么都晚了,糊涂虫也好,丧家犬也罢,我又是什么东西呢?而且这里面还有我的一份"功劳"。当初张尚书未雨绸缪,看出梁国的狼子野心,策划出了死鹰一案,却被我设计告老还乡。这么算来,我也是导致国破的罪人。

我回过头,将视线落在了云岚微微隆起的肚子上,这也是困扰我许久的问题:"这孩子是父皇的吗?"

云岚低眉,眼神顿时和蔼了不少,手贴在肚子上,再抬眼时满脸鄙夷,得意扬扬道:"他早就不中用了,我在生完皇儿后,为保独宠,就暗地里喂药给那丧家犬,让他失去了生育能力。亏他还以为是自己老当益壮,让我又怀了孩子,把我宝贝得不得了,对我言听计从,到死都不知道这是我们梁国自己人的种。"

难怪这么多年后宫再无子嗣,不是宫嫔不行,而是父皇的问题。

"所以是……梁景元的?"

我没有底气，声音虽小，但屋内人都能听得见。

知苏吓得扑通跪地，为梁景元叫冤："公主，您可别乱说话，我家主子对公主是一片真心，日月可鉴，怎么可能与其他女人苟且。"

云岚哭笑不得，眼睛往外瞟："你可真能折煞我，这是我与护卫军副统领于执的孩子。"

我大惊："他不是你的兄长吗？"

当初云岚进宫选秀时就说父母早亡，只与一个投军的兄长于执相依为命。后来云岚受宠，于执也受到重用，一路高升。

云岚是梁景元的人，那这个于执肯定也是梁景元的人了。不过于执是云岚的兄长，这么做岂不是有违伦常？

见我皱眉思索的样子，云岚急忙解释："你别瞎想了，他才不是我的哥哥，那不过是虚假的身份。于执原名闫执，我们都是主子安插在丧家犬身边的人，后来因计划需要我再怀一个孩子，好让你父皇高兴，从而对我言听计从，所以我才与闫执一起努力怀上的。本来我俩也互生情愫，这下也算顺理成章了。"

原来如此，我当他们为了灭沈国，连天理人伦都顾不上了。

"你现在又怀了孩子，四弟也是你的骨血，有想到怎样安置他吗？"最起码四弟会有个不错的结果吧，毕竟他是云岚的孩子。

怎料，云岚无所谓地道："那个孽障虽从我肚子里出来的，但他不过是我的一枚棋子，我本就是用他来巩固我在后宫的地位，故意纵容他，把他养得娇纵无理，这样对皇位的继承就毫无竞争力，这样即使我独占盛宠，皇后也不会找我麻烦。现在棋子用完，当弃之。"

"所以？"我皱起眉头，不敢置信，心里却已经有了答案。

"自然是死了。"云岚耸了耸肩，故作轻松。

我嗤之以鼻道："养个小猫小狗还有感情，何况是个人呢？你当真下得去手。"

于贵妃听后竟笑了起来，肩膀抖动着，渐渐地，没了笑声，眼里闪起泪花，悲恸哽咽了一下："他就是个傻孩子。元日家宴宫内发生宫变，梁军与沈军交战时，一把长剑朝我刺过来，我的傻孩子看到他娘有危险，竟不顾一切跑过来，想带我躲起来，结果慌乱中跌倒，脑袋正好磕在了桌角上，一下就没了呼吸。你们都说我的孩子娇纵，可在我眼里，我的孩子是最勇敢的。"

悲伤停留在云岚的眉眼中，她努力克制住自己的情绪。

话说完了，云岚也好回去禀报了交差，自然不愿多留，只叫我想开点，然后与知苏一起告退了。

一时间，房间里又清静下来。我想下床去找小蝶，可饿了几天腿软，索性继续躺下闭目养神。没过多久，我听到开门关门的声音，接着是脚步声，直冲我而来。

我连身都不想翻，背对着那人："云岚说去禀报了，这么快你就得了通禀过来了？"

"见你不就得快马加鞭地过来？"梁景元靠近，坐在床沿，一只手搭在我的被子上。

"只怕有人从一开始就站在窗外偷听，知苏不嫌冷，你也不嫌冷。"

"太医为你检查完就来禀报我,我思你心切,等不及云岚来通禀了。不过你怎知我就在门外?"

我翻过身来,看到梁景元憔悴了许多,眼睛里布满红丝,想来这些时日他为了料理宫变后事没怎么睡过。不过我也不心疼他,他为了他国家的大业,再辛苦也值得。

"那声笑就出卖了你,你还把知苏推出来当挡箭牌。我是病了,不是耳聋。"

梁景元赔笑:"是是是,是我糊涂了。"他小心翼翼的,说话都比平时轻得多,像是在捧着一件易碎的宝贝,"我那不是怕……你气我,再情绪激动想不开,才特意让云岚演这么一出嘛。如今看来,你这么聪明,真是多此一举了。"

我叹气,眼皮子耷拉下来。

梁景元见状立即握住我的手,紧张兮兮的。眼下我的一举一动在他那里都是草木皆兵,需要格外小心关照。

我还记得那天我倒在他的怀里,看到他的恐慌,看到他悲痛欲绝,是我从未见过的模样,我突然就心软了,想过如有下辈子,希望能再续前缘。

眼下我被救了过来,可以当是第二世了。我用另一只手覆盖在他的手背上,温言道:"我既然已经死过一回了,就不会轻易再来第二次了。我不是什么想不开的糊涂虫,也怪我本来就没有大的志向,从小到大在乎我的人屈指可数,所以如今遭了难,泥菩萨过河的情况下,我也只先考虑在乎我之人的安危。至于身为皇室的子嗣,就当在我拿着簪子自戕的时候还清了。从今天开始,我也不再是什么三公主,只是沈凝霜。"

难能可贵的是我想得开,梁景元脸上的乌云烟消云散,轻吐一口气,肉眼可见地活络起来。他开心得连说了两声"好",如释重负。

"凝霜,你能这么想我就放心了。你昏迷的这些日子,每晚我守在你床前时,我就在想你倘若醒来,我该怎样去面对你,你还能否原谅我。现在知道你的意思,我真真是开心得不得了,突然觉得做质子的这么多年所受过的屈辱都不算什么了。"

这时,小蝶端着托盘进来。扑鼻而来的清粥小菜的香味,馋得我直咽口水。

她一看到我就两眼泪汪汪的,喊了声"公主",过来把托盘放下,想与我说话,但看着梁景元在,一时又忍住了,只克制住自己的情绪,小心谨慎地指了指饭菜,瞄着梁景元,说道:"这是梁公子吩咐的,就是担心公主醒来饿没饭吃,厨房每日每夜不断火,随时准备着。"

梁景元起身扶我坐起来,将枕头垫在我身后,便让小蝶下去。

知道他要亲自喂我吃饭,我笑道:"我又不是病重得不能自理了。"

他不听,执意要喂,我也就随他了。才吃了两口,肚子里就暖暖的,精气神也回笼了些。我说:"以后这种吃饭的事情我自己来就行了,或者让小蝶来,我这醒来后还没跟她说说话呢。那小丫头,第一次经历这种事,估计是怕极了。"

梁景元反驳道:"她哪里小了?和你一样大。她已了解事情的全部,现如今看我的眼神都变了,畏畏缩缩的。"

"她能不怕吗？昔日里风度翩翩的梁公子竟发动了宫变，灭了沈国，身份、权力和地位通通有了翻天覆地的大变化。"

"凝霜。"梁景元突然变得语重心长，"我没有辜负你，从来没有。不管我怎么变，我终还是从前的梁景元。你阿娘、小蝶和汝南王他们一家子都好好的，我也一定不会辜负你的所托。"

"嗯，我知道，从你发动宫变后还能在第一时间来找我，我就知道你一直都在为我考虑。"我吃饱了，用帕子擦了擦嘴，拉着梁景元的胳膊，"你让太子将我禁足在谨行宫内，看似是怕我因为吃醋发起狂来搅了你和昌平郡主的好事，实则是变相地保护我，怕万一宫变时，刀剑无眼，有不认识我的兵卒误伤了我。"

梁景元在我宫中没待多大会儿，便被知苏叫去处理要事。现在虽已控制住皇宫内外，但有许多的事情仍不能掉以轻心，故梁景元还需忙上一阵子。

小蝶钻了空子，趁梁景元不在时，带着阿娘在我房中说话。她又气又骂又笑，一句话里夹杂着许多情绪。

她气那日胡吉竟拿刀横在我们面前，又骂胡吉事后找她赔礼道歉时的死皮赖脸，若不原谅，只怕他堵着门时时烦她，笑的是胡吉眼力见儿还不错，给了她赔罪的礼物。

这些日子里，雪下得没完没了，谨行宫内每天都有清扫，所以积雪只有薄薄的一层。直到元宵节将至太阳才露了脸，化雪期间极冷，梁景元怕我冻着，每日都要亲自过问炭火可否够用，还送来暖身子的汤药。在他的悉心照料下,我颈上的伤已经结疤,不用再缠纱布,声音也恢复如初了。

元宵这天太阳即将下山之际,梁景元过来寻我,再三叮嘱让我穿暖和些,最后为我披好斗篷,说要带我去个地方。

他搞得神神秘秘的,我被他吊足了胃口。

他牵着我的手往谨行宫外走去。我刚踏出宫门,心又没了底,一是许久没有出过谨行宫了,现如今出去倒不自在了;二是如今物是人非,江山易主,这座皇宫改了姓氏,前方路途尚不明朗。

长长的宫道上,梁景元捂住我的双眼,在我耳边说道:"化雪时才仔仔细细清扫了宫道与宫墙,只不过有些地方还是狼藉一片,担心污了你的眼,还是不要看了,闭上眼睛,牵紧我的手,尽管跟着我。"

"好。"我闭上眼睛,将自己的手放置在他掌心,任由他把我带到哪个地方都可以。

冬日夕阳的余晖落在我们身上,我在无尽的黑暗中被他牵引着,只感受到他手掌的温度。

我知道我现在所走过的每一块地砖上都有可能曾倒过我沈国的将士和宫人,可能每一处都洒过他们的鲜血,因为空气中还弥漫着淡淡的血腥味,可想而知那日宫变的惨状。

梁景元把我带上了城楼,当我睁开双眼后,皇城里的建筑尽收眼底,家家户户门前挂着灯笼,灯火通明。远处街市的叫卖声隐约可闻,一片祥和之态。

"我还以为会看到一番残破不堪之景,没想到……"我由衷发出感慨，这是最好的结果。

沈国在鼎盛时期掠夺梁国的城池时，几乎是屠城一样地毁灭，不管老妇幼残，见人就杀，见物就夺，才逼使梁国投降，做沈国的阶下国，每年进贡，得以保住梁国剩下的地界。

梁景元眺望远方，看着繁盛之景，心里宽慰："百姓是无辜的，他们不懂朝廷之事，只想过好自己的日子。只要他们愿意归顺梁国，愿意做梁国的子民，又何必去伤他们的性命呢？再者他们能够轻易归顺，这一切还有你父皇和太子的功劳，若不是他们肆意克扣百姓来充盈国库，地方官员又不作为，百姓敢怒不敢言，否则我也不会那么快笼络他们的心啊。"

即使他不说，我心里也早有大概。

沈国早在父皇登基前，就因为受旱灾和洪灾的影响，百姓流离失所，局势动荡。父皇登基后，局面稍好些，但父皇又是个贪图享乐的人，听信谗言，只图一时的安逸，夜夜笙歌，肆意挥霍，导致国库空虚。

父皇年老以后更是力不从心，治国无策，随下面的官员胡作非为，只要不妨碍他享乐，不危及他的地位，他便睁一只眼闭一只眼。

大皇子非皇后所出，到底自卑了些，急于表现自己，为了得到父皇的肯定，满足父皇的喜乐，提出加收赋税以增加国库收入的主意，让百姓怨声载道。另有外戚当势，皇后的娘家人在皇城里横行霸道惯了，强抢民女，侵占房田，因有皇后庇护，一次一次躲过制裁，从而变本加厉，不加节制地作恶，渐渐地，父皇就失了民心。

去年的重税、灾荒使饿殍遍野，使得矛盾激化。百姓想逃离这种生活，企图有人能改变现状。在他们水深火热之时，刚好有人发生宫变，结束了这一切。

梁国这些年痛定思痛，稳步发展，百姓安居乐业，国家富足，一步一步强大起来。跟着哪位君主才会有好日子过，百姓一眼明了，自然不会搅事。

"水能载舟，亦能覆舟。"我看向梁景元，他能有今日这局面，绝不会是一朝一夕之功，"你们为了今天，筹谋了多少年？"

"多少年？"梁景元直视着我的眼睛，无比动容，"梁国四代帝王的筹划才换来了今天，我们等这一刻很久了。为了打入敌人内部，那时候起我们就派了一部分人一直在沈国生活，拿到户籍，变成沈国人，或是从官，或是从商，或是从军，或是选秀，或是入宫做宫侍，一点一点渗入。等他们完全渗入到各个地方以后，我父皇再向沈国表忠心，特意送我进宫当质子，以稳定你父皇的心。而云岚则先谋害了二皇子，再让你父皇不能生育，这太子之位自当落在了优柔寡断的大皇子身上。等时机成熟，我再假装投靠他，博取他的信任，好在元日众人都松懈的时候与潜伏在军队和皇卫司的自己人来个里应外合，一切就尘埃落定了。"

梁景元说到激动处，一掌按在墙上，手指蜷缩在一起，依旧难掩他的兴奋。

原来梁国人早就无孔不入了，对于他们精密的布局，我无话可说。只是我想知道，我这个不得宠的公主也是在他的计划之中吗？

"那我，是你的计划之一吗？"

梁景元轻叹，把我揽入怀中，我抬头盯着他看。他在我耳边喷洒热气，心疼道："你是唯一一个在计划之外的人，我从未想过会与你产生交集。那个雪天，我跪在永安殿外，所有的人都在看我的笑话，连内侍都瞧不起我，唯独你愿意看我一眼，不畏云岚的势力，塞给我一块热饼子。我本对你冷言冷语，让你知难而退，不想让你卷入这场纷争，可是死鹰案后，我发现我改变主意了，我不想让你从我的生命里路过。"

如果不是当时见他可怜，或许我们就没有以后了。如此，我倒是要感谢云岚，可我还是有些想不通："你既和云岚认识，那她为何还要打你，下手还那么重？"

"因为这样才符合她的性格，也证明了我的地位低下，没人会防范我。只是连累了你，让她也打了你，现在身上还疼吗？"

"早就不疼了，你送的都是上等的好药，也没有留下疤痕，真是万幸，不过就算留下了我也无怨。"

"那到今天的这种局面，你可怨我、恨我？"

"怨你什么呢？又恨你什么呢？"我挣脱了梁景元的怀抱，远眺皇城，"我没有大的抱负，从小就和阿娘相依为命，守着一小方天地，和这些百姓无异，只图安稳。可你不同，你有你的家国仇恨，又为了我保下了我所在乎的人，我该满足了。"

养病的这些时日，我不止一次地想，其实梁景元的计划我是有所察觉的，只是当时没有在意。如果当时发现了不寻常的地方，我应该会顺藤摸瓜，发现他的心思。可是发现后我又该如何处理？是劝他放弃吗？若规劝不成，我会告诉父皇吗？

春猎那次，他牵着我过河，他掌心的老茧厚重，是长期习武留下的，我就知道他定是武功高强，可是他每次习武都与皇子们一起，没听大家夸他功夫好，因为他是在守拙。

后来，因我失手打翻烛台，险些烧了永安殿，父皇将我下狱问斩，怎么刚好出现了星相师的占卜，说我是福星？现在想想，星相师是梁景元的人。他再联合云岚，让云岚停了给父皇下的慢性毒药，让父皇的身体好转起来，坐实我这福星的说法。

再然后，我有一次去找他，发现他宫苑上方有鸽子飞过。我进了他的宫厅，发现他在看书，旁边还有新磨的墨，笔毫有墨迹未干，当时以为是他看书喜欢勾勾画画，然他书中十分干净，细细一想，他那时定是刚写完书信，放飞鸽子出去传信。

他们谋划了四代，励精图治的君王碰到了一个昏庸无能的君王，怎么能不胜利呢？

"都是命数。"我叹息。

突然，天空传来一声炸响，紧接着，远处炸开了绚丽多彩的烟花。城楼下的百姓纷纷停下手中的活儿，驻足观望，一片盛世之感。

我诧异地看了看梁景元。

他点头，揽着我的肩膀："好看吗？专门为你而放。我们以后的生活一定比这更加绚烂，我不会再让你受任何委屈了。"

这是我第一次站上城楼俯瞰一切，远眺专属于我的烟花，我在梁景元这里感受到了真心珍重，我铭记此生。

珍惜眼前人，珍惜当下。我不知道未来会如何，但这一刻，我愿意幻想未来，陪他一起一直走下去。

烟花过后，梁景元陪着我回到了谨行宫，厅堂里已经备好了饭菜，专等我和他回来陪阿娘一起吃这元宵团圆饭。

春分前，梁国那边派出的人马均已在皇城内安营扎寨，各司其职，将皇城完完全全控制住，成为梁国的属地，皇城也改了名字，叫安原。

父皇、皇后和太子为首的阵营全部赐毒酒，其余后妃和大臣愿降服者可被圈养，皇亲贵戚则被流放。长公主和二公主已嫁作人妇，跟着驸马一起圈在安原，剥夺一切特权，一辈子不得踏出安原半步。四公主念未及笄，养在宫中，一辈子不得嫁人，也不得出宫。

至于昌平郡主，因梁景元利用她来掌控转运使宋文，使宋文放梁军进城，念其有功，宋文又有投靠之意，便封了他一个小官职，让他们兄妹二人相依为命，也得善终。

云岚和闫执留在了安原，而梁景元不得不启程回梁国，回到他的父皇与母后身边，交代这边发生的一切。

现如今，安原对我而言毫无留恋了，我带着阿娘和小蝶跟随梁景元一起回去。

出发前夜，阿娘拽着我来到那棵焦黑的枯树下凝神。

"阿娘，你是不是舍不得这棵树啊？可是我们要启程，这棵树带不走的。不然我们带点焦土走，也算做个念想。"

"霜儿。"阿娘忽然语重心长地道，"梁景元对你是真心实意的，你也愿意跟着他走,所以有件事你还是要知道,毕竟你们两个人走在一起不容易,更要珍惜对方。"

我愣住,怔怔地看着阿娘,阿娘严肃的模样让我感到不可思议。阿娘的眼神不再涣散,直勾勾地盯着我,让我心里一紧。

"阿娘,你知道你在说什么吗?你的疯病……好了?"苦尽甘来的欢喜,我迫不及待想要把这个喜讯告诉梁景元,告诉小蝶。

阿娘拉起我的手,叹了口气,眼神明亮,没有直接回答我的问题,而是回想当年我险些病死的那晚。她求了许多人都没有用,她请不来太医。她甚至去到东宫,跪在宫门前,恳请父皇和皇后派一名太医来为我看病,缓一缓我当时的病症,可被皇后的人给赶了回来。

阿娘苦求无门,浑浑噩噩地返回谨行宫,正感绝望时,一个男孩站在谨行宫门前,镇定自若地瞧着阿娘,问要想救活我的命就要付出些代价,可愿?阿娘的答案是肯定的。于是便有了阿娘火烧大树,造成走水的假象,引来父皇的关注。

而这个男孩就是梁景元,他和阿娘约定这件事就烂在肚子里,当两人从未见过。

如今沈国覆灭,梁景元又是可靠之人,阿娘终于把这心事一吐为快。

听过阿娘的话,我内心无比震动,怪不得平日见谁都怕的阿娘,唯独见了梁景元格外亲切,原来是他救了我,也救了阿娘。

等我再想询问其他事情时,阿娘又恢复了往日的疯癫状态。

我一遍又一遍喊着阿娘,让她别跟我开玩笑了,可是阿娘神志不清地"咯咯"傻笑起来。

阿娘为了我把自己搞成这副模样,让我如何不心痛自责?

第二日启程,梁景元看着我欲言又止,我知道他想问些什么。安原都是他的人,发生任何风吹草动都会向他禀报,更何况是谨行宫里的事情。

我忽略掉梁景元的眼神,而他也十分体贴,终是什么都没有问。

梁景元骑着马走在队伍的最前面,胡吉和知苏二人骑马跟在马车两侧,时刻听候我的差遣。马车上还有阿娘和小蝶,我们互相陪伴,说话解闷,偶尔撩开车帘透气。

为了照顾我们三人,车队走得稍慢,每到一个驿站都会休息调整。

一天夜里,我们宿在城外的一家客栈里。吃过晚饭,各自回屋歇息时,梁景元找到我,说要带我去看一种我从来都没见过的花,稀奇得很,我便跟着他去了。

我们来到城内的街市上,远远就看到前方一片空地上围得里外三层。梁景元牵紧我的手,带我挤到最前排。

几根麻绳首尾相连围成的圆圈内有一群光着膀子的男人,他们头系红巾,腰间也系着红色的腰带,正在做最后的准备工作。

"他们这是在干吗啊?"我从来没有见过这种架势,好奇极了。

梁景元保持神秘,指着圆圈内的熔炉和铁架,说:"等下就会盛开出世间另一种如星辰、如烟火般的花朵,叫打铁花。"

"打铁花……"我念叨着,对于这个词并不陌生。

随着光膀子男人的一声吆喝,活动就开始了。

他们把葫芦瓢反扣在头上,一手持着盛放铁汁的柳木勺,一手持着未盛放铁汁的柳木棒,迅速跑到铺满鲜柳枝的八角花棚下,用柳木棒猛击柳木勺,十几个打花者一棒接着一棒,一人跟着一人,往来于熔炉与花棚之间。棒中的铁汁冲向棚子,遇到棚顶的柳枝后迸散开来,瞬间铁花四溅,流星如瀑,亮如白昼。

世间绝美之物,难得一见,令人叹为观止。我终于想起来了,我在书中读到过"打铁花",可惜没有图片,怎么也想象不出它的惊艳,如今不仅圆了遗憾,而且也一饱眼福了。

为了防止火花飞溅在我的身上,梁景元解开斗篷,撑在我的头顶。顷刻间,我们更加亲密无比,任由其他人拍手叫绝,在这一方斗篷下的小天地里只有我和他,还有绝美的铁花。

"梁景元。"我轻轻唤他。

他正看得兴起,应了一声,许久没有等到我的下文,低头看我:"怎么了?嫌挤吗?"

"不。"我摇头,"此生你若不负我,我也定不负你。"

"好!一言为定。"他斩钉截铁道,开心地将斗篷落在我头顶,下一刻就拦腰把我抱起原地转圈,开心得像个得了蜜糖的小孩儿。

混着嘈杂声,他大喊着:"我梁景元势要娶沈凝霜为妻,此生只守她一人。"

从这以后,我和梁景元已经毫不避讳旁人了,嘘寒问暖,关怀备至,牵手散步,这让胡吉和知苏时常打趣。他们也不再叫我"公主",改了口叫"沈姑娘"。

第七章
新途

我们又行了大半个月后，在穿过一座山头时，整支队伍突然停了下来。梁景元勒着缰绳，让马儿掉换了方向，朝马车走来，唤我下车。

小蝶掀开车帘后，梁景元下了马，然后扶着我下马车。我不明所以，梁景元不作任何解释，只对我笑。我心里了然，他许是又想给我惊喜。他把我带到队伍前头，我定睛一看，前方不远处的三个身影是六叔父一家。

他们也看到了我，我们惊喜地朝着对方走去。

梁景元跟在我身后，说："知道你牵挂着他们，昨日休整时我特意派了人去找到六叔父约在这里相见。你们聊，我在队里等你。"

说罢，梁景元退回队中，留给我们说话的空间。

六叔母见到我，喜出望外地摸着我的胳膊，让我原地转了一圈，见我无恙，放宽了心，又让小弟弟认我，叫我"三姐姐"。

听着小弟弟稚嫩的声音，我红了眼圈，蹲下身子抱了抱他。

"你们都还好吗？"我起身后询问道。

六叔父揽着六叔母的腰，看了看六叔母，欣慰地道："承蒙梁公子关照，依着我们的意愿隐身山下，过着田园生活，怡然自得。我们没事就去道观清读，日子倒也舒坦，犹如闲云野鹤一般。"

六叔父指着山下丛林那端的庄子:"我们就住在那里。昨日一听你要来,我和你叔母高兴得一整夜都没合眼。皇宫里的事我都听说了,你还好吗?"

"我很好。梁景元把我保护得很好,没有遭受任何罪,我决定跟他回梁国都城了,从此跟着他。"我回头看了看梁景元。

他也正看着我,我们相视一笑。

六叔父随着我的目光一起看去,沉思片刻:"这个决定极好。梁景元虽是梁国人,但他确实是一个绝佳的人选,为人低调,有勇有谋。往年回宫过年时,我就在想,他若是我沈国的太子,那该多好。"

六叔父深叹:"唉,我本是沈国的王爷,君王的亲弟弟,他灭了沈国,按理来说他与我有着深仇大恨,可我又知梁国的子民比我们生活得好,百姓安居乐业、生活富足。站在百姓的角度上,我自然希望我们的百姓能和他们的百姓一样。况且沈国与梁国本就是一个国家,后来封地王爷各自称国称皇,把两个封地变成了两个国家,慢慢就演变成沈国和梁国了,这么算起来,我们还是一个祖先的。我们的生活习惯、饮食习惯相差无几,相信你去到那里会很快适应的。"

这一路向着梁国都城而去,除了方言有些不同,其他方面没多大区别,所以这一路我也没觉得是背井离乡,或许是因为梁景元在身边,有他在的地方就是家。

进都城前,梁景元找到我,特意问我未来想在宫里生活还是与他搬出宫,寻个清静的地方,不问世事,像六叔父与六叔母那般闲云野鹤。

我困在宫里十余年,早就过够了那种失去自由的生活,我心底的答案就是与他远走高飞,自由自在。只是梁景元与他的爹娘分离了十多年,好不容易能团聚,我不舍他再次与他们分离。

梁景元看出我的顾虑,笑我傻又心疼我的懂事:"小孩子才会追着要爹娘,我长大了就要成家立业了,应当和自己的媳妇儿在一起拥有自己的家庭。我与你一样,过了这么多年宫中生活,倦了,倒不如与你一起游山玩水,走到哪儿就是哪儿。"

他许诺我,等进宫办完事情就向他的父皇说明,与我完婚,再将阿娘和小蝶安顿好后就带着我纵游山水。

我们进到都城的这天,梁景元和我商量后,决定按我的意愿不带我进宫了,先把我们安置在他年前买的宅子里当落脚点,等他忙完就来看我们。

我们先是绕行到了都城的郊外,穿过一片竹林后豁然开朗,别有洞天,映入眼帘的是一处雅宅,花圃、小桥、流水,应有尽有。

梁景元派人帮我们把行李都放置妥当后,又留下知苏和胡吉负责保护我们,随后同我们告别,带着人马回宫复命去了。

没了我们三人,梁景元的速度也提高了不少,一大队人马浩荡有序,一溜烟的工夫就不见了踪迹。

我们在院中的凉亭里煮了一壶热茶,小蝶烤着红薯,冷不丁地问:"小姐,你为什么不跟着梁公子一起进宫啊?正好看看你未来的公婆长什么样子。"

这丫头越发贫嘴,惹得胡吉和知苏捂嘴偷笑。

我又何尝不想去见梁景元的父母,可是梁景元并非寻常人家,他是皇子,我于他父母而言是敌国公主,地位恐怕还不如宫里的一个婢女,去到宫里也没好果子吃，只会受白眼，又何苦自寻烦恼。"

"臭丫头。"我把红薯对半掰开，递给小蝶，"难道宫里的日子你还没过够啊？"

小蝶立即摇头，吃了口红薯，烫了舌头，"呼呼"往外吐气。

第三日傍晚，梁景元才独自从宫里回来。幸亏特意留了些晚饭，我准备去把饭菜热一热，他跟在我身后，围着灶台转来转去。

"你怎知我今晚回来，还留了饭菜，莫不是我们两个太心有灵犀了？"梁景元贫嘴起来，有些得意，却又故作姿态，一本正经。

"不过是每顿饭都有留给你，保不齐你什么时间回来，还有你一口吃的。"

"我就知道你不会让我饿着，所以在宫里陪母后、皇兄吃饭时，特意留了一半肚子，就想吃你亲手热的。"

我笑他没有正形："你在宫里很忙吗？如果太忙不用来回跑，我这里一切都好的。"

晒晒太阳，赶集买菜，陪小蝶做饭，还有胡吉和知苏耍宝解闷，日子过得无比惬意。

梁景元觉得饭菜好吃，一边大快朵颐，一边说道："不妨事。我骑马快，来回不觉劳累。你在这里住得还习惯吗？如果缺些什么，尽管开口，使唤胡吉和知苏去做。"

"蛮习惯的，这里什么都有，比谨行宫还要好，你尽管放心去做你的事。你大概还要忙多久？"

"可能还需要些时日，不过我会抽时间来看你，尽量早日解决手头上的事情来陪你。"他心不在焉地扒拉一口，那饭明明没有吃到嘴里。

梁景元的心思全写在脸上,我就知他心里有事。我问:"你是不是有事瞒着我?"

他一顿,放下碗筷,神色凝重了些,眉头紧蹙,满脸歉意:"这次回来,整个皇宫我觉得变化最大的就是父皇。父皇的年纪大了,鬓发灰白,精神不济,和我记忆里的父皇完全不一样。"他五岁离宫,对父皇的记忆只停留在五岁的时候。那时的父皇精神饱满,就像是一棵矗立在风雨中的松树,坚韧不拔,声音洪亮,如龙似虎。可是现在父皇已经成为一位步履蹒跚的老人。

做子女的免不了心疼,希望多在父母膝下尽孝。

梁景元拉着我的双手,用一种乞求原谅的口吻说:"看到父皇这个状态,我有些难过,原本想复命之后就和你一起远走高飞,可是父皇最近在查一桩冤案,这桩冤案牵扯到原沈国的一些事情。恰好我做过质子,对其了解,我想我是协助查案的最佳人选,所以我想帮父皇查完这个案子。如果我接下这个案子,你会原谅我吗?"

原来是这等事情,他又想尽孝,又怕扫了我的兴,才会两难。

我看出他眼里的担忧,自己的父亲身体不好,做儿女的理当为父亲多分担些,所以我能理解他的心情,也支持他的选择。

我回握住他的手:"我未来的夫君是一位孝善之人,我高兴还来不及,谈何原谅呢?"

他的眼睛瞬间亮了,不可思议地看着我。我冲他点点头,他知道我是真心同意,喃喃道:"如此我就放心了。"然后高兴得连吃了好几口饭。

"慢点吃。你等下还走吗?"

"走？你舍不得我走啊？"梁景元瞬间变脸，痞里痞气的。

我的耳根子发烫，想要说些什么反击，憋了半天，又没他那般登徒子行径，气势上都弱了三分，只能装作不经意问道："怎么？我若说舍不得，你还真就不走了？"

"那是当然！"梁景元神采奕奕，来了精神头，"为了你也要留宿一夜。"

"那……"我两只手搭在膝盖上，十指抓皱了衣裳，"我舍不得你走。"

梁景元仰天大笑，顿时神清气爽，疲劳一扫而光："好，我今夜就留下来。不光是你舍不得，最重要的是我今夜本就不打算走。"

"梁景元，你诓我？"我提高了声音。

"怎么能叫诓呢？这叫兵不厌诈。"

雅宅里特意收拾出一间房，就在我房间的旁边，梁景元或许是真的累了，睡得很早。

第二日，天未亮他就走了。

往后的一个月里，他会隔三岔五地来看我，虽然他每次都报喜不报忧，但冤案的进展总归是好的。然而就在这个案子接近尾声时，我主动与他规划游山玩水的第一站，他却神色一变。即使他隐藏得很好，但愧疚之意还是被我捕捉到了。他的开心并不是真正的开心，而是强颜欢笑。我侧面询问他，他也总是避重就轻，转移话题。我知道他这是不想让我操心，他有他的难言之隐，我便装作信了他这套说辞。然而等他走后，我叫来知苏到跟前询问他的情况。

知苏只是跟我打哈哈，理由倒是正经得不得了，说自己一直在雅宅，不知宫里的情况，还让我不要多想。

我扶额，心里盘算着，整张脸迅速冷了下来，死死盯着知苏，让他心里发毛，笑容都僵了下来。

"我要是信了你的说辞，我不就成傻子了吗？"

知苏装糊涂："姑娘，何出此言？"

"你是不是还想喊冤枉？你是他的心腹，怎会不知？你以为他回来时，每每三更半夜你到他房中说事，我都不知道？我只是想等他告诉我，眼看他心情更加沉闷了，我等不到他说的时候了。你放心，你同我讲，我不会告诉他，我只是想知道发生了什么，好在心里有个底，而不是像现在什么都不知道。"

我渴求地看着知苏，让他为难了些。他思虑再三，让我千万不要告诉梁景元后才说道："主子主动请缨去查一桩沉积许久的冤案，原本皇上答应主子办完冤案后就放主子出宫，眼看着这件事就要结束了，主子向皇上告别，可是太子不依，觉着主子有勇有谋，把案子办得如此高效漂亮，应当多为朝廷分忧，想荐主子远赴夷州查夷亲王私卖官盐一案。主子不同意，觉得朝廷有专门的官员可以去查，如果觉得此事牵扯甚广且重大，大可让太子自己去查，就当锻炼能力了，而且主子想陪您一起远走，于是两个人就这么僵持着。"

自古私卖官盐是重罪，何况现下还是亲王知法犯法。亲王在当地的势力可谓是只手遮天，到人家的地盘去查人家，谈何容易？还不知道皇上对这位亲王的态度，不然判罚得重了或是轻了，都会碍着皇上的心思。

"这可是烫手的山芋。"我喃喃道。

"谁说不是呢。况且主子在沈国做质子这么多年,如今回来没多久,还不服众,上个案子查得就有阻力,受了不少白眼。这次是个亲王,困难可想而知,就算迎难而上,估计也得两个月起步,就这还不算来回的路程呢。我看他们就是欺负主子刚回来,不然这件他们口中立功的事情,他们怎么不去做!"知苏心急,一脸苦瓜相,言语里都是为梁景元鸣不平。

我问:"皇上有没有表态?"

知苏:"暂时还没有,正考虑中。"

我叹气,这次梁景元去与不去夷州都看皇上的考量。按人之常情来说,梁景元自小就与皇上分离,他明明与太子都是皇后所出,过的日子却天差地别,皇上念在亏欠他的份上,也该放过他了。

可是,毕竟分离了那么久,不知父子之情还剩下多少。

当晚,梁景元回来了。他没提在宫里发生的事,我也没问,装作什么事都没有发生过的样子。说来奇怪,今日他的心情似是不错,一扫往日的愁容。直到月黑风高,他准备赶回宫中时,才语重心长地叮嘱了我几句话,叫我好生照顾自己,近些日子宫中事务繁忙,要出去一趟,等忙完之后就能回来与我团聚。

梁景元这样子着实让我心疼,以前在宫中身不由己,现在回到了父母身边依旧身不由己。

为了让他安心,我主动从后面抱着他:"放心吧,我会好好生活,等你回来。"

他转身将我揽在怀中:"好,等我回来之后,我们就离开这里。"

马蹄声消失在无尽的黑夜中后,我回屋看到知苏藏在竹篱后探头探脑。他抬脚要悄悄撤离,被我及时叫住。

我走到他跟前,他"嘿嘿"笑着摸了摸后脑勺:"沈姑娘与我家主子真是情深义重。"

这点我倒是蛮认可的,"嗯"了一声,点了点头:"说说吧,是不是有什么好消息?"

"什么好消息?我怎么不知道?"知苏还想装傻充愣,见我不信,只好乖乖招来,"还是姑娘神机妙算,真有好消息。皇上在上朝时当着满朝官员的面驳了太子的主意,但又为了顾全太子的颜面,便换了一个简单的差事,那就是让主子到武县招兵买马充盈国军,办完了这件事就可以放主子走了。而且皇上还考虑到主子归心似箭,一心想早点与姑娘在一起,便把冤案的收尾交给太子做,好让主子提前动身去武县,这样主子便可提前完成任务,早点回来。"

招兵买马这还不简单?这下真的就要苦尽甘来了。

"看来皇上也是念情分的。我就说嘛,他毕竟是梁景元的父亲。"

"哼。"知苏不以为然,"话是这么说,可这个差事也不是那么简单。姑娘,你不知道这其中的复杂,招兵买马这活儿是有油水可捞的,人来当兵都是有参军补贴的。皇上拨下那么多钱款到官员手中,官员实际会留出一小部分,然后再发给来参军的人,这是公开的秘密了。皇上也是知道的,只要不太过分就行,所以每年招兵买马的时候,官员都很开心,参军的人也很开心,招来的兵也都是身强体健的。这次派了主子去,主子肯定会按照拨下来的钱款逐一按实发放,不私挪。可主子这样做势必会让跟他一起办事的官员心存不满,这恨都记在了主子头上,民心又都归了皇上,真是吃力不讨好。"

原来是这样,不过比起自由自在,这点又算得了什么?反正梁景元以后不打算在宫中待着,如此把差事办了,还了一个自由身,划算。

梁景元去武县的这段时日里,我带着我们这一大家子几乎每两天就会去街市上凑热闹,一来二去,把这都城里好吃的酒楼吃了个遍,把好看的、好玩的都买了个遍。知苏和胡吉化身小跟班,吃苦耐劳地帮忙拎东西。

有一天,正当我们逛得兴起时,一辆豪华的大马车险些将我们冲撞在地,还好我们躲闪及时,阿娘被我和小蝶扶住。胡吉和知苏身手敏捷,才不至于东西滚落一地。

小蝶气愤得双手叉腰,看着远去的马车张口就骂:"哪儿来的不长眼的东西,这么宽的路,偏冲着人撞。"

一旁的摊贩听到,"哎哟"一声,好意提醒:"这位姑娘,你可小点声音,那马车八角车檐,又有梅花雕窗,一看就是富贵人家。万一人家脾气不好,下来几个小厮找你麻烦,你怎么办?"

小蝶不以为意:"什么怎么办?他差点撞到我们了,还不允许说吗?真是……还有没有王法了?"

"当然有王法了。可是你没理啊,这条街道本来就是马车道,是你占了人家的道。再说了,人家又没碰着你。"

小蝶一听,气势立即弱了三分:"是、是吗?怪不得这里的街道那么宽。"

我们一起回头看着知苏和胡吉,他们是梁国人,怎么不知这是马车道，马车为先？

胡吉眨巴眨巴眼，一脸无辜："我们……这不是好久没在这里生活过了嘛，真不知这是马车道。"

胡吉倒是实诚，确实如此，他和知苏一直生活在沈国，不知这里的街市情况也情有可原。而且之前出来买菜时，我们只到菜市街买，没走过这样的街道。

说罢，我们继续往前走。这次我们紧挨着小摊，生怕后方再来个横冲直撞的。然而刚走几步，那辆豪华马车却掉头向我们驶来，最后停在我们身边。马夫从车上下来，有礼地冲我们拱手鞠躬，赔礼道歉。

我看愣了，这里的人都这般有礼貌吗？

马夫这么一道歉，我们的气儿消失得一干二净，还觉得怪不好意思的。

我直摆手说没事，原谅他了，也向他致歉，是我们不清楚这是马车道。

马夫没再说话，倒是车里的人咳嗽了两声。马夫看了看我，从衣袖里取出一把折扇，说："这当是我家公子的赔礼，请姑娘收下。"

我不想接，下意识地看向马车，想从帘子缝里观察马车内的人是什么样子的。可惜帘子密不透风，什么也观察不到。

我直接向帘子内喊话："多谢公子，公子实在客气了。这事错在我们，我们不知道这是车道，所以折扇断不能收下。"

本着多一事不如少一事的想法，我扶着阿娘，拉着小蝶想赶紧离开，怎料马车内的人又咳了一声。

他怎么总是咳？说句话能折寿吗？

马夫得了信号，挡在我们面前，双手呈扇："姑娘还是收下吧。我们是大户人家，最讲究颜面，不希望留下话柄。如果您今日不收，明日可能我就要被逐出府。我上有老下有小，姑娘就可怜可怜我吧。"

我皱眉，这样是变相胁迫。

见我沉默，知苏和胡吉上前将我挡在身后，说："姑娘若不想收，就不收，你先走，这里有我们挡着。"

在雅宅，我见识过知苏和胡吉练功舞剑，他们绝对有实力可以保护我。我正想答应，小蝶见马夫这个样子，生出怜意，拽了拽我的衣袖。

也罢，我让知苏接扇，并且把刚买的酥仁糕给了马夫，当作还礼，这样就两不相欠了。

马夫也不再纠缠，驾着马车而去。

回去后，小蝶把这折扇打开，发现扇面上什么都没有，是一把空白扇。

小蝶让我看，说："太奇怪了，这上面怎么什么都没有啊？"

我也不懂，端详半天依旧是一把普通的空白扇子，自己可以题字。不过我倒是没有兴趣，就让小蝶收了起来。

直到两日后，梁景骞带着随从若干出现在雅宅，我才醒悟哪有人会追着陌生人道歉的，还赠送空白扇，这一切都是因为我们被梁景骞盯上了。

来者不善，胡吉和知苏站在我的身边，一副准备随时大干一场的架势。我则堵在雅宅门前，丝毫没有欢迎的意思。

梁景元曾告诉我，为了我的生活不被打扰，雅宅的位置除了我们几人知道以外，他再没告诉别人。如今梁景骞居然能找来，看来是没少派人监视梁景元的动向，抑或是我的动向。

我出口就是讥讽："太子殿下果然好能耐，我这一小小的人物都能被你找出来。"

梁景骞并不在意我的语气，懒懒道："毕竟是当朝太子，没点能耐不就成废物了？"

"那今日太子来，不单单是想让我们看看你的能耐吧？"

"当然不是。最近我那里得了上好的茶叶，今日来是想请姑娘和姑娘的家人一起去宫里品尝。"

我眼里的慌张一闪而过，看来他今日的目的不仅是为了把我带进宫，还要带走阿娘和小蝶，指不定又憋着什么坏。我表面装作不冷不热道："那倒不用，我对茶没什么研究，我们也不爱喝茶。"

"要是……执意带你们走呢？"梁景骞停顿了一下，朝着我贴近一步。

知苏和胡吉手疾眼快均往前一步把我护在身后，梁景骞的随从也不甘示弱冲到他的面前，气氛剑拔弩张。

"下去！"梁景骞有了怒气，示意随从退下，狠厉的目光瞪着胡吉和知苏二人，"狗奴才，真是梁景元调教出来的两条好狗，连我都敢拦，怕是脑袋想换个地方了。"

知苏和胡吉是梁景元的人，听命于梁景元，可是梁景元又是梁国的人，与梁景骞既是兄弟，又是半个君臣。再者，袭击太子是死罪，梁景元身为他俩的主子，定逃脱不了干系。好不容易梁景元的生活才好过一些，可千万别又回到从前的暗无天日，所以硬碰硬肯定没有好果子吃。

我让他们二人退下。他俩犹豫了一下，终是遵从我的命令退到我的身后。

我直勾勾地盯着梁景骞，看他能玩出什么花样来。

我嘴角一勾，一一扫过他带来的随从，冷哼道："彼此彼此，他们不也是太子您调教出来的好狗吗？既然殿下想请我进宫喝茶，只带我一人就行，我家人他们不懂规矩，再冲撞了殿下，那罪过可就大了。"

"无碍，本殿下恕你们无罪。"

看着梁景骞势在必得的样子，我真想把手中刚浇花用的葫芦瓢朝他的头上来一瓢，看看是瓢硬，还是他的头硬。

梁景骞看着我气呼呼的样子，觉得好似胜我一筹，他就是想看我不满意却还干不掉他的样子。

"行了，此次是奉皇后口谕来接你们进宫喝喝茶的，你毕竟也是景元的心上人，母后未来的儿媳妇，她老人家就是想见见你们，不然以后你跟景元远走高飞了，就看不到了。"

原是皇后的口谕，我犹豫片刻："多久能回来？"

梁景骞回道："太阳下山前就回。"

这次是骑虎难下，不去也得去了。好在太阳下山前能回，我们几人便上了马车，我们六个人坐在一辆三匹马的马车中，我心里也踏实不少。

进宫后，我们先是被安排在留芳阁中等待传召，阁中有为我们准备的茶水和糕点。糕点是还未拆封的，和那日我送给赔礼车夫的酥仁糕一模一样。

我和知苏对视一眼，心知肚明——当日马车里的人就是梁景骞。

大约半个时辰后，我才被请去凤鸾殿，来引路的侍从说皇后只请我一人，其余的一律留在留芳阁中等着。

这葫芦里卖的什么药，让人越来越糊涂。

到了凤鸾殿后，我规规矩矩行了个万福礼。皇后让我上前，她好一阵子地端详我，从上到下仔细打量。

皇后眉目慈祥，端庄富贵，眼角虽有了皱纹，但不掩芳华。

我同样好奇地观察着她，观察着梁景元记忆中为他舞剑而抚琴的阿娘。

她赐了座，又让婢女奉了茶上来。待屏退了殿中其他人后，她才满含笑意，绵绵道来："元儿在我面前喊你霜儿，我也这样叫你吧。你是他认定的人，我见你也倍感亲切。另外，我还听说，死鹰一案中，就是你在暗中帮助他们化解危难，说起来我对你有些感激，没有你的话，也许我就再也见不到我的元儿了。"

说罢，皇后捏着帕子在眼角处沾了沾，无限惆怅地叹了口气。

血浓于水，皇后对梁景元的牵挂始终都在。

这种情况，我应当去安慰的，我正准备说"一切都过去了"的时候，皇后又说："元儿说你们是天定的缘分，这叫我很好奇，你和元儿是如何认识的？"

我眉头一跳，心瞬间提了上来。梁景元既然在皇后面前提起过我，不至于我们相识的过程没和她说过。即使他不说，之前沈国被梁国的细作渗透，梁景元在那里的一切，皇后都应当有所耳闻的。

除非发生在沈国宫里的事情，经了梁景元的意思，半真半假地传回这里，所以皇后这是想从我这里一探虚实。

如果我和梁景元说的相差无几，那就相安无事；反之，梁景元就会被怀疑，认为细作并没有只忠于皇上一人，让皇上不得不防，甚至觉得梁景元出现了异心。

回想我和梁景元在一起的点滴，他总是报喜不报忧，他这么多年身为质子受到的屈辱定是不会往外说。他时刻怀念着小时候与母后在一起的时光，他不可能出现异心。

我让自己冷静下来，不动声色地端起茶碗仔细品了一口，实则在想对策。再放下茶碗时，我故作娇羞模样，说："景元没和您说吗？说起来还怪不好意思的，都是我主动在先，我对他算是一眼万年，心里就念念不忘了。现在想想，还真是害羞得说不出口。夫子说过，女子要注意自己的言行举止，要克制，要守礼，不能妄为，不可出格。他是质子，我是不受待见的公主，遇见了就是惺惺相惜，彼此珍重，能够走到今天，是我与他都不曾放弃、理解对方的结果。"

我一边说，一边做回忆之状，这种万金油的回答终归挑不出任何错来。再者，我故意强调夫子的训诫，就是让皇后明白我的教养不允许我肆意攀谈感情之事，况且还是主动追求一位男子。

果不其然，皇后不再追问，但也没有打算就此放过我："此次是元儿带队灭了你的国家，杀了你的父皇，你还愿意跟着他走，真是情比金坚哪。"

皇后表面温和，实际话里有话，处处挖陷阱等着我。

我只能起身跪在地上，以示诚服："皇后娘娘，沈国在父皇的带领下已然走向下坡路，百姓早就怨声载道，迟早是会被取代的。景元

194

只是将这一切提前了,而且他没有伤及无辜,没有血洗城池,让百姓能安居乐业,好好活着,这已是天恩。父皇虽死,但我阿娘还安然无恙地在我身边,我对景元感激不尽。来都城的这些日子,看到都城百姓生活富足,一片祥和,想必皇上爱民如子,百姓能得这样一位好皇帝,是天下之大幸。"

"哦。"皇后尾调上扬,起身扶我,"快些起来,好孩子,你的心意本宫明白。等元儿回来,挑个好日子让你们完婚,让我好好为你们筹办个隆重的婚礼,也让我好好弥补这些年对元儿的亏欠。"她拉过我的手,把她腕上的金镯子套在了我的手腕上,"这个就当是我给的见面礼,日后再给你些更好的玩意儿。你俩结完亲之后就要游山玩水了,还期盼你们常回来看看。"

皇后情深意切,我连连答应,可后面一句着实让我猝不及防。

她又说道:"如此,就别回雅宅了,在宫里住着,你们暂时住在留芳阁里,让我替元儿好好照顾你,弥补我对他这么多年缺失的照顾。等到元儿回来后,看你们的意愿再决定去留。"

我五雷轰顶,当即怔在原地,拒绝的话刚要说出口,就被皇后给堵上了:"好了,今日就到这里吧。我累了,你先回去,缺少什么尽管给宫人说。来人,送沈姑娘回去。"

这次连周旋的机会都没有,我就被宫人请了出来。

梁景骞正等在殿外,见我出来,他摆手退下了相送的宫人,他自己送我回去。

一路上我默不作声,他也默不作声。直到看到留芳阁的八角楼顶后，他才问:"生气了?你这女子气性还挺大,回头我差人多送些冰块到你房中降降火气。"

我冷笑一声:"难道我不该生气吗?说好太阳下山前送我回去,你们这儿的人都这么说话不算数的吗?"

"这话可不兴说,若是被嚼舌根的奴才听去,来个鹦鹉学舌,对你不好。"

我的目光轻飘飘地从他侧脸扫过,看着被宫墙紧紧围着的宫道,感觉好似又回到了囚笼里。

他们既把我骗来,就不会轻易放我回去,关键还困住了阿娘、小蝶,连同知苏和胡吉都被诓骗了过来,恐怕不单单是皇后口中想要弥补那么简单。

结合皇后的问话来看,他们应该是在怕梁景元,怕他将一切做得太优秀,怕他的能力,怕原先在沈国的那些细作都认他当二主子,怕他有异心,所以他们把我们留在宫中牵制他。

此次招兵买马,明明是太子弄巧成拙,皇上顾忌太子的颜面才给梁景元的任务,可他们又怕梁景元趁此机会招揽私兵。用人不疑,疑人不用,现在想来,不过是他们用来测试梁景元的一个任务而已。

明明梁景元都已经表明了态度不想留在宫中,想要远走高飞;明明是他们先抛弃了他,皇上有那么多子嗣,偏就把他送到了沈国当质子;明明那么有才能的一个人,缺失了十几年的父爱母爱,到头来被父母利用完,还要再被猜忌……真是可笑!

帝王之术向来如此,虚伪、冷漠、自私。

如此我也算能理解梁景骞了,在这种环境中成长,身为储君,这些人性的不堪他指不定都有。我更有理由怀疑这一切都是梁景骞的主意,什么皇后请喝茶都是假的,唯一的目的就是把我们圈禁在宫中。

"你别用这种眼神看着我。"梁景骞随着我停住的脚步而停下。

我冷眼中带着不屑:"何苦大费周折演这么一出戏?直接把我们几个捆来就是了,还省了去街市让车夫赔礼道歉的前奏。"

"那日的人居然是你!"梁景骞装模作样,紧接着就是一通喊冤,"那日我在马车里听声音耳熟,真没想到是你,没想到我与你的缘分还真不浅。"

他一副欠扁的模样,我恨得牙痒痒。

他故意把我送的酥仁糕放在留芳阁的桌几上等我们发现,不就是想来这么一出吗?这位太子殿下还真是大闲人。

我冷哼:"你暗中监视我们已久,恐怕那日也是一时兴起,想看我可不可以通过你的咳嗽声发现你,结果你太把自己当回事了,我压根儿就没发觉,所以你等我进宫后把酥仁糕放在留芳阁,好让我发现。你果真幼稚。"

"姑娘聪明,难怪元儿会喜欢上你。姑娘是世间少有,甚至可以说是独一无二,就连我也要折服在你的魅力之下了。"

他又在矫情了。

我直接问他:"请问太子殿下,事出突然,还未来得及收拾些行囊,好歹先放我们回去把换洗的衣服拿上。"

梁景骞佯装为难,想了又想,向我靠近一步。

我嫌弃地往旁边躲,他又靠了上来:"这个嘛,倒是可以,你我共骑一匹马回去收拾行囊,可好?"

我都懒得瞪他,沉默是最好的反击。这下我真是受够了,只淡淡瞅了他一眼,自顾自走开。

他很快跟上来,嘴里念叨着:"开个玩笑而已,莫要较真,你若不喜欢,便不去了。"

见我没有理他,他竟拽住了我的衣袖,迫使我不得不再次停下脚步。

旁边有宫人路过,看到我们这般拉扯,谨慎地把头低下,行屈身颔首礼。

"放手!"我低声呵斥,趁他分神,一把扯回衣袖,"殿下如此轻浮,实有不妥。不让我回去收拾,知会一下便是,何苦还要戏弄?"

"这有什么!"梁景骞丝毫不怕,"随便他们看去,最好把这一幕传到父皇耳朵里去。为了保你的名节,我再勉强把你纳为侧妃,反正你曾经就被许给我了,如此一来兜兜转转,你又是我的侧妃了。"

我多想让自己冷静下来,不钻了他的圈套。可提起那件事,我就一肚子火,恼羞成怒:"你闭嘴吧!"恨不能把他的嘴给缝上。

说完,我逃难一样头也不回地跑掉。不,这就是逃难,避难!

幸而梁景骞没再追上来。

我回到留芳阁时,知苏他们正在厅堂内看着梁景骞趁我去了凤鸾殿差人送来的换洗衣物,以及一些生活上的用品,束手无策。

小蝶皱着眉头:"小姐,我们是不是回不去了?来送东西的内侍说这些衣服可能不是多么合身,让我们先穿着,等明日再请裁匠来为我们每人量尺寸,做新的衣服。"

看来大家都心知肚明了。

"是啊。皇后说她想要弥补对景元缺失的关爱,想替景元照顾我些日子,等他回来就让我们走。"

小蝶想得简单,信以为真,夸皇后想得周到,又夸皇后对梁景元的母子之情。

一旁的胡吉撞了一下她的胳膊,看着我的脸色,让她少说些。

小蝶没明白是什么意思,反呛过去:"你撞我干吗?皇后娘娘心善,还不允许夸啦?你瞧,送来的这些霓裳都是香云纱的,我还从没穿过呢,见都极少见呢,这下真是沾了小姐的光。"

小蝶这个傻丫头看不透人心,给块蜜枣都会感恩许久。把她给卖了,她指不定还要替人数钱。

第八章
软肋

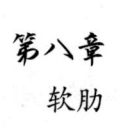

我们在宫中没有受到限制,可以随意出入留芳阁。只是皇后指派了两名宫人过来,一位是年纪稍长些的嬷嬷,另一位就是普通的小宫婢。她们来,说是为了方便我们使唤,实则有监视之职。

为此我特意嘱咐过小蝶,让她留心说话,有道是祸从口出,但凡要说的话在心里打个草稿之后再讲,有什么想问的,可以到我房中关起门来悄悄地问。

这么一来,小蝶看出了猫腻,恍然大悟。如此,她有了底,多了份心眼,表现得异常谨慎。

那两个宫人偶尔依着大家都是婢女的身份,想与小蝶套近乎,从中打听点什么消息来。小蝶看破不说破,打着马虎眼,东扯一句西扯一句,终不会绕到点子上。

即使嬷嬷难缠了些,也都胜在小蝶知道随时借故离开,不与她缠事。

梁景骞也没有再来过了,但他的准太子妃却找上门来。

听嬷嬷说,准太子妃是盛家女,名唤宁荣。盛家祖上是开国功臣,大族人家,她又是太后与皇上钦定的太子妃人选,自小养在太后的膝下。

太后仙逝后,她回到了父母身边,皇上念她与太子的婚约,便恩赐她继续留在宫中居住,并赐了宫牌,可以随意进出皇宫。

这位准太子妃已及笄两年,预备今年中秋之前与梁景骞完婚。

初次见面,准太子妃落落大方,跟在太后身边学识多,见识也多,一副宠辱不惊的样子。

"你就是沈凝霜?"这是她与我说的第一句话,她不动声色地从头至尾打量我,眼神疏离,下颌微抬,天之娇女的傲然与优越感扑面而来。

这气质倒真与梁景骞相配。

我颔首:"是。不知郡主今日来有何贵干?"

盛宁荣嫣然一笑:"听闻你的事迹,特意来看看三殿下的心上人。今日一见,果真如传闻那般温婉可人,沉鱼落雁。难怪当初太子见了你之后也想把你纳回来,可惜他没这个福分了。不出意外的话,你将是他的弟媳。"

这话里有话,敢情盛宁荣今日是带着醋坛子来的。

"郡主这话说得倒叫我无地自容了。太子殿下他只是说醉话而已,一时兴起,不能当真的,后来酒醒了也就不作数了。再说我哪有郡主身份尊贵,太子殿下与郡主是郎才女貌,天造地设的一对。"

我这也不是违心地夸,论门第、背景、气质,盛宁荣是太子妃的不二人选,对太子的仕途、稳定朝局都是百利而无一害,不然怎么会从小就进宫当太子妃培养?

"这话没错,除了我,景骞殿下也不会选择其他人来当他的正妃了。"盛宁荣胜券在握,接过小蝶送上来的茶,把茶碗送到嘴边又放了下去,"我从小就在宫里长大,与景骞殿下也算青梅竹马。我知道他所有的事情,更知道他从不醉酒,更不会说胡话,他说的即心里所想。"

她眼里的落寞一闪而逝,"所以姑娘说他吃醉酒了,那是你还不够了解他。"

这话提醒得很明显了,她来无非是要我一个态度。我感觉莫名其妙,她把梁景骞当块宝,我把他当根草,况且他是太子,未来的皇帝,三宫六院是必有的,若每纳一个她都要打翻醋坛子,可有她受的,这些道理她不会不懂。

我说:"您放心,等景元回来,我和景元就完婚,然后远走高飞。"

"呵。"盛宁荣冷笑一声,微微摇头。

我不懂她的意思,有些疑惑。

她叹了一口气:"但愿。那就祝你和三殿下双宿双飞,所做皆所愿。"

送走盛宁荣后,她最后的冷笑像是一根刺扎进了我心里,她看我的眼神,就像是在告诉我这一切是我想得太美了。

我被扰乱了心绪,小蝶来安慰我,叫我不要胡思乱想。话虽如此,可我还是免不得担忧,不知武县的情况如何了。因为这次招兵买马是皇上对他的一次考验,身旁处处有人监视,我不敢让知苏传书给他,只能每天在梦里缓解一下相思之苦。

后来,盛宁荣又借为皇后娘娘送物件儿的缘由来过几次,每次都是送完东西就走,公事公办。

直到第四次来时,她才十分好奇地问我:"在留芳阁这么久了,都没见你或是听说你出去过,你当真不闷得慌?不妨去御花园转转,这里的皇宫一定不比先前沈国的差。"

我谢过她的好意。我们几个人在皇城时过惯了这种拘在宫院里的日子，眼下这点根本算不上什么。而且有吃有喝还有人伺候着，是多少人梦寐以求的生活，我们怎会嫌闷？

不过她既提起，我便斗胆问她借了几本有关梁国风土人情、地方小传，以及梁国历代名人传记的书看。

她很是爽快，立即派人去宫内取了书给我，还提醒道："正好我宫里有，都是我原先看过多遍的书籍了，反正放在我那里吃了灰，倒不如送你了，你别嫌旧就行。"

我一边翻着书，一边回道："怎会嫌旧呢？开心还来不及。正好趁景元没有回来，我补下功课，到时也好知道每个地方都有什么特色，制定游玩的路线。"

"原来你为这个。"盛宁荣思虑片刻，"我那里还有些，你先看着，看完我再给你几本，不用还了。"

我又是一阵道谢。这说法不过是幌子而已，我只想从书里提取皇上的执政思路，从而做到知己知彼百战不殆。

虽然宫里的人对这些最清楚，问一问宫人便知，但这里人生地不熟，人心隔肚皮，随便问的哪一句话被传到上面，都有可能招来祸事。

这些书的编纂者都是揣摩过皇上的心思，知道皇上的喜恶的，无论是抨击还是歌颂，都是对症的。

梁景元回来时，是在一个知了长鸣的午后，当时我正拿着饲料喂池里的鱼儿，小蝶慵懒地蹲坐在台阶上，怀里抱着装有冰块的手盒，嘴里哼着小曲。忽然曲停，她看着前方，不禁起身，遏制住激动得就要跳起来的脚："小姐，小姐……"

203

我抬头看她："怎么了？"我看到她努嘴示意我后方，没等我转身查看，一方阴影就将我笼罩。

我顿住，眼睛无限睁大，浑身发麻，一直蔓延到心坎里。我把饲料一股脑都扔进了池子里，慢慢转身，带着期盼见到了我心心念念的人。

我一头扑进梁景元的怀中，双手摸着他的胳膊。他瘦了许多，脸也晒黑了许多。我瞧着他，几乎是喜极而泣，心想，这一次我们终于能离开这里了。

但是他看到我反而不是那般开心，眉头紧蹙，一脸的担忧，心事重重。

还未等我开口说话，梁景骞就悠闲地跟了过来，看了看我，又看了看梁景元："怎么样，这个惊喜不错吧？母后特意把沈姑娘接来宫中小住，就是为了替你照顾她们。这不，还把留芳阁腾出来给她们住，另派了宫婢伺候着，照顾得十分周到。"

梁景骞越得意，梁景元的表情就越严肃。

我的心里，不祥的预感袭来。

梁景骞拍了拍梁景元的肩膀："既然见面了，就好好说说话，不要耽误后日启程。"说完便离开了。

我看着梁景骞的背影，想着他那副不怀好意的样子，急切地问道："启什么程？梁景骞又让你做什么？不是说好回来之后就放过你吗？"

"没事，别急，我慢慢和你说。"梁景元安抚我，看着不远处皇后派来的宫人，拉我回到厅堂，关起门来，特意让知苏和胡吉在门口看着，"我的情况等下和你说。倒是你，你怎么进宫了？"

我垂眸，心里有一种说不出的难过："你走后不久，梁景骞就带人去了雅宅,说是皇后娘娘请我们几人喝茶,当天去当天回。可到宫里后,皇后娘娘又要我们住在留芳阁,说她对你多年来的亏欠要以照顾我的方式来弥补。还说等你回来就让我们完婚,然后让我们远走高飞。我本想给你传信,可是、可是……"

"可是你发现我此次去招兵买马是父皇对我的测试,所以你不敢轻举妄动,更不敢传信。"

我抬头惊讶地看着他,原来他什么都知道。也是,就连我都能看出的事情,他比我还要聪明,自然比我看得透彻。

随着一声叹气,梁景元的拳头砸在桌几上:"是我对不起你。我早该想到雅宅在都城内,他们又遍地都是眼线,找到雅宅、找到你甚是容易。可我还是赌上了母后对我的母子之情,万万没想到,母后选择了梁景骞。"

"这话什么意思?"

梁景元苦笑:"我以为我只要把招兵买马这件事办得足够漂亮,从此就可以远离尘嚣,不问世事了。为了尽快复命,我跑了几日几夜,几乎没有合眼,直奔宫中,怎知父皇又提起了先前被我拒绝的案子。当时皇兄也在,这明显是他的主意,他铁定没想那么轻易放过我,要我收拾好这个烂摊子。"

"所以后日启程就是去办这个案子?"我心里有了谱。

梁景骞好计谋,把我囚禁在宫里,就是为了要挟梁景元不得不接下这个案子。难怪刚刚梁景元回来后看到我的第一眼不是惊喜,而是忧心忡忡。

皇后肯定知道梁景骞的计划,她选择了帮助梁景骞,联合他一起把我诓骗到宫里居住。什么弥补,都是假的。

都是因为我,我成了梁景元的软肋……想到这里,我的心揪在一起,几乎喘不上来气。

见我按着胸口,梁景元赶紧扶着我:"霜儿,怎么了?是不是不舒服?我去叫太医。"

我拉着他的手,摇头:"不是,就是太难过了。你可以拒绝这个案子吗?我们去求皇上,你好歹也是他的儿子啊。"

梁景元无奈一笑,明明他也很难过,可还是反过来安慰我:"没什么的,不是什么大案子,很容易就能解决,是我急着和你过小日子才不想接下的。既然如此,我去办一办也无妨。"

真的无妨吗?

我努力抬眼,遏制眼泪夺眶。去查势力滔天的亲王,怎么可能是小事一桩?

我深吸一口气,说道:"那我跟你一起去。"

"不行!"他拒绝,不容商量的语气,"你好好留在宫里,安心等我回来。"

"怎么不行?你都说了是小事,正好把我带去,让我陪在你身边,我不会妨碍你办案的。"

梁景元叹气,语重心长地说:"办案岂能儿戏,再说,我怎么舍得让你陪我去风餐露宿的,乖。"

我们僵持了好半天,怕我着急上火,赌气不肯理他,他终于服软:"不是不带你去,此事非同小可,你知道……"

"我知道。"我与他对视,彼此心照不宣。

梁景骞既然把我捉来宫中当人质,又怎能轻易让我跟着景元走!

梁景元摸了摸我的头,用哄小孩子一般的语气说:"真乖。我们虽然现在什么都不顺利,但是有句话说得好,先苦后甜,要相信我们以后会好起来的。"

半点不由人,万般皆无奈。

梁景元启程的那天,我被允许去送他。皇后派了辆马车给我,由梁景骞护送,我一直把梁景元送到了城门口。

看着他渐行渐远的身影再次消失在视线中,我站在城门前发呆。

过了好久,梁景骞从另一辆马车上下来,催我回去。我看到他就烦,他越催促我就越想反叛,狠狠瞪了他一眼后,把他当作透明人,掉头就走,偏不坐马车回去。

他也不急,看得出来我怒意正盛,便跟在我身后,我们两个一前一后回到了宫中。

直至把我送回留芳阁,他才嬉皮笑脸来了句:"沈姑娘当真好脚力好耐力,不似其他柔弱女子,走上一个时辰就该吵嚷着辛苦了。另外,气大伤身,你要是气坏身子,我就成了罪魁祸首,不日景元回来,我没法交代了。又或是你故意想赖上我,可以直说,我去请明了父皇,让你做我的侧妃。"

忍无可忍,我一个巴掌就要甩过去。他伸手想拦,却不想我那是假动作,紧接着他腿上吃痛,被我踢了一脚。

我如出了一口恶气:"我生平最讨厌双面人,太子殿下假惺惺的样子真像丑角,倒不如该是什么样子就是什么样子,哪怕奸诈狡猾、老谋深算、自私自利都比你现在戴着的这副面具要强得多。"

"好一个伶牙俐齿。"梁景骞围着我转了一圈,别有深意地打量我,"你倒是直来直去,可你这样恐是要被人抓了话柄,得罪不少人。就像刚才,我要怪罪下来,你早就不能安然地站在这里了。你说你,这后宫里又不只是我戴着面具,可你偏偏恨我,与我说话相冲,你就是拿准了我不想动你,可真会看人下菜碟儿。"

我冷哼:"你是不想动我,还是因为其他缘由而不能动我?我在你手里不过是蝼蚁。你瞧,你若想将我囚在宫里,不也是随随便便就囚来了?"我一步一步逼近他,"你是太子,自小在父母膝下承欢,要什么就有什么。可景元不一样,他从小被送去当质子,在谨小慎微中长大,现如今他完成了你们给他安排的一项项任务,还想要他怎么样?怎样你才满意?这一次结束后,放过他,也放过我们,好吗?"

"给他安排任务的是父皇,你应该去求父皇,而不是我。"梁景骞歪头,眉头一挑。

我丝毫不避讳他挑逗的目光,而是执着地问他:"好吗?"

他盯着我看,见我丝毫没有躲闪,一摆手:"呵,没劲!好,答应你了。"

我知道梁景骞这次是认真的了,一旦把夷亲王这个最大的威胁者拿下,日后梁景骞在朝中可谓是顺风顺水,他也没有理由再留梁景元在宫里。

如此日子又有了盼头。

梁景骞前脚刚走,盛宁荣就来了,她又带了几本书来,说是又可以给我解闷一阵子。

我让小蝶端上我清晨起来为梁景元做的、还有剩余的酸梅汤,往里面搁上几块冰块,清清凉凉,酸甜开胃。

"郡主婚事将近,想必很忙,难得抽空过来,还想着带书给我解闷,真不知道该怎么感谢才好。"

盛宁荣摆手:"有什么好感谢的,就是顺道的事,不值当承情。今日来,主要是为了迎喜的事,你听嬷嬷说了没?"

"嗯,听说了。"我点头。

嬷嬷之前就说过,太子大婚时,礼部会先派出仪仗队出宫到府上接亲,回宫之后,由太子领着接亲队伍绕宫一圈,再回礼殿行结亲礼。绕宫时凡经过的宫殿,都要大开宫门。辈分或位分在太子之下的人需由宫殿的掌宫者手持玉如意或喜秤,带领宫人在门外恭候着太子与太子妃;辈分或位分高于太子者,便叫宫殿内的大内侍手端装有花生、红枣、桂圆和莲子的贴喜字的葫芦瓢,带领宫人在门外候着,等太子妃路过时,往她乘坐的显轿上一撒。

这就称之为迎喜送福。

"本来这些是由礼部的人统一安排,但是我见你第一面就觉得亲近,你又是三殿下的心上人,我未来的弟媳,所以想亲自送来迎喜样衣图让你选一选,到时你就穿你自己选的。"盛宁荣把一沓图纸放到我跟前。

我有些受宠若惊,本能地拒绝:"交给礼部就行了,我还真选不好。"

"不打紧,你尽管选,这图纸里面都是可行的,没有选不好一说,你就选个喜欢的样式。"

既是执意要我选，我不再推托，开始翻看图纸。一共十张图，细看之后，我挑选了一个款式低调、图案简单的样式。

盛宁荣看过我选的图纸，眉头微微一皱："怎选得如此朴素。"她找出一个款式奢华、图案精美的样式，"你怎么不选这个？这个多好看。"

我悻悻道："这太过华丽，不适合我，我驾驭不了。我喜欢简单一点的，更适合我的风格，而且我就只适合这种简简单单的样式，看起来更衬我一些。"

"什么衬不衬的，人靠衣装马靠鞍，你不穿怎么知道合不合适。我就觉得你天生丽质，再说这个样衣所配的首饰都会比其他样衣贵重些，珠玉金钗都有，正好趁着这次让礼部多给你添些首饰，好好打扮一下。"

我连忙摇头："多谢郡主的好意，我真的不想要这个。就算再贵重的首饰，于我而言只会是累赘，我就想简单一点。"

盛宁荣笑我不知变一变风格，却也尊重我的选择，让人量了我的尺寸。

等她走后，小蝶才说话："小姐，你怎不选郡主选的那个啊？我在你身边站着，虽没仔细看，但瞄了几眼，我觉得你选的那款确实太简单了，还是郡主选的好看。你怎么不再考虑一下？这衣服虽说是迎喜服，好歹出宫之后还能再穿，又不是一次性的东西，何不选个漂漂亮亮的？"

这丫头从刚才选择时就暗中碰我，我就知道她心里的那点事。

"郡主选择的那张确实好看，但我若是选了郡主手里的那张，你我以后就等着被她处处找碴了。"

小蝶不解:"啊,为什么?"

"郡主生于大族,从小就是钦定的太子妃,又受太后教诲,她的言行举止都是经过深思熟虑,带有目的性的。你以为她会随随便便就因为我是景元的心上人而特意让我挑选样式?"见小蝶还是不解,我毫不客气地弹了下她的脑门,"傻!她是为了试探我。她选的那张图纸根本不是样式图,而是太子侧妃品级才能穿的样式。"

盛宁荣这是知道我读了她给我的那些书,书中有记载宫中各品级应守的规矩,以及相对应的穿衣样式,所以才特意夹杂了一张这样的图纸来试探我。

"她还想用贵重的首饰吸引我就范,不过是简单地测试我,看看我能不能经受住考验,不为所动。我若是经受不住选择了,她也不会让我穿,只会说是弄错了图纸,而且还会更加猜忌我,觉得说不定日后我也可能受不住诱惑和她抢太子的恩宠。这以后还怎么会有我们的好日子过?"

小蝶惊呆了,张大嘴巴,她没想过一个小小的事件里还会有这些弯弯绕绕:"可是小姐,您之前就和她表明了您对太子无意啊。"

"这你又不懂了吧?为何太子刚从留芳阁离开,她就来了,你真以为她是顺道吗?"我把事情掰开了揉碎给小蝶解释,"她还在为梁景骞之前想要纳我一事耿耿于怀。我现在虽说对太子无意,可未来我若是经受不住诱惑呢?"

"哦,我懂了。"小蝶恍然大悟。

我笑了:"叫你平时多读些书,就是不读。"

不过,我奇怪的是,盛宁荣跟在太后身边长大,太后应该教过她当太子妃之道,乃至皇后之道,她不像是会吃醋的人。而且太子迟早要纳侧妃,无论纳谁都要与她分恩宠,她怎么偏偏对我,而且还是对不可能成真的事情介怀?

到了太子娶亲之日,按照礼部给的流程,在辰时就要把宫门打开先迎喜气。巳时一到,我手持玉如意,带领留芳阁的所有人在宫门口一字排开,我站在中间的位置,向前一步。听到城楼处传来的钟声后,等在皇宫门口的太子便要领着接亲队伍入宫。

大概等了一炷香的时间,梁景骞穿着红绿相配的喜服,骑良驹缓缓走来,他的正后方则是八抬大轿。盛宁荣着凤冠霞帔,戴金丝绣花的红色薄纱盖头,端正地坐在显轿中。

待到梁景骞从我面前经过时,我需行颔首礼,送上与手中之物相配的祝福。

礼部说,这个时候郡主还未与太子行夫妻对拜礼,暂且算不上太子妃,在说吉祥话时,就以"新人"相呼,既称呼了太子,又称呼了郡主,一举两得。

"恭祝新人吉祥如意,万事顺遂。"

说罢,梁景骞的声音传来:"承喜。"

紧接着,专门负责提喜篮的随行宫人出列,将一篮子喜饼交给嬷嬷。

"谢太子。"我低着头都能感受到头顶的目光,等我抬起头,正与梁景骞的灼灼目光相对。

他一直盯着我看,哪怕已完全从我面前走过,他还是侧了头,瞧了我一眼。

我瞬间变得机警起来,将目光投向盛宁荣。她冲我微微一笑,便将注意力全都放在了前面,集中在了梁景骞的身上。

一直等到队伍拐向了另外一条宫道,我们才算完成了迎喜,可以回到宫中去。

皇后本想让我一起去参加婚典,讨个热闹喜气,但我终归不喜热闹,又怕不懂规矩做错了事,扫了这大喜日子的兴,遂婉拒了。皇后把表面功夫做足了,假意劝说了几句,便作罢了。

婚典过去后,礼部还要派人到各宫中来回收迎喜之物,然后把这些东西登记在册都归置在东宫中,成为东宫的私有财产。

小蝶归还时,在递给宫人的一刹那,宫人打了个十足的喷嚏,一个递过去时放手太快,一个接东西时还没有拿稳,玉如意就直接摔在了地上,摔裂了一角。

摔坏了迎喜之物,且不说物品贵重,这兆头就不太好,问起罪来谁都担待不起。为了躲祸,来回收玉如意的宫人一口咬定是小蝶的过错。

小蝶一张口怎敌得过那位老滑头似的宫人。到了太子和太子妃的跟前,小蝶早已哭成泪人。本来过错各占一半,这下连她都要怀疑全是自己的过错了。

我在东宫外来回踱步,像热锅上的蚂蚁,急得团团转。可没有接到传唤,我是不能随意擅闯的。

终于等到了梁景骞的通传,我救小蝶心切,到宫厅时不小心被门槛绊了一个趔趄。梁景骞条件反射一般就要起身扶我,一旁的盛宁荣看到梁景骞这个反应,也跟着他站了起来。可我的速度比他们更快,在摔倒之际,我抓住了门框,稳住了重心,有惊无险。

小蝶见到我犹如抓到了救命稻草,因为这个宫中也只有我可以为她开脱了。她双眼通红,规规矩矩地跪在地上:"小姐,我真不是故意的。"

跪在旁边的那个宫人见到我后,立即磕头:"求太子殿下明察秋毫啊,还奴才一个清白。"

梁景骞一个眼神,那位内侍就面露惧色不敢说话了。

梁景骞又抬眼变了一副客气的笑脸看着我:"依沈姑娘看,该如何处置?"

我和小蝶对视一眼后,说道:"这事没有第三人在场,都是公说公有理,婆说婆有理。交接玉如意时,无非是一个递,一个去接。小蝶跟了我十几年,我深知她为人如何,她绝不会为了害怕受到责罚而说谎,故而我自是信任她的说辞。这事小蝶与这位宫人当平摊责任。"

"那你的意思是这位宫人不可信喽?你的小蝶跟了你十几年,而他也在宫里当了十多年的差,这样说怕是心太偏向了你的人。"梁景骞有意发难。

"殿下曲解了,实属过度解析。我只是想表达小蝶和这位宫人应受同等惩罚,这样才公平。若想把所有的惩罚都归于小蝶,才是不公。"

梁景骞问盛宁荣:"你觉得呢?你是我的新妇,是东宫的女主人,你说该如何惩处。"

"殿下,我觉得沈姑娘言之有理。"盛宁荣在梁景骞面前完全是一副小鸟依人的模样,她看着他的时候,满目都是欢喜与崇拜,"玉如意他们也赔不起,不如就罚他半年的俸禄,拖出去杖责二十,以儆

· 214 ·

效尤。至于小蝶,接受杖责她那身体恐吃不消,但为了公平起见,不如就罚她在留芳阁外的宫道上跪两个时辰,这事就算过去了。"

盛宁荣的方法是最佳的,既惩罚得当又警示了其他宫人,还会落得东宫宽容下人的好名声。

我们所有人都在等梁景骞的决定,可他思虑再三后,却摇头道:"不好。"

我的心咯噔一下,怕他想出更狠的法子来,结果他说:"我和太子妃刚成亲没两天,喜气劲儿还没过去,我不想为此惩罚这个那个的。恰好,我这里有一物,若是沈姑娘将它拼接在一起了,我直接放过他们二人。如何?"

盛宁荣眼皮子一跳,脸色不甚好看。可为了小蝶,我硬着头皮答应了下来。

随后,梁景骞把我单独带到了书房,给了我十几根带有凹槽的长短大小不一的木条,我一眼就看出这是八卦锁。这种锁不用钉子和绳子,仅靠自身结构的连接支撑。

如果我没有记错的话,这种样式的榫卯结构是十二方锁,拼接完成后是一个四方块。十二方锁在八卦锁中的复杂程度排前四。

以前在皇宫时,夫子经常摆弄这个,其他公主都不感兴趣,唯独我跟着学了一点拆解以及拼装的方法。后来夫子见我对八卦锁有兴趣,就送了我全套。八卦锁被我当作玩具拿回谨行宫来回拆解拼装,只是后来有一年冬天,天气太冷,分给谨行宫的炭火不多,就把它拿来烧了。

我好久没有摆弄过八卦锁了,拿在手里,一时间心乱如麻。

"怎么?有困难?有困难可以放弃,大不了小蝶跪上两个时辰而已。"梁景骞看戏一般。

我知他是激将法,即使他不用激将法,为了小蝶,我也愿意一试。

"没什么难度,还请殿下说话算话。"我淡淡地道。

他却吃惊了,觉得不可思议:"你知道这是什么吗?就说没什么难度?"

我嘴角一扬,看到他这般大惊小怪的样子,感觉不争馒头争口气的时候到了:"八卦锁而已。"

梁景骞还是不敢置信,好半天才从嘴里挤出话来:"好好,真是小瞧你了,你还有多少惊喜在等着我?"随后,他叫人沏茶上来,准备打长久战,"别着急,慢慢拼,两个时辰内拼装完就算你赢。"

我好久没拼装过了,手生,光回忆拼装方法、找到规律,以及尝试拼装就花了三盏茶的工夫。

梁景骞不急,优哉游哉地看我随意摆弄。我找到感觉,真正上手开始熟练地拼装时,他才坐直了身体,目不转睛地看着我手中的动作。

直到把最后一根木条卡进槽里,我才松了一口气,把手中的八卦锁拿给梁景骞看,有种扬眉吐气的快感。

这回换我语气鄙夷:"区区一把八卦锁而已,还用得着两个时辰?"这完全是大话,刚开始我也没有十足的把握能在两个时辰内拼装成功。只是现在成功了,气势上不能输。

我半个时辰组装完毕,让梁景骞目瞪口呆。

他心服口服,拍手称快:"沈姑娘真是令我刮目相看,这八卦锁很少有女子上手去玩,更不知为何物的东西,没承想姑娘不仅知道,还如此迅速地完成了组装。你当真是天下少有的女子,独一无二。"

我当他是拍我马屁,对于夸赞的话,我左耳朵进,右耳朵出,只关心自己在乎的事情:"那小蝶……"

"本殿下说话算话,此次谁都不论罪。"

小蝶这次有惊无险免去了惩罚,回到留芳阁后,我拿着梁景骞送我的八卦锁,心中有了想法:"此次能够化险为夷,全凭了组装八卦锁的手艺,所以我决定……"

小蝶、知苏和胡吉异口同声:"决定什么?"

"决定教你们拼装和拆解八卦锁!"

小蝶、知苏和胡吉:"啊……"

知苏:"三思啊。这种费脑子的事,还不如让我提一百桶水。"

胡吉:"那个……姑娘,我记得柴房里的柴还没劈,我去劈完。"

"留芳阁哪儿来的柴房?别跑啊!"我转向了还没来得及跑开的小蝶,"要不……"

"停!"小蝶委屈巴巴的,"小姐,这次全靠你救了我,我对你感恩戴德。可是,以前在谨行宫时你就教过我,我死活没学会,你发誓再也不教我八卦锁了,所以你确定还要教吗?"

我愣住了。

好吧,我还是留着自己摆弄吧。

中秋来临,皇上赏了各宫一篮月饼和一挂提子。宫人到我这儿时,送了两篮月饼和五挂提子,这多出的部分,说是皇后另赏的。瞧着跑腿内侍诣媚的模样,我叫小蝶打赏了一些碎银子。小蝶虽心疼钱,但也照做了。

"小姐,这钱本是三殿下给我们留下来的,你现在赏给他,我们就又少一点儿了。"

"无碍,况且你没见那内侍送完东西一副不情愿走的样子吗?那是在等着讨赏,今日中秋,不给赏说不过去。"我扶着阿娘坐下吃月饼,并叫小蝶、知苏和胡吉一起来吃,"等会儿把提子和月饼拿给嬷嬷和那小丫头一些。"

胡吉拽下一颗提子,在身上擦了下就往嘴里送:"姑娘有什么好吃的都不忘记她们两个,可惜人家的心还是偏向皇后,替皇后卖命,来监视我们。"

"忠主不是坏事,只要不做坏事,我们也就没必要苛待了人家。"

想当初胡吉来到谨行宫当差时,他也是为了梁景元做事。现在我们就像家人一般,心向一处,所愿皆相同。

这样想来,我那时无意间闯进景元的生活,他也是从那时起关注我,派了胡吉在我身边守着。一直走到今天,我们都不容易。

中秋过去了好几天,我好久没有景元的消息了,第一次主动出留芳阁去找皇后,打听景元的事情。皇后见我主动找她,倒是吃惊了一瞬,然后叫我放宽心,耐心等待,没有消息就是最好的消息。

无功而返,我有些失落,加上一连几天的阴雨天气,树上的叶子都黄了,心中郁闷无从诉说,我时常独坐楼阁发呆。

这晚,我正在睡梦中,突然被嬷嬷急促的敲门声叫醒,说是太子妃来了。太子妃大半夜来留芳阁找我,定有大事发生,我不敢怠慢,以最快的速度穿好衣裳,随便挽了一个发髻就出来了。

盛宁荣废话不多说，急匆匆道："快跟我走，三殿下出事了。"

"什么？"我的心猛地悬了起来，跟着她一起向外走去，"出什么事了？"

她瞥了我一眼，脚下生风，边走边说："三殿下此次去查夷亲王，这可是一块难啃的骨头，终归被他顺利啃了下来。"言语里满是钦佩，"就在返回的路上，眼看着就要进都城了，三殿下却遭到了夷亲王残余党羽的报复，身中毒箭。太医说这是剧毒，恐怕……命不久矣。"

顿时，我感觉天旋地转，手脚冒着凉气。

盛宁荣久久没等到我的回答，回头看我："你没事吧？放心，皇上已经下令让太医全力救治，宫里的太医都围在三殿下的床前候着。他嘴里一直念着你的名字，我这才来找你。你陪着他，说不定能把他从鬼门关里拉回来。"

来不及忧伤，我加快了脚步，恨不能瞬移到梁景元的身边。这个时候景元需要我，他还能喊着我的名字，就说明他一定会没事的，谁也别想把他从我身边抢走，阎王也不可以。

大殿内外灯火通明，外殿里，宫人们随时待命，内殿里，皇上、皇后和太子都在。见到我，皇上迟疑了一下。皇后在他耳边低语几句，皇上才道："你就是沈凝霜？那个亡国公主？"

我自入宫以来从未和皇上打过照面，他对我的印象还停留在从别人那里听到的。

我规规矩矩行了礼："回皇上，正是民女。"然后余光瞄向床上。

梁景元气若游丝的声音断断续续传来，不难听出，他一直在念我的名字。

皇上不再问我旁的话，让我上前照顾。

我扑在床头，握紧梁景元的手。他面目苍白，一直往外渗汗。毒箭虽已经被太医拔掉，但体内还存有剧毒，现在的他意识混沌。

太医说这毒性凶猛，已经开了方子，喂过药，但梁景元目前体征尚未稳定，高烧不退，情况不乐观。若能熬过今晚，待他的神志清楚，接着用药，才能转危为安。

殿内的一群人如今面对这种情况都束手无策，只盼奇迹发生。

经太医的建议和梁景骞的劝说，皇上和皇后先回寝宫歇息去了。

随后，梁景骞又让盛宁荣先回东宫休息，他想留下守殿，又被我劝住："你也回去吧，这里由我守着就行了。我和景元分开了好久，就让我们两个独处下吧。"

梁景骞思虑片刻，嘱咐了两句便答应了。

等他走后，太医也被我遣去偏殿待命，这下殿内只剩我和梁景元。

梁景元的额头发烫，肩上的伤让他疼得眉头没有一刻是舒展着的。我从未见过他这般痛苦的样子，纵使这副模样，他还是没喊过一句疼。

这一夜，太医让我时刻关注梁景元的体温，要频繁地更换他额头上的冷帕子，但凡身子烫了，就要用冷帕子擦遍全身来降温。

起初换帕子时，梁景元抓住我的手不肯松。虽然太医说他此时是无意识的，但我不确定他知不知道我在他身边，所以他只要一喊我，我就应下。

我与他十指相扣，在他鼻尖落下一吻。不管他能不能听到，我都自顾地说着对我们未来的憧憬，回忆以前的日子，不停地喊他的名字，说我爱他。

真的……好爱好爱。

渐渐地,他开始配合我,只要为他换冷帕子时,他就会抓住我的衣角,乖乖等我换完重新握起他的手时,他就下意识与我十指相扣。

反反复复近一整夜,直到东方破晓,景元还是没有醒来的预兆。再过一会儿,皇上他们就该过来了,太医也会过来,如果他们看到景元仍然没有清醒的迹象,免不了会说丧气话。

我不想听他们的丧气话,我的景元不会抛下我不管的。

我都要急出哭腔了:"景元,就要日出了,你还是不肯醒来看我一眼吗?我就这么惹你讨厌,让你宁愿装睡也不肯起来同我说话吗?好你个负心汉,你知道我有多想你多喜欢你吗?如果你走了,你让我如何去活?我想好了,你要是死了,我就下去找你,赖着你。这辈子嫁不成你,那就下辈子再嫁,反正你别想甩掉我。"

回应我的仍是一片寂静,令人心里发慌。

"梁景元,你无赖。"我咬了他的手背,"行,你要是不想见到我,我这就走。我走了你就醒来吧,哪怕这辈子我都不再见你,只求你能醒来。"

我心一发狠,撂下他的手。转身离开之际,背后一股力量重新抓上我的手腕,用微弱的声音祈求着:"别走,别离开我。"

刹那间,我的希望又回来了,上天听到了我的祈求。我欣喜若狂,立即转身重新趴回床头,看着景元慢慢抬起眼皮。

看到我后,他努力抬手抚摸我的脸颊,我握上他的手背放在我的脸颊上。

他说:"我的好霜儿,你这么爱我,怎么会舍得离开我?"

原来漫漫长夜,我在他耳边的碎碎念他都听得见。

我长久以来的委屈在这一瞬间爆发,眼泪模糊了视线:"你浑蛋。我不管,我照顾了你一整夜,你要把后半辈子都赔给我。"

"好,都赔给你。"他抹去我的眼泪,看着手背上的牙印,宠溺地笑道,"我也不管,你咬伤了我,我就是你的人了。"

太医来仔细检查了一番,感叹景元福大命大,病情终于稳定了,又开了新的药方,说喝上一段时间,再加以施针,就会把他体内的毒素慢慢逼出。

皇上在景元休养期间时常来看望他,他们有时在殿中长谈会让我回避。每次避我谈话的内容,景元都会毫无保留地告诉我。

皇上本是念在与夷亲王血脉至亲的分上,想要从宽处理,但夷亲王糊涂至极,胆敢谋害皇嗣,险些害死皇上的骨肉。皇上也不再念旧情,要一网打尽,绝不心慈手软。

同时,因为这件事情,景元和皇上的感情升温,父子俩破除了一切隔阂,互相都敞开了心扉。

在精心照料下,景元恢复得很快。

皇后开始着手我们的婚事,我和景元的意思自然是越快越好,管它是不是吉祥的日子。皇后娘娘知我们成亲心切,却也要图个吉利日子,这样往后方能长久红火。

皇后上了心,我和景元身为小辈实在不想冷了她的心意,也就随她寻了个最近的吉利日子。

景元原是想带我回雅宅,不过看到他与皇上、皇后好不容易有了今天这般的温情，这是他缺失了十几年、做梦都想要得到的父爱母爱。况且我与他不久就要彻底离开这里，离开他的父母，我也不在乎这点时间了，便留在了宫里。

景元再三确认我的心思，反反复复，直至肯定我是心甘情愿留在宫里，没有任何不悦时，他才放心地把我拦腰抱起转圈欢呼。

这一刻，我知道我又做了一个正确的选择。

景元嘴上不说，心里还是殷切地希望能与自己的父皇、母后多处在一起，亲情是他从小缺失的，现在找补回来，他当真是欢喜的。

皇后娘娘经常请我们与东宫的那两位一起用膳，会命人准备我和景元喜欢的菜系，会夹菜给我们。她就是一位大家长，照顾着我们几位大孩子的饮食，有时还会拿出她珍藏的镯子送给我和太子妃，一家人其乐融融。

景元带着我逛遍了宫里的大小园子，后来我们并不满足只在宫里，寻思着去宫外好好逛一逛，与小蝶他们一说，他们举双手赞成。

于是，我们几人一起来到都城中最大最有名的徐记酒楼，饱一饱不负盛名的"天下第一酒楼"的口福。

酒楼分听书区和听曲观舞区，包厢内还可提供棋牌娱乐，极致繁盛。

店小二迎我们进门，张口就喊："这位爷和夫人想去哪个区啊？"十分有眼力见儿的嘴甜。

景元听后脸上都要笑开了花，对着身后的知苏说道："赏。"

他们几个正捂嘴偷笑，知苏的嘴咧得牙龈都能看得到。知苏从荷包里掏出钱摆给了店小二，不忘打趣："我们家爷和夫人第一次出来，你推荐哪个区啊？"

"哟，爷和夫人来得正赶巧，我们说书区最近新上了书本子，是三殿下的事迹，值得一听。"说起三殿下时，店小二满脸骄傲。

现在梁景元是他们茶余饭后的话资，他不仅平了沈国，刚回都城就替朝廷招兵买马，这下又擒了夷亲王，梁国出了这么一位有勇有谋的殿下，实属梁国之幸。

我摇了摇景元的手臂，满是期待："那就听这个吧。"

听书区里坐满了人，店小二又为我们加了凳子。

说书先生一拍板，席上的各位瞬间安静了下来。紧接着，说书先生唾沫横飞，从景元五岁去当质子，在沈国忍辱负重卧薪尝胆，扮猪吃老虎，再到如何布局掌控，运筹帷幄，讲得绘声绘色，里面还添加了许多编造出来的故事。

说到元日夜血洗沈国皇宫拿下君主时，下面的叫好声到达顶峰。小童端着铁盘下来收赏，客官们毫不客气，纷纷掏出赏钱撂至铁盘中，叮当作响。

景元握住我手的力道加重了，他在担心我想起往事，心生难过。

我冲他摇了摇头，表示无碍："这都过去了，如果我真的在意，我就不会跟你来了。"

说书先生喝了半盏茶，接着道出梁景元去武县招兵买马，以及去夷州彻查夷亲王的事迹，通通被说书先生加上了英雄光环，真真将景元塑造成了一位建功立业的大英雄。

我跟着其他客官一起叫好，掏出赏钱，心里无比自豪，甚至有些骄傲。他们不知这样的一位大英雄就坐在我的旁边，未来是我的夫君，我孩儿的阿爹。

知苏和胡吉更加夸张,他们两个的叫好声震耳欲聋。小蝶捂住阿娘的耳朵,同他们一起比谁喊得大声。

可景元丝毫没有开心,反而还心事重重,眉头不自觉紧蹙,嘴唇抿成一道线。

"你不喜欢吗?"我询问,"还是说书先生太夸张,环境太吵,你有些不舒服了?"

景元同我一样喜静,这里确实吵闹得慌。

他给了我一个宽心的微笑:"不吵,只是有些担心。"他压低声音,在我耳畔说道,"我是臣子,有些东西太过高调难免会惹来非议,被有心之人发难。"

帝王之道,我自宫中长大,了解一二。有个词叫"功高盖主",许多麻烦就是在坊间传来传去,祸事才找上门来。

我灵机一动,要了景元的宫牌,带足了银子,待说书先生去房间休息时,单枪匹马找了过去,留下景元他们不明所以等我回来。

过了一会儿,我从说书先生的休息室出来:"搞定!"

"搞定什么?"景元呆呆愣愣地琢磨了下,恍然大悟,"你莫不是叫那说书先生……"见我点头,他不可思议,"我冰雪聪明的好娘子,快说说你是如何做到的,还能封住别人的口?"

"这还不简单。"我把宫牌还给他,"说书先生说书无非是为了赚钱讨生活。我本想用另一个故事换下他这个故事,他不肯,我就只好亮出宫牌说是从宫里出来的人,说宫里的三殿下为人处世低调,不想让这些事传来传去,就此打住,愿意赔银子再以另一个故事相换。"

"说书先生就这么同意了?"

"那是自然，既然宫里都来人了，还给了台阶，说书先生何乐而不为呢？"

景元仍有疑惑："那你用什么故事相换？"

我嘘了一声，神秘一笑："我自己现编的关于强者的进阶之路的神话故事，还告诉他这样的故事皇上最喜欢，他若讲得好，会被王公大臣举办家宴时请去府里说书，到时候他就能名盛都城了。"

通过盛宁荣之前给我的书籍来看，结合这么多年来历代梁国皇帝的政策，我推测当今圣上推崇强者之道。只有国强，才能免受其他国家的侵犯；只有百姓安居乐业，国家才能富足。王公大臣为了迎合皇上，在宴请时，肯定会请说书先生到府中说书。

说书先生如被请到王府中，传扬出去名声肯定大噪，旁的人都会争着抢着来捧说书先生的场，到时说书先生的身价要翻一番。

"哎呀呀……"景元为我倒了一杯茶，讨好地捏着我的肩膀，"你若是男儿，定能在朝堂上混得风生水起，我一定会与你好好套近乎，万不能同你敌对。"

我拍了拍他的手背："你这样说倒叫我无地自容了。依你的才智，我恐怕都要被你耍得团团转，应该是我不敢同你敌对。"

小蝶"啧啧"有声，看我们打情骂俏。胡吉也跟着耍趣，故意堵住耳朵，说："腻歪死了。"

只有知苏还在琢磨："不对呀，我们只堵住了这个说书先生的嘴，可还有其他酒楼里的说书先生，我们等会儿要一家一家去堵嘴吗？"

景元与我相视一笑，我们心照不宣。他说道："知苏，以后我和霜儿有了孩子，只敢让你教他们功夫。"

知苏挠挠头："说我笨我承认，主子，你快说这到底是怎么回事？我不懂。"

"徐记酒楼号称天下第一楼，都城里许多酒楼都把徐记当成风向标。如果徐记酒楼里的说书先生改了说书内容，你说其他酒楼跟不跟风？"景元一语点醒知苏。

回宫时，我本意耍赖，不肯坐马车，让景元背着我，怎料他一把将我横抱起来。哪怕回了宫里，当着众多宫人的面，他依旧不放我下来。我怎么挣扎都没用，只好羞得把面掩在他的肩头。

碰到管事的大内侍，他还大言不惭地解释道："沈姑娘把脚崴了，我送她回去。"这下方堵上了一些闲言碎语，就算再不成体统，也是情有可原。

"梁景元，我以前怎么没发现你这样厚脸皮。"我把头靠在他的颈窝，趁其他人不注意，往他脖颈上咬了一口。

他得意的小眼神落在我的身上："这才到哪儿，成亲之日再让你见识一下什么才是真正的厚脸皮。"

我的脸如夏日的太阳，红得都可以渗出血，烫得连同脑袋都是迷糊的，鬼使神差来了句："我等着。"

我轻唤他的名字，他"哎"了声。我连唤了几次，他就连"哎"了几次，我们就像孩子那般快乐。

"梁景元。"我最后一次唤他，"我们要一直一直在一起。"

"好，一言为定。"

钻进了他的套子，上了他的贼船，只管一心坠入进去，沉沦往复再也不出去了。

第九章
奔赴

成亲的日子一天天接近，尚衣局不负众望，没日没夜地赶在成亲之前把婚服做了出来。

皇后又派人把婚服送到留芳阁，明艳的红色衬得人都是喜庆的。

婚服十分合身，小蝶拿过镜子让我好一阵子看："小姐，你和三殿下终于要修成正果了。瞧这婚服多华丽啊，你一定是最漂亮的新娘。"

阿娘看着我穿婚服的样子，在我旁边拍手鼓掌，跳来跳去。她也知道我要成亲了，嫁给十岁那年就救过我的梁景元。

"是啊，就是好看。"我容光焕发，"婚服果然和平日里穿的衣服是不一样的感觉。尚衣局也把景元的婚服送到他宫里了，不知道他穿上是什么样子。小蝶，我有些等不及了，要是明日我和他就能成亲该多好。"

"小姐，心急吃不了热豆腐，你和三殿下到时还要生好多好多孩子呢。看看衣服还用不用改，好告诉尚衣局。"

"不用改了，完美。"我还沉浸在试穿婚服的喜悦中，外边嬷嬷通传太子来了的声音就响了起来。

我一时慌乱："他怎么来了？这衣服还没穿热乎呢，快帮我换下。"

小蝶也措手不及，正打算帮我脱下，梁景骞直接推门而入，把我们吓得不轻，阿娘更是直接躲在了柱子后面。

我恼羞成怒："太子殿下，这好歹是寝宫，您不敲门就直接闯进来，成何体统？"我只管发泄心中的不满，忽略了他看着我时的眼神。

还是小蝶悄悄拽了下我的衣袖，我才注意到他看着我愣神，眼里竟起了贪欲。

梁景骞拽了拽自己的衣领，见我后退一步，冷哼道："成亲？恐怕你的愿望又要落空了。"

我大惊："为何？"

就怕计划赶不上变化。我下意识怀疑梁景骞又搞了什么幺蛾子，他之前答应过我要放过我和景元的。

梁景骞嘴角微勾，这笑多少有些心有不甘的苦涩："边关八百里加急请求支援，父皇当即拍板做了决定，给了景元兵权，让他即刻领兵上前线。多大的殊荣，那可是兵权！"

"为什么总选他？难道就没有人可选了吗？"宫里的人怎么都说话不算话？我心头一颤，怨气横生，"之前景元做质子时，也没见少了他你们就做不成事情了。"

"呵，我也想知道为什么，明明我才是太子，我还没手握兵权过，凭什么就给了他？大家都是父皇的儿子，他文武双全，我也不差，他足智多谋，难道我就是傻瓜了？"

看着梁景骞的怨气比我还大，就知道他对皇上做的这个决定也是十分不满。兵权的重要性可想而知，历来谁能从皇上那里拿到兵权，就可见皇上对那个人的信任与赞赏。难怪梁景骞会心生怨气,但只怕他会把这份怨算到景元的头上。

可这也是显而易见的皇家制衡之术——鸡蛋不会放在同一个篮子里,都是皇后的儿子,都是嫡出,便分散一些风险。

我倒了一杯水亲自端给梁景骞:"要不……你先消消气,本来是我该生气的,你这个样子我都不知道还要不要生气了。"

见他接下我的茶一饮而尽,我继续劝说:"你放心,你是太子,这天下早晚都是你的。到时别说兵权了,你要什么得不到?而且正因你是太子,战场上刀剑无眼,你的安危最重要,皇上也是……用心良苦。你想想,你刚成亲不久,还没有子嗣,怎么能做这么危险的事情?苦差事交给别人为你卖命,你负责掌控全局,运筹帷幄就好。"

我快编不下去了。

也不知梁景骞有没有听进我的话,他的目光在我身上溜了一圈,撂下句"你倒是挺会安慰人的"便拂袖而去。

梁景骞走后,我以最快的速度换了常服,去景元寝宫里寻他,他却不在。尚衣局送来的婚服还在桌几上放着,纹丝未动。

知苏正在收拾行囊。自景元从夷州回来后,知苏就继续跟在景元身边伺候着了,胡吉则留给了我。所以有什么事,知苏也会在第一时间知晓。

知苏见到我也顾不上说话,只让我先坐,又去偏房收拾了一阵,偏房是知苏睡觉的房间。他整理了两个包袱,里面都是平日换洗的衣服。他又把盔甲、长枪、长剑通通摆了出来,做完这些才歇了一口气。

我盯着这些东西，疑惑地问："我刚才瞧你去偏房收拾，难道这次你也要跟着？"

"是啊。"知苏的语气理所应当，"战场又不是儿戏，主子身边多个武功高强有默契的我打下手，总归有备无患。姑娘，你的消息还真灵通，皇上刚在早朝时说的事情，您就知道了。"

"我的消息若是不灵通，他是不是就打算背着我走了？"

"怎么会？主子肯定还要去留芳阁找您的，再怎么样也要好好告别，这不是下朝后又被皇上留在殿里议事，没能来得及嘛。"

我从知苏那里得知此次是梁国的邻国突然向梁国戍守薄弱的边关发了难，他们是有备而来，又在半夜搞偷袭，让边关的将士落了下风。将军们又都有各自要值守的地界，可以去支援的就只有已故勇武大将军留下来的那支久经沙场，现编在御军的兵队。又考虑到朝廷里的武将都上了岁数腿脚不便，无人可以担此重任率队，皇上正在为难中，是太子自告奋勇愿意领兵出征。皇上生性多疑，太子此次自告奋勇，反而让皇上有所顾忌，毕竟那是兵权。皇上考量了一番，没有答应，转而想到了梁景元，当即决定让梁景元领兵支援，没有商量的余地。

见知苏似乎憧憬去战场上杀敌，我问他："此番去有生命危险，留在宫里不好吗？为何看你一脸期待的模样？"

"留在宫里就不能保护主子了，况且我即将与勇武大将军留下来的兵队并肩作战，这是多么荣耀的一件事情。"知苏顿了顿，"哦，对了，我现在去岔口迎一迎主子，让他不用去留芳阁了，直接回来。"

我在宫里等了小半个时辰，梁景元才火急火燎地回来。知苏跟在他身后，识趣地把包袱和长剑先拿走，在外面候着。

梁景元满脸歉意，支吾半天才说："是我对不起你，总是让你等了又等。"

我从后面抱着他，贪恋他走之前在一起的时光："如果我不让你走，你还会去吗？"

他双手环着我的双臂："这事本是太子主动请缨，可父皇不顾大臣反对把任务交给了我。如果你不想让我走，我再去求父皇，让太子去。"

景元的话让我心动，可打仗不是儿戏，尤其是这种加急仗事，皇上选了谁是给谁面子，既然宣了旨，那便是铁板上钉钉的事。

我用头轻轻磕着他的背："我的大英雄就应该去浴血奋战，为家为国，有国才有家。只是无论如何都要注意安全，等你回来我们就成亲，管它是不是吉利的日子。"

从灭了沈国，到招兵买马，再到查夷亲王，让皇上看到了景元的能力。最近皇上又与景元关系破冰，对这个儿子重视起来。

更重要的是，景元没有争权夺位的想法，他只想完成了任务与我远走高飞，即使兵权交到他手里，也不怕他会谋反，何况我留在宫中也可当人质，这是宫里尽人皆知的事情。

可太子不一样，一来真的是出于安全考虑，二来皇上年老，太子的势力又蒸蒸日上，朝堂上一半的人都是太子的党羽，皇上不得不提防着，所以这个兵权只能交给景元。

就算我再舍不得他也无济于事。我们都出生在皇宫，早就明白了身不由己，命运使然，现唯一担心的就是他的安全。

"好。待我平定边关,用我余生弥补我一生所爱。"梁景元转过身来揽我入怀。

我让他将我抱紧一点,再紧一点,恨不得融入他的血肉之中。直到我喘不过气,才让他松了手。

梁景元把宫牌给了我,这样我就可以自由出入。他又把银子留给了我,让我随意花。

我为他穿戴好盔甲,为他送行时,把我头上的发钗取下,借知苏的长剑把发钗一分为二,自己留一半,他拿一半。

"景元,我们总是在分别。现在这个发钗你我一人一半,代表盼归,当作缓解相思之苦的慰藉。无论何时,我都等君归来。"

景元提起长枪,收好了发钗:"还记得以前我送过你一支簪子吗?那时我就确定了心意。书中说,送女子簪子就是想要与她结发为夫妻,我那时就把心思偷偷藏在了簪子里。你放心等我,我定会平安归来娶你。"

梁景元是我的英雄,也是大梁的英雄,我一直都对他有信心,这次的支援肯定能很快平定边关。

自拿了景元的宫牌,我就时刻盘算着离开皇宫,回到雅宅生活。与小蝶和胡吉商量了一下,我们一拍即合。

当初是皇后召我入宫,留我住在留芳阁,如今要离开这里了,理当去与皇后道别。

然而,我去凤鸾殿找到皇后,还没把自己离宫的想法说出来,皇后倒先请我看了一出戏。

这戏是请我一人观看，皇后觉得没必要兴师动众地摆驾到宫内的戏园子，也没必要搭台子，索性直接在凤鸾殿的园内开摆。

演的是一出权力制约的故事。

戏落人散，院子里又恢复了先前的清静，我与皇后依旧坐在正殿的台阶之上。

皇后吹着宫婢递来的茶水，不经意抬眼，回味剧情："可惜了，这戏中的二公子本有大好的前程，无奈没看懂局势，不懂牵制之理，最终落得身败名裂。身居高位，就应该懂得高处不胜寒这个道理，即使再亲近的人，难免会一时鬼迷心窍犯了错，这也是自古以来时有逼宫的混账事情发生的原因，高位者难做啊。沈姑娘，你觉着呢？"

皇后今日请我看这一出戏是醉翁之意不在酒，我竟又天真了一回，以为自景元身中毒箭后皇后该心疼爱护她亏欠多年的儿子了，不承想给了我当头一棒，彻底粉碎皇后能把景元和梁景骞一视同仁的幻想。

景元得了皇上的一支兵权对太子就构成一定的威胁，皇后为了她的大儿子，要继续把我留在宫里当人质用来牵制住景元。

皇后到底还是偏向了梁景骞，可惜景元还傻傻地蒙在鼓里，被皇后出色的演技蒙骗，以为他母后还是真心爱护他的。

真替景元感到不值。

景元，我好心疼你。

我叹道："回娘娘，是啊，世上最难测的就是人心，哪怕是母子。"

皇后端着盖碗的手抖了一下，继而又听我说："身居高位不得不谋划一切，算计所有，方能长久，戏中的二公子确实可惜了。"

皇后喝了口茶，将盖碗放下，不打算计较我的嘲讽，只要我明白她话的意思就行。她冷笑一声，不怒自威，用审视的目光盯着我："你先前不是要同我讲些什么吗？现在还讲吗？"

我看着皇后头上的步摇在光影下小幅度摆动，周身被阳光晒得暖暖的，心头却发冷："没什么大事，就是受景元的嘱托，不定时来看望娘娘。"

"元儿真是本宫的好孩子。"皇后假心假意的样子让我觉得无比滑稽，"我知道元儿的宫牌给了你，你进出宫自由，那是元儿的心意，我不干涉。可是宫里什么都有，外面不一定比宫里精彩，不如先交由本宫保管，等元儿回来前再还给你。"

我暗地攥紧了拳头："这是景元走之前留给我的，我想留着当个念想。娘娘的意思我都懂，没得到您的同意，我是不会出宫的。"

"呵。"皇后冷笑，眼神给到旁边的宫人，几位宫人立即把我围住，"姑娘是聪明人，本宫不想多浪费口舌，本宫能稳住今日的地位并不是嘴上说说而已。我不想动粗，劝你乖乖交出来，不然我不会动你，但你的阿娘、小蝶和胡吉，我就不敢保证了。"

卑鄙无耻。

我愤恨得咬牙切齿，气得浑身发抖，却什么都做不成，只能乖乖将宫牌交出。

皇后拿到宫牌后，随手递给身边的宫婢，缓和了语气："不要怪本宫，坐在这个位置上，从来都不能走错任何一步。今日这事，我不希望传到别人的耳朵里去。"

我回到留芳阁时，小蝶满心欢喜地出来迎接，挽上我的胳膊，还在幻想着回雅宅后的第一顿做什么饭菜。

"小蝶。"我打断她，摘下了先前皇后送的玉镯，重重放在桌几上，暗骂晦气，"我们不回了，留在宫里等景元回来。"

"不回了？"小蝶一怔，"为什么？刚刚不是说好了的吗？是不是皇后……"

我勉强撑起一笑："皇后说她舍不得我们。"

"可……"小蝶还想说些什么，却被胡吉碰了一下。

胡吉见我气鼓鼓的，给小蝶使了个眼色，说道："留下来也挺好，什么都不用我们做，我们只管安心留下来让人伺候着。姑娘累了，我们不要打扰姑娘歇息了。"

胡吉在小蝶之后走出屋子，他替我关门时，宽慰我："姑娘，进了皇宫都会身不由己，我们比不过皇后的力量和手腕，但是我们可以守住自己的心。等主子凯旋归来，我们一定会苦尽甘来的。"

"谢谢你，胡吉。"我感激地看着胡吉。小蝶想法单纯，还好胡吉能明白这宫里的弯弯绕绕。

阿娘长时间见不到景元，开始闹了起来，每天醒来的第一件事情就是去找景元。我告诉阿娘，景元去征战了。阿娘一听就哭了起来，抱着自己的头："死人，打仗会死人。"

"没事，阿娘，我们要相信景元，他答应过我会活着回来娶我。"

阿娘抬起头，天真地看着我："真的吗？"她哭丧的脸上重新浮现笑意，拍手跺脚，"嘿嘿嘿，景元是我的女婿。"

过了一段时日，盛宁荣来找我，这是她成亲后第一次主动找我，是为了告诉我有关景元的消息。

从她那里，我知道景元已率领军队抵达了边关，并且已开始了与敌军的对抗，取得第一仗的胜利。

盛宁荣能告诉我这些，我既惊讶又感激，现在这个宫里面，只有她肯告诉我有关景元的消息。

"感激我？"她讥笑一声，"那倒不必，我并不是真心实意地想与你走近。只是我与你有着共同的目标，那就是想让三殿下凯旋，你们成亲之后远走高飞，再也不要回来了。"

她冰冷的目光落在我的眼里。这么一个天之骄女，不会随随便便对谁推心置腹，她所做的一切都有她自己的考量，都是为了夺取自己的利益。

我微微垂眸，对她的所作所为了然于心："是因为太子殿下吗？"

"对。"她斩钉截铁，"你在宫里一天，景骞就会觊觎你一天，所以我比任何人都希望你能尽快与三殿下成亲。"

"太子妃，您多虑了。太子殿下是雄韬伟略之人，他走的每一步路都是精打细算过的，我对太子殿下毫无帮助，他不会对我产生任何感情，请太子妃不要多想。"

梁景骞在我面前看似一肚子的花花肠子，但他到底是有城府之人，头脑清楚，善于计谋，不会为了不相干的人做出一丁点儿有损自己的事来。他未来即便要纳侧妃,也只会纳出身名门望族的女儿。

"哼。"盛宁荣从座椅上起身,居高临下地看着我,"那是因为你根本不懂他。他是野心勃勃,正因这样,他才想得到一切他想要得到的。即使你对他取得那至高无上的位置毫无帮助,只要他想,只要你一天还没和三殿下完婚,就都有可能。"

"可是就算如此,你为何偏偏执着于我的来去?就算没有我,太子以后也会纳其他的女子。"

"因为……"盛宁荣双手扶在我的椅把手上,弯腰贴近我,我们近在咫尺,她左右打量我的脸,"你不一样。"

随着一声叹息,她起身整了整衣摆,又恢复了桀骜的贵气之态:"你若真能帮助他,他纳你还情有可原,但你偏偏对他没有任何帮助,而且你还是他未来的弟媳,纵然如此他还是对你有想法,这才可怕。他未来是帝王,帝王的真心我都没有得到,凭什么让别人得到?"

我打了个冷战,透心凉,这造的是什么冤孽?

我本来还在无限惆怅,突然灵机一动,或许盛宁荣能够助我出宫。

我心中燃起希望,顿时来了精神,走到盛宁荣身旁:"你既担心,不如放我出宫吧。我带着阿娘他们回到雅宅……不,直接离开都城。"

盛宁荣回头,微微眯起眼睛,看着我空空如也的手腕,转了转她自己手腕上的玉镯,毫不客气地泼我一头冷水:"呵,痴心妄想。三殿下走后你为何还留在宫里,你我心知肚明。我是担心景骞对你有想法,但孰轻孰重,我还是分得清。我是太子妃,是太子的贤内助,一切都要以景骞为先。我也敬重三殿下是位人才,有勇有谋,在当质子的这么多年里忍辱负重，为大梁立下了汗马功劳。所以最可喜的结果就是三殿下凯旋，交还兵权，与你一走了之。"

盛宁荣的话像一根刺横在我的心间，之前我要听从皇后的话，现在还要时刻提防着梁景骞，真是前有狼后有虎。

好在景元英勇，不负众望，之后一段时间里盛宁荣带来的消息说景元连连击溃敌军，收缴数箱兵器，不日就可彻底攻破还在负隅顽抗的敌军，旗开得胜。

听到这个消息，我比先前六皇叔说要带我一起去汝南时还要开心，好消息传来就说明景元是平安的。然而，我却忽略了一件事，身在帝王家，向来能力越大就越不能独善其身，会更身不由己，惹来眼红。

我总是把帝王家想得太简单，这也是我的错，一步错，步步错。我以为我不是个蠢人，可论玩弄人心，论谋划，我和景元终归输给了把利益当成全部的帝王家。

一天夜深人静，我睡了一阵子，翻过身突然觉得背后有东西，迷迷糊糊中，我用手去摸，手却被人抓住。这下，我脑袋轰地炸开，瞬间惊醒，不受控地直接从床上坐起。

惊恐万分之际，我差点要叫"刺客"，却不想嘴巴被那人堵上。

我凝神借着月光看清楚了那人的脸，是梁景骞。

这比刺客更让我恐惧，他一身的酒气，我吓得与他相反的方向挪去，直到贴着墙壁，退无可退。

"你怕我？"梁景骞见状，不可置信。

废话,不怕才是见鬼了。我一直防备地看着他,心里已经盘算了几种逃脱的方法:"你怎么进来的?"我看向门窗,窗户是完好关闭着的,门则是虚掩着的,可明明睡前被我从内插上了门栓。

"不用看了。"他掏出袖中的匕首,"撬门进来的。"

我皱眉,不可思议地瞧着他:"你是太子,你怎么能……"

"怎么能撬门呢?我还就告诉你,我不仅撬了门,还是翻墙进来的。"他把匕首往地上一扔,发出的声音让我一惊,他又自嘲地笑着,"太子怎么了?太子也有无奈的事情,太子不也处处受皇上的限制?"

合着这是在皇上那里受到了委屈。

对于皇上和太子内部的问题,我不好说什么,唯有保持沉默。

他见我不搭腔,又道:"你猜父皇准备等三弟这次凯旋后,让他做什么?"

"做什么?"

难不成又派了活儿?这样我和景元什么时候才能在一起?

"让他接手这支军队,封他为镇关大将军,你作为镇关将军夫人陪他生活在边关。"

乍一听,这对于景元来说是个不错的选择,对我来说也还不错,好歹让我们在一起了。可兵权是梁景骞最看中的东西之一,他绝对不可能眼睁睁看着属于自己的兵权落到旁人手中。

人在生气时会控制不住自己的所作所为,我胆战心惊,尽量稳住他的情绪:"你放心,景元是不会接下兵权的,他和我已经约定好要一起走遍大江南北,不会当什么将军的。您才是未来的帝王、未来的主宰者，一切都是您的。"

月光西移，屋内渐渐暗了下来，梁景骞整个人埋在阴影中，眼神阴冷，咄咄逼人，与往日都不同，这是我从来没见过的一面。

他低沉的嗓音在屋内回荡："他是不想接，可是父皇的命令谁能反抗得了？都说人心最难测，我才是太子，父皇不把兵权交给我，反倒给了梁景元，他到底有没有把我当太子看待？父皇这一生总是猜忌这个，猜忌那个，如今连我都被算计其中。"

我自知梁景骞咽不下这口气，可是谁让他做了令皇上忌惮的事。如今朝堂上一大半都是太子的人，这怎能让皇上不猜忌？

见我不接话，梁景骞冷呵一声。这是我第一次从他眼里看到悲凉，身在帝王之家，贵为太子，却仍被皇上猜忌提防的悲哀。

此刻，他颓废极了，喃喃道："直到今天我才看清父皇的打算，他压根儿没想放梁景元走，想一直用梁景元来同我制衡。从梁景元入宫复命开始，父皇就在算计，算计了我，也算计了梁景元。父皇先是装成年老体衰的样子，使用苦肉计让梁景元主动请缨接下审查冤案一事，接着再派他去招兵买马，实际是为了让他以后为戍守边关时招兵做准备，同时也是考验他会不会趁机豢养私兵。梁景元出色地完成了这个任务，也表明了他没有夺权的野心，获得了父皇的信任。父皇再利用我一心想让梁景元替我铲除夷亲王这个后顾之忧的想法，便顺水推舟派他去调查夷亲王，但凡他能办好这个案子，那么他的威望就建立起来了，以后去戍守边关也能服众。"

听了这番话，我有些凌乱，震惊之余努力保持镇静，复盘这几个月以来发生的事情。梁景元和梁景骞都是嫡出,且梁景元能力出众,没有野心,用他来制衡梁景骞是最合适的人选,所以皇上步步布局,委派给景元任务。

"可是……皇上他怎么就算准了邻国会突然发难,正好让景元领兵呢?"

"因为梁景元已经建立起威望,不管有没有这场战争,父皇都会下令让你们完婚,再派他去戍守边关。这场战争的到来只能说是天助父皇,让他更加名正言顺地指派梁景元了。朝堂之上,父皇说得好听,说我是太子,上前线太危险。表面上是为了我的安全着想,实际上父皇就是在猜忌我。"

"你怎么知道这一切都是皇上的计谋?要是万一你猜错了呢?"我抱有一线希望地问。

梁景骞冷笑,不说话。

我后知后觉,想通之后更觉得帝王之家如此可笑。

朝堂上有一半的人是梁景骞的,只要皇上透露出只言片语就会传到梁景骞的耳朵里,把这些时日发生的事情串联在一起,就不难发现皇上的心思。

父子相互提防,帝王之家怎能不可笑呢?

"今日你与我说了这么多话,你就不怕我告诉皇上?"既然梁景骞和我说这些,他就应该想到了这一点,我猜他有十足的把握让我无法把这些话传递到皇上的耳朵里。

果然,梁景骞胸有成竹:"你猜你有这个机会吗?"

是的，以梁景骞的能力和计谋，我没有这个机会了，而且告诉皇上这件事，对我没有好处。

我沉默了一会儿，梁景骞仍然没有想走的迹象。

我以为他要一个态度，于是说："就算这样，您也还是未来的皇帝，您登基之后，景元主动请辞，所有的东西都是您的，也是一样的，只是时间早晚。"

"不一样！"他握紧了拳头，"怎么能一样？我才是天之骄子，梁景元算什么东西，凭什么他越是不在乎的东西，却能不费吹灰之力地获得？之前坊间流传着他响当当的名号，都以他为大梁的英雄。可是我也不差，这一桩桩一件件，不都是我负责出谋划策做善后？然而百姓只认他为英雄。还有你……"他停顿了下，"你本来就是我的，是我先求娶的你。只是那时你不愿意，我也不想强人所难，总想着来日方长，灭了沈国之后，你就是我的，可是凭什么又被梁景元抢了去？"

说罢，他一把拽下我紧紧拉扯在面前的被子。

我惊呼一声，推开梁景骞往床下跑去，连鞋都顾不得穿，拾起他扔在地上的匕首，指着他，吓得花容失色："你要做什么？我和景元是两情相悦。再说景元在沈国时是寄人篱下，过的是质子的生活，他的忍辱负重、他的受苦受难，你怎么不提？"

梁景骞步步紧逼，用手指点了点心脏的位置，如疯魔了一般："往这儿捅，捅深了的话会一刀毙命，到时你给我陪葬也不错。"

我慢慢退后，退到门口，一只手摸到了门把手："站住，你别过来。"

他果真停下，看着已经被我开了条缝的门，丝毫不慌乱："你尽管跑出去求救，明日你我孤男寡女在深更半夜共处一室之事就会传遍整个皇宫，我再添油加醋一番，你以为到时父皇还会让你嫁给景元吗？"

"你这招真狠毒。既然如此，那就先杀了你，我再杀了我自己。"

"就凭你？你以为你能杀得了我？"梁景骞双手抱臂，波澜不惊，"你放心，我这人最不爱强人所难，留着你还有用，不到最后谁也不知道你会属于谁，让我们拭目以待。"

梁景骞走时看了一眼我手中的匕首，毫不在意地道："匕首送你，但我要你知道，你的命是和你阿娘的命连在一起的，你死，你阿娘也得死。"

他走后，我瘫坐在地上，一夜无眠。

这种屈辱，我只能憋在心里，无从发泄。我死死咬着自己的胳膊，好似肉体上的痛才能缓解心上的痛。

天知道我上辈子是何杀人越货的强盗，才换来这辈子这般的苦楚。

这日子仿佛真的没有指望了。

我开始失眠，每在夜深人静时，我都会拿着匕首在卧室内的柱子上一笔一笔刻下"恨"字。无论小蝶怎么逗趣，我都开心不起来，她不知道我为何会一夜之间变成这样。可是为了不让阿娘担心，我又必须强颜欢笑。

盛宁荣还是常来，只要一有景元的消息她就会来告知我，眼瞅着胜利在望，我却等来了景元通敌的消息。

原是副将虏获了敌军的信兵，在收缴的信件中发现景元写给敌军将领的叛国亲笔信。信上说景元在军中建立威望后，将士们就会对景元言听计从，他再以庆祝胜利为由在将士的饭菜中投毒，随后放敌军进入营地，帮助敌军一举歼灭我军。

那信随着消息一起传到了皇上那里，皇上确认信件的字迹正是景元的，于是大发雷霆，当即传令要撤销他的兵权，把他拿下，押回都城，若是拒捕，就格杀勿论。

得此消息，我内心犹如天崩地裂，两眼发黑，腿发软，是小蝶扶住了我才没让我倒下去。

我抓住盛宁荣的衣袖，直摇头："不会的，景元他一定不会做出通敌这等事来，一定是敌军陷害他。字迹可以模仿，一定是敌军找人模仿了他的字迹，就是想置景元于死地。皇上谋划一生，不该不知道这个道理。"

盛宁荣闭眼微叹，再睁开眼后，又换上了冰冷之态："皇上如何定夺，不是你我能够揣测的。劝姑娘以后说话小心些，既然皇上要把三殿下押回来，说明皇上是想亲自审问，查明真相，还是有脱解的希望，姑娘安心静候消息便可。"

盛宁荣说得没错，皇上之所以要把景元押回来，自然是不相信他会做出这种大逆不道的事情。我现在要让自己保持高度的清醒，不能做出任何冲动之事。我要等景元回来，得到更多的相关消息之后，找出破绽，去面见皇上，还景元的清白。

在这段时间里，小蝶和胡吉也跟着着急，茶饭不思。眼下我们几个被囚禁在宫内，还有皇后的人时刻监视着，胡吉没有办法联系到知苏，只有等。这种被动的局面，让我陷入无限焦虑中，时常不受控制地哭泣。阿娘仿佛感受到了我们情绪的萎靡，每日也不再闹腾，睡醒之后就安静地陪在我们身边。

现在我满脑子都是景元，对其他的任何事情都提不起丝毫兴趣，甚至连小蝶讲起浣衣局的人说我的衣服被扯丝就直接处理了这事也没有在意，只淡淡地"哦"了一声。

不久之后，盛宁荣找来了，我知道她又有景元的最新消息，管她对我是否真心假意，我见她倒是十分热情。

这次她与我见面不似之前的淡漠，而是让我叫小蝶把阿娘带下去。等房间只剩我们两个之后，她才一脸愁容，眼神躲闪地说道："在告诉你这个消息前，你要有个心理准备。"

她这话一出，我的大脑已然不受控制地眩晕了，往往让做心理准备的准没好事。

我手臂撑在桌沿上，深呼了一口气："好，你说。"

"三殿下拒捕，不仅打伤了押送将领，还潜逃了，现下落不明。知苏为了保护他，助他逃脱，在断后时被乱箭射死。"

我蹙眉，心被重重一击，一口气就要喘不上来了，景元这么做就等于坐实了勾结敌军的罪名。我捏着自己的衣领："怎么会？他怎么会拒捕？他不会糊涂如此的，他一定是有什么难言之隐。还有知苏，他怎么就……知苏的尸首呢？"

"知苏的尸首已经运回来了,不过被皇上当作乱臣贼子处理,扔在了乱葬岗。"盛宁荣过来安抚我,轻轻拍着我的背。

我眼泪纵横,视线一片模糊,大口喘着气,嗓子生疼:"乱葬岗不该是知苏的去处。太子妃,我求您,能不能让我去为知苏送行,把他葬在雅宅附近,为他立个碑?"

盛宁荣迟疑:"这……"

我扑通跪了下去,盛宁荣连忙扶我,犹豫了片刻:"好,我答应你。知苏是个忠诚的奴才,就冲这一点也该善终。我会派人把知苏埋在雅宅附近,立个墓碑。不过你不能出宫,这个我也帮不了你。等日后有机会出宫了,你再去扫墓。"

事到如今,只能如此。

"太子妃,我还有一事相求。我想面见皇上,景元这事一定有内情,不然他定不会……"

我话还没说完,盛宁荣就松开了我的手,瞬间变了一副样子:"不行。别说是见皇上了,你现在连留芳阁的门都出不了。"

见我愣住,她说道:"皇后刚刚下令,三殿下这件事没查清楚之前,你们要被禁足在留芳阁。"

我歪头,都这种时候了,皇后想的不是如何救景元,而是先把我禁足:"那我去见皇后,好歹景元也是从她身上掉下来的肉。"

盛宁荣叹气,对我的犯傻无可奈何:"省省吧,皇后是不会见你的,我今天还是来替皇后娘娘传话的。皇后让我告诉你,你休想用任何法子引起皇上的注意,也休要妄想离开留芳阁一步,除非你不要你的阿娘了。"

他们就知道用阿娘来拿捏我，我无力地瘫坐在椅子上，仰面长笑，魔怔一般，心里头的所有怨恨已经积累到极点。

我已经记不清我是如何把知苏的死讯和景元拒捕的消息告诉小蝶和胡吉的，只记得他们听完后掩面痛哭，连同我好不容易止住的眼泪又决了堤。

我已经不知道该如何是好了，人为刀俎我为鱼肉，他们这里的人竟一个比一个会算计。也对，如果不懂算计，又怎能忍辱负重灭掉沈国呢？

这里没人肯帮我，我还被时刻监视着，比下了狱还难。我只能仅凭着对景元的信任，强撑一口气，等待景元回来，等到水落石出的那一天。

第二日，日上三竿了，阿娘还没从房里出来。小蝶喊过几次门，都无人回应，而且门竟然被阿娘从内反锁上了。

这种情况是第一次见，我左眼皮一直跳，越来越坐立难安。

我亲自去敲门："阿娘，再不起来太阳就要晒屁股了，今天是个大晴天，我们把被子晒一晒吧，夜里睡觉暖和。"

阿娘仍没有回应我，我急切拍门，用力推门。胡吉在得到我的允许后破门而入，结果眼前的一幕让我们措手不及。

"阿娘！"

我发了疯一样向屋内奔去，抱住阿娘悬在半空的腿。小蝶和胡吉迅速过来帮我一起把阿娘从梁上的白绫中放下。可是一切都晚了，阿娘的身体早就僵硬发凉，无论我怎么哭喊，阿娘都无动于衷。

我抚摸着阿娘的脸颊，看着她慈祥的面庞，怎么也不能相信我的阿娘就这样永远离开了我。

我坐在阿娘的身边，陪她说话，企图将她唤醒，可是阿娘再也不会醒来了，我再也没有阿娘了。

好端端的，阿娘怎么会自尽？

我怀疑到太子的头上，因为这个宫里太子可以来去自如，杀了我阿娘轻而易举。但他不会害我阿娘，他还要留着我阿娘来威胁我。

"小蝶，胡吉，你们仔细想想昨天阿娘有什么不对劲的地方吗？"悲痛之余，我回忆起近几天阿娘的行为。

胡吉仔细回忆了一番，摇头："没有啊。昨天夫人一切正常，和平时一样。"

小蝶也回想了一阵："很正常，夫人昨天一天就是按平时的习惯睡觉吃饭，没有什么不同。"

"再仔细想想，任何细节都不能放过。"

"有一件不知是不是不寻常的地方。"小蝶泪眼婆娑，边抹泪边说，"昨天太子妃让我们下去后，我就带着夫人回卧室，夫人说想喝雪梨汤，我去小厨房做，等煮上锅，我出来寻夫人时，却发现夫人跑到了前院，在厅堂外徘徊，见我来找还给我做了一个嘘声动作，悄悄地跟着我回了卧室。"

"所以阿娘听到我和太子妃的谈话了？"我浑身颤抖，心里已经知晓了答案。

阿娘听到太子妃要用她来威胁我,不忍看到我受牵制,可是阿娘力量薄弱,她只能以死从源头斩断他们对我的威胁。

阿娘虽疯,但她一直都记得我是她的女儿,是她最珍重的人,所以她选择结束自己的生命,她以为这样做就能帮到我。一位母亲用尽了生命来爱我。

阿娘自缢身亡的事情很快传到了皇后和太子那里,皇后没有来看我,而是让嬷嬷询问我把阿娘葬在哪里。

我抱着阿娘不肯撒手,痛恨这里的每一个人,他们都是罪魁祸首。

太子来看我时,我已经哭晕了好几回。胡吉因为仇视太子,几次要和太子动手,却寡不敌众,被太子的手下擒住,锁在了偏房。

我一天几乎滴水未进,不想同他们任何一个人说话,眼睛红肿,神情呆滞,如同行尸走肉,只有眼泪不停往外涌。

梁景骞出奇地有耐心,我不理他,他也不生气,就在我房内陪着我,我哭我的,他忙他的。

我们一直僵持到了晚上,他的耐心终于被我消磨完,商量道:"老夫人的丧礼就在留芳阁内简办,但是遗体总不能留在宫内,不如丧礼过后就葬在雅宅附近,我允你出宫送你阿娘最后一程。"

我终于有了反应,在绝望中振作:"好。"这是梁景骞做出的最大让步,我若贪心不足,或许阿娘连一场丧礼都没有。

阿娘的丧礼也极为简单,只有我、小蝶和胡吉身穿孝服守着,盛宁荣和梁景骞来拜祭过一次,便再无他人来过。

我为阿娘守灵了三日,到第四日,天未亮太子就把我们送出了宫。因为胡吉会武功,太子不放心,便将他留在了宫内,只允许小蝶陪我出来。外加太子和他的随从,一共十五人。

到了雅宅后山,我看到了知苏孤零零的坟墓。盛宁荣没有骗我,她真的把知苏从乱葬岗拉了回来,并立了碑。

太子也看到了这座新坟,喃喃读着碑上的字:"知苏之墓。"而后对我说,"如果我没记错的话,知苏是乱臣贼子,被扔在了乱葬岗,他又怎会有一座坟墓?这可不行,不如将他的尸骨挖出来,暴尸荒野?"

我抱着阿娘的灵牌,身形一顿,愤恨地盯着他,咬牙切齿地低吼:"你敢。"

"我有什么不敢?你当真以为我不知道盛宁荣做的这件事吗?宫里宫外都有我的眼线,她做什么都瞒不过我,如果不是我放任不管,睁一只眼闭一只眼,她能那么顺利地为知苏立碑?"

"这么说,我还要谢谢你了?"

"那倒不必,我可不是向你邀功。"梁景骞慵懒地伸了一个懒腰,语重心长地问我,"你可曾后悔跟随梁景元来到大梁?"

我张了张嘴,一个"悔"字堵在心口,可怎么也说不出来。怎么可能不后悔?如果我没有来到梁国,或许就没有这么多糟心事。但这些不是景元的错,错的是皇后和梁景骞这种自私自利的人。我恨不能扒他们的皮,喝他们的血,甚至想趁现在与梁景骞同归于尽好了。可我根本不是他的对手,只怕还会赔上小蝶,也无法碰到他的一根头发丝。况且胡吉还留在宫中,是他们用来牵制我的。

我默默忍下所有,仰望着天空,可眼泪还是忍不住从眼角滚落。冷静了半天,我带着前所未有的恨意,盯着梁景骞道:"你和皇后把我留在宫中以为可以用我来牵制住景元,他才会听你们的差遣,一次又一次地去完成你们强加给他的任务。殊不知……"我冷笑一声,擦干了泪水,不屑地看着眼前可笑之人,"殊不知你们也是他在乎的人,一位是他的父亲,一位是他的母亲,一位是他的兄长。他会因为皇后给他夹菜而开心半天,会因为皇上说他是好儿子而手舞足蹈,他在乎你们,所以才会心甘情愿、毫无怨言地去完成这些没完没了的任务。"

我不知从哪里来的勇气,一步一步逼得梁景骞后退。把他逼退到了一棵树前,我停住了脚步,忽然叹息:"可笑啊,可笑你们还自以为是,以为找到拿捏了他的办法。我又有些庆幸,庆幸景元没有在梁国皇宫内长大,否则在你们的影响下,说不定他会变得和你一样冷血,置亲情于不顾,只会满腹算计。"

说完,我犹如出了一口恶气,心中一阵痛快,看着梁景骞震惊的表情,像是打了一场翻身仗。

我知道,梁景元那样好的人,无论身处在什么环境中,他都是有情有义、有血有肉的,他和梁景骞根本就是两路人。

梁景骞身边的护卫抽刀横在我的面前,呵斥道:"放肆。"

我无动于衷,甚至想把脖子伸过去。我用手指着自己的脖颈:"有本事往这儿砍。"

护卫本来就是想吓唬我,但我并不害怕,反而有些兴奋,仿佛下一刻会主动冲上来挨刀子。我麻木且无所畏惧的目光看得护卫一震，护卫没了主意。

这时，梁景骞摆手，让护卫下去。

他神情恢复如初，一如既往的狡诈之相，哈哈大笑，我刚才的那席话对他来说不仅是废话，还是笑话。

"帝王之家，成王败寇，心软者注定成不了气候。要想强，就要斩断所有的软肋，铁石心肠才能不受牵制，才能头脑清醒，才不会昏庸无道，所做皆能成大事。不然面对虎视眈眈的敌军，梁国如何能一直屹立不倒，还能使百姓安居？三公主，到底是妇人之见了。"

这声"三公主"极其讽刺，我知道梁景骞没救了，弱肉强食是他的生存之道，我同他说话就是对牛弹琴，干脆不再理他。

土坑已经挖好，他们把阿娘的棺椁埋进土坑，立好了碑。我和小蝶跪在碑前为阿娘烧纸，旁边就是知苏的墓，我们也为知苏烧了纸钱。

今日格外寒冷，我浑身上下已经快要冻僵，唯有烧纸的这堆火源能温暖我。

火尽，我的身心再次凉了。冷风一吹，灰烬铺天盖地飞向天际，这一刻，阿娘和知苏获得了永远的自由，他们再也不用被苦难折磨。

因受了风寒，我回到宫里就大病一场。病中的日子里，我想了许多事情，阿娘已经走了，他们还会用小蝶和胡吉来威胁我，而景元又下落不明，这样被人威胁的日子不知还要过多久。为了小蝶和胡吉，我决定主动出击。

我要见皇后，可是嬷嬷把我盯得紧，可谓是寸步不离，更不会让我踏出留芳阁半步。

有一次，我把匕首架在了嬷嬷的脖子上，出乎我意料的是，嬷嬷看到匕首并不害怕，眼睛都未眨一下，只慢悠悠问道："姑娘这是做什么？"

"做什么你心知肚明，放我出去。"我使了劲儿，刀刃划破了嬷嬷的肌肤，渗出血。

嬷嬷却笑了，仍然慢条斯理地说："姑娘，老奴不怕死。若是杀人可以解姑娘的闷儿，尽管杀了老奴便是，一个不够杀，我再禀了皇后，多给姑娘找几个人来取乐。可是姑娘您杀了我们也出不去，劝姑娘还是别白费力气了。"

是啊，嬷嬷说得对，我自从被皇后"请"到皇宫里来，就注定不能轻易出去了。这里的人都不怕死，他们认定了主子之后，便是豁出性命也要忠主。

正是在这样的环境里，我才无计可施。

我本意也不是杀人，我有自己的计划，便把匕首扔在了地上，退而求其次，让她去把太子找来。

太子见到我时，有些吃惊："这还是你第一次主动找我，让我有些受宠若惊。"

"我找你来，是想求你一件事。"我把自己的姿态放得很低，低到了尘埃里。

"你求我？"梁景骞两眼放光，"这还是你第一次求我，所为何事?"

"我知道宫里宫外都是你的人,你拿捏我就像捏死一只蚂蚁那么容易。我的人我的心已经被困在宫里了,但是小蝶和胡吉他们不该陪我这么困下去。我想请殿下放他们一马,送他们出宫,让他们在宫外自由地活着,我只要他们好好活下去。"

梁景骞犹豫了,因为阿娘一死,能用来威胁我的就剩小蝶和胡吉了。

"把你们留在宫里是母后的意思,我不能……"

不出我所料,他不会轻易答应。我打断他,孤注一掷:"如果可以,我愿意用自己作为交换。"

"你说什么?"梁景骞不敢置信,"你可知道我怎样理解你这话?"

我面无表情,心如死灰地点头:"知道,我愿嫁给你来换取他们的自由。"

"此话当真?"

"当真!"

"好。"梁景骞大笑,"功夫不负有心人,终于被我给等到了。我答应你,把他们送出宫,让他们自由自在好好活着。不过……"他话锋一转,"我虽把他们送出宫去,但为了你的安全着想,我必须派人在暗处盯着他们,为了他们,你在宫里也要好好活下去。"

果然是精明的太子殿下,算计得真够全面。

我点头:"好,没问题。"

我与梁景骞就这么达成了交易。

小蝶和胡吉得知消息时，满脸不可思议。小蝶更是止不住流泪："小姐，你不要我们了吗？我不走，要走也要一起走。"

我为小蝶抹去眼泪："傻丫头，有什么好哭的？你应该感到高兴才是。你不是特别向往戏文中的水乡之地嘛，现在终于有个机会，你怎么又临阵脱逃了？"

"我是向往，可那是和小姐一起。"

我摇头："没有我。你是独立的个体，怎能事事拉着我一起？你和胡吉一起是个伴儿，也不至于被骗，有胡吉在，我放心，你们出宫以后就再也别回来了。"

小蝶还是不愿，她这股倔气，我只能用极端的方法赶走她。我厉声责备："胡闹！你们不走，难道是想让我被人威胁一辈子吗？你们在，只会是我的拖累，只有走了，我才能在这宫中随心生活，不用束手束脚。"

小蝶被我的样子吓到，顿时停止了哭泣，看着我："小姐……"

我不理她，生怕看到她这般小模样会心有不忍。我让小蝶退了下去，独留下胡吉，做临别时的交代。好在胡吉懂我的良苦用心，他说会以兄长的身份好好照顾小蝶，为小蝶寻良婿，陪在小蝶身边，不让她被任何人欺负。

当然，最重要的一件事情就是摆脱梁景骞的监视，隐姓埋名。

我一点拨，胡吉就明白了，他不敢百分之百地向我保证能摆脱梁景骞的监视，但他会在保证安全的前提下竭尽所能。

梁景骞的办事速度是极快的，他按照我的意思，连夜把小蝶和胡吉送出宫，只十天的时间就送到了水乡之地，并且在那里为他们买了一套宅子，给足了银两，确保一生衣食无忧。

我和太子的关系是见不得光的，他没有着急对外宣称要纳我的消息，也不着急碰我，他要等到继承大统后纳我入后宫。可这件事还是被盛宁荣知晓了，比我想象中的要慢。

她来找我兴师问罪时，我已经恭候多时了。

"你不是说对太子并无想法吗？如今也按捺不住寂寞了？"

我看得出她非常气恼，漫不经心地说道："是啊，反正景元也没有消息了，我最起码要先自保，找个靠山。"

我将梁景骞一早送来的梅花插在瓶子里，故意挑衅她："看，太子殿下送来的，他现在每天都会差人往留芳阁送梅花，还会赏我首饰，就连宫人们对我说话都客客气气的。早知道有这种待遇，我还不如就早从了他，也免受那么多痛苦。"

"你！"盛宁荣气结，"你算什么东西？我原以为你是有多爱三殿下，没想到也是这种无耻的小人。"

"无耻？"我把手中的梅花一把扔在桌几上，"比起能让小蝶他们出宫，这点无耻又算得了什么呢？请问太子妃，您能让小蝶他们安然出宫吗？"

盛宁荣一时语塞："你这是在为难我，这宫里宫外都是他的线人，恐怕连宫门都没出就会被发现。"

我冷笑："所以您又有什么资格说我无耻？放心，看在您以前帮过我的分上，到时我不会和您争宠。您仍是太子妃，是皇后，而我……"

我挑眉，得意地看着盛宁荣，"殿下说，未来怕我受欺负，要封我为贵妃，如果有人胆敢找我不痛快，他就为我做主。"

"你胡说！"盛宁荣气得直跺脚，"殿下他不会的，贵妃是何等的位分，就你的身份，不配！"

"不配？"我低笑，"不信你去问殿下，问他是不是允诺过我。你也知道，殿下一般允诺的事情就不会食言了。他还说元宵之后，就在我这里留夜。"

我直勾勾地盯着盛宁荣，这是一场博弈，一场心理战，梁景骞自然是没有说过这些话，我的目的就是要把盛宁荣逼急了。

她看着我有恃无恐的样子，并没有像个疯子那样砸烂任何东西，而是气到颤抖，过了片刻，又恢复她高傲的样子。

"你以为你得到了这些，你就赢了？实话告诉你吧，梁景元早在半个月前就被捕了。"盛宁荣看到我脸上出现了慌乱，一阵痛快，继续说道，"你知道他是怎么被捕的吗？原本三殿下是有机会突破围剿的，可是当他们展示了一件带血的衣服后，三殿下就扔下了武器，乖乖就擒了。你知道那件衣服是谁的吗？是你的。先前浣衣局的人谎称你的衣服扯丝了，按照规矩处理了，其实是被用来引诱三殿下上当的，那上面的血是鸡血。想想三殿下有勇有谋，即使认出衣服，但没见到人，就不该被这种小把戏诓骗，可是偏偏那件衣服是你的，三殿下不愿拿你冒险。可如今，你却要对谋害他的人投怀送抱，真是可笑！"

我在盛宁荣一口一个可怜的感叹中抽干了所有力气，宛如有一把蘸了辣椒水的锯齿在一寸一寸切割我的心。

从景元拒捕逃脱到如今这些日子过去了,依太子的计谋,他不可能毫无景元的消息。而原本肯为我传达消息的太子妃也好久都没来了,那便只有一个可能,就是梁景骞的授意,对我封锁住有关景元的一切消息。我只能出此下策,故意激怒盛宁荣,她才会被情绪左右,透露出景元的消息。

我本是抱着试一试的想法,没想到真的试出了景元的下落,可知道真相的我却生不如死。

盛宁荣出了口恶气,等气顺之后才追悔莫及。可眼下她的骄傲不允许在我面前示弱,她在某些方面同梁景骞一样自负。

"你知道如今等着三殿下的是什么吗?"见我摇头,她缓缓说道,"是箭杀,于元宵后箭杀。"

她一字一句说得如此决绝,而我无论如何都不敢相信,这件事情的始终还没有弄清楚,怎么就治罪了?

外面的雪下得更大了,寒风无情地呼啸着,吹开了虚掩着的门。盛宁荣看了看天际,不知道在想些什么,重新把门关好后,破釜沉舟一般盯着我:"事到如今,我也不打算瞒你了。景骞拿你为胁迫,也就是你和三殿下之间只能活一个为胁迫,使三殿下签下了认罪书,揽下了所有强加在他头上的罪名。"

我的脑袋一时转不过弯来:"你是太子妃,太子殿下做出的这种事情你能告诉我?"

盛宁荣闻着花瓶中的梅花,她从来没有得到过梁景骞送的花,所以我又凭什么毫不费力就拥有她没有的东西?她自有她的打算。

"不重要了,重要的是我要你恨景骞,恨到不能嫁给他。再说这件事你迟早会知道真相,不如是从我这里知道的,或许你还能记我个好。你会承我这份情吗?"

"会。"我回答得干脆。自小生活的环境让我会惦念着别人对我的一丁点好,虽然我知道盛宁荣告诉我这些有她自己的考量,但对我来说,这些真相是我所需要的,我就会承她的情。

她在炭炉上热了一壶茶,布了一盘棋与我对弈,开始讲述一个惊天密谋,原来这一切都是梁景骞布下的完美的局。

梁景骞本就对皇上把部分兵权交给了梁景元而耿耿于怀,在得知皇上有意让梁景元当镇关大将军后,更是心生忌妒怨恨。

纵观古今,历史上有不少因为皇上为平衡制约,委以太子以外的皇子重任,最后在皇上归天后,皇子企图起兵谋反的事例。梁景骞的性子随了皇上,多疑猜忌,他绝不允许这种让他陷入困境的事情发生,所以他就开始了布局。

边关的副将是梁景骞的人,副将从抓来的敌军俘虏那里得知,盟国反叛的原因是受了一个名叫宋文的原沈国官员的挑拨。而这个宋文之所以会记恨梁国,完全是因为梁景元,他只想亲自斩杀梁景元为其妹妹报仇。

梁景骞派人联络上了宋文,才知道因为梁景元欺骗其妹妹的感情在先,害得她没脸见人抑郁寡欢,最后无疾而终。他疼惜妹妹,把过错都算在了梁景元的头上,发誓要为妹妹报仇雪恨。

得知宋文有着和自己同样的目标,梁景骞和宋文结为同盟。于是宋文作为中间人与敌国献策,通过梁景骞提供的梁景元的笔迹,仿造了一封梁景元通敌的书信,再让信兵故意落入副将之手,这就有了梁景元产生异心的开端。之后,皇上派人将梁景元押回都城的路上并不安宁,因为梁景骞让他们在返回都城的路上险境不断,做足了戏份,为的就是让梁景元相信有人要对他动手,让他不能活着回到都城。梁景元为了自保,肯定会选择拒捕而逃。

梁景元这么一逃,正中梁景骞的下怀,朝中他的人更有理由参梁景元一本,坐实通敌之罪。梁景骞派人一路追捕,算准了梁景元会偷偷逃回都城悄悄面见皇上,于是他在半路设伏,可是梁景元哪肯乖乖就擒。紧急关头,梁景骞的人把我的血衣拿出来,这才活捉了梁景元。

怕梁景元不乖乖认罪,梁景骞不仅以我作为威胁,还带着他去了雅宅后山。看到了我阿娘和知苏的坟墓,梁景元意识到梁景骞动了真格,想置他于死地。

原来从一开始他就落入了亲兄长的圈套,他的兄长如此想让他死,亲娘也不帮他。他又做错了什么?他明明为梁国做了那么多事情。

心凉之余,他为了我的安全,心甘情愿地在认罪书上签字画押。

就算梁景元没有签字画押,梁景骞也不怕,因为此次他志在必得,不会再让梁景元活着走出牢狱。

而宋文,梁景骞利用他的情报,联合盛家人在边关的势力彻底击退敌国之后,他就没有了利用价值,已被梁景骞派人暗杀。

茶尽,这盘棋局也要落下帷幕。

我只觉得这个局压抑得让人透不过气来,深深的绝望席卷而来,像溺水的人一样，无论怎么拼命呼救，回应的只有将自己淹没的江水。

看着棋盘上的最后一步棋，已无路可退，我问："你把这天大的秘密告诉我，还是有关太子谋害手足的秘密，想来你已经堵上了我所有的退路，不会让我有机会找到皇上告密了吧？"

盛宁荣笑靥如花："当然。姑娘真是聪明，难怪两位殿下都倾心于你。"

"你这样做，是让我恨透了太子。你就不怕我去状告太子，或是趁机杀了太子？"

"我没那么笨，在三殿下被箭杀前，太子殿下都不会来见你的，你没机会碰到他。"

"可在这之后呢？"

"你会活到那个时候吗？"盛宁荣勾起嘴角，她毫不客气地吃掉了我的棋，这盘棋我输得惨烈。

也罢，梁景元一死，这世间再无我活下去的理由。盛宁荣告诉我这秘密的重要原因并不是为了让我承她的情，而是在赌，赌我知道真相后会随景元而去。

如果她赌输了，她也不会让我活过元宵之后。那时就算梁景骞追究起来也不会把她怎么样，因为太子妃背后是盛家，是他稳定朝局的中坚力量。

不过她赌赢了。

我苦笑："我还有一个愿望。太子殿下虽然把小蝶他们送出宫，但还在派人监视着他们，用他们作为威胁来防止我自尽。"

"你放心,我会保下他们,时间一久,太子殿下自会放过他们。"

"好,一言为定。"

如今这种局面,对我和景元来说,无论怎样都是死局。梁景骞眼里容不下景元,盛宁荣眼里容不下我,而我们离开对方又不能独活。我的生命从现在开始与景元一起进入倒计时,我一直有个执念,就是嫁给景元,做他的妻。

我们回到梁国后,总是等,总觉得来日方长,可是等着等着,我们的大限都到了。我们就是太在乎对方,有放不下的人,才会一而再再而三地被人要挟。

身在皇宫里的每个人,就像一只金丝雀,被圈养在纯金的笼子里,外人向往笼子里的权力与衣食无忧,却看不到笼子里依然会有身不由己和在尔虞我诈中丧了性命的人,这里有太多为了权力牺牲骨血的事迹。很不幸,我和景元都碰到了不爱自己的亲人,所以只有我们惺惺相惜,是彼此的光和影,光影随行,光灭了,影也消失不见了。

景元被箭杀的前一天,盛宁荣来找我。她告诉我,她去看了景元,景元让她带话给我,让我忘掉他,好好活下去。

瞧我的景元多傻,这一次终是连他生前的最后一个愿望都要破灭了,就像他答应过我会凯旋,带我远走高飞一样。

盛宁荣还说道:"三殿下要去之前还未来得及试穿的婚服,他说要穿着婚服赴刑场。"

我表现得还算镇定,只淡淡"嗯"了一声。

盛宁荣见我没了下文，交代了明日出宫的事项，我都一一记下了。

等她走后，我才捂住隐隐作痛的胸口。

我的景元，到头来我们还是那么心有灵犀。你要穿婚服，是为了圆我们两个的遗憾。真好，明日我也准备穿婚服来嫁你。

行刑的这天，天降大雪，一早起来，满地清白。我和景元就是相识在一个下雪天，所以我偏爱下雪。雪花在飞舞，落在掌心冰冰凉凉。

趁盛宁荣来接我前，我要好好装扮一番，凤冠霞帔在身，以最美的样子嫁给景元。

到了时辰，盛宁荣来接我，见到我如此盛装，愣怔了好久。

我嫣然一笑，一副娇羞新娘的样子："好看吗？"

盛宁荣似笑非笑，眼睛却不敢看我："好看，不过没我好看。"

我上了盛宁荣准备的马车，坐着她的专车出宫没人敢拦，她一直送我到刑场。

皇亲国戚被行刑，按律要秘密执行，所以刑场是封闭起来的，又得了太子的命令，不能让一只苍蝇飞进来。因此，即使是盛宁荣也无法带我进入内部，她只能让我上城楼，楼的北面就是刑场，可以看到景元。

盛宁荣一切都排查好了，她比我还紧张，因为我告诉她，我会在这一天随着景元而去。她怕我临时变卦，所以步步紧盯。

与她分别之时，她叫住我："我会尽量求皇上和太子殿下让你与三殿下同葬在一起。"她动了恻隐之心。

"好，谢谢。"这真是意外之喜。

我朝她挥手诀别,迫不及待地登上了城楼,绕到北面。

站在城楼的最高点,我一眼就看到同着婚服的景元,火红的颜色在雪中格外绚烂。

他被逼着下跪,被人踢中了膝盖,可他依然直挺着身子,绝不跪下。连续几次后,太子殿下作罢,示意那人退下,而后举起弓箭瞄准景元的心脏。

景元毫不畏惧,准备从容赴死。阖眼之际,他抬头看到了正对面城楼上的我。

他浑身一震,眼神里出现了恐慌。

而我笑得灿烂,用口型说"我爱你",随即从袖口中拿出那半支发钗举着给他看。只有和他的那半支拼在一起,发钗才是完整的。

正如我和他,只活下一个,我们的人生都将是残缺的。

景元看到我的口型,被我给气笑了。我就是这么不听话,就是被他爱得有恃无恐。他笑着笑着,热腾腾的眼泪在眼睛里打转,我第一次见他哭,怎么那么让人心疼,可惜我不能去抱着他。

"我也爱你。"他动了动喉结,开口回应我。

我对着他的方向盈盈一拜,这就是我和他的拜天地,自此结为夫妻。

梁景骞不明所以,疑惑着:"什么?你说什么?"

景元不管梁景骞,突然一声大喊:"霜儿,我来娶你了。"

我也大声回应他:"好,夫君。"

景元这一生被父亲抛弃,被母亲背叛,如今他只剩下我了,而我也只有他了。

梁景骞循着声音，扭头看到了我，大惊失色，顾不得我和景元对望，重新瞄准景元的心脏，绷直了弦，再一松手，一支羽箭飞了出去。

在景元中箭的瞬间，我从城楼一跃而下，带着景元的爱，如此决绝地同他一起走向生命的终点，毫无畏惧。

我们要接受这世界上的所有失去，如絮随风消散，如月西沉归山。我们相识在漫天风雪，最终隐入漫天风雪。

生命的最后一刻，我看着他在洁白无瑕的雪地中安然长眠，正如初见他时那般坚毅。

雪随风起，我看到了一位清风霁月的少年郎向我走来，他带着我化作一缕风也好，一簇雪也罢，这一次我们再无阻碍，释怀世间予我们的所有不公与悲苦，永远不再分开。